土屋
TSUCHIY
TAKAO
隆夫
推理小說
作品集
09

# 不安的初啼

土屋隆夫 著／張秋明 譯／傅博 總導讀／詹宏志、楊永良、藍霄 全力推薦

千草檢察官系列

土屋隆夫親筆簽名

土屋隆夫｜攝於 1985 年 3 月，光文社提供。

土屋隆夫
TSUCHIYA TAKAO
推理小說作品集09

Contents

總導讀

# 孤高寡作的解謎推理大師・土屋隆夫

傅博

## 日本推理小說的源流

第二次世界大戰前的日本推理小說的主流是非解謎為主題的「變格探偵小說」（在日本偵探稱為探偵）。「變格」的對義語是「本格」，都是日本獨有的造語。「本格」的原義是「具全原來的格式」，而含有非正規成分的事象都稱為「變格」。

當時，還沒有「推理小說」這個文學專有名詞。凡是偵探登場解謎的小說，以及非現實性內容，而具怪奇、幻想、耽美之要素的小說都稱為「探偵小說」，此一專有名詞翻譯自英國稱柯南・道爾所發表的「福爾摩斯探案」系列這類小說為Detective story。

由此可知，在英國是指記述具有謎團的事件發生後，由偵探的合理推理，而解謎破案之經過為主題的小說稱為偵探小說。

但是在日本，一九二三年江戶川亂步發表處女作〈兩分銅幣〉，奠定日本推理小說的基礎後，很多人嘗試這類新大眾文學的創作。因為人人各具不同個性、不同思想、不同才華，其表達形式和作品內容自然有異，也就是說，新人作家的作品，各具其特色，但是符合偵探小說創作要件的並非全部。

當時，唯一刊載推理小說的雜誌是《新青年》月刊，這些非正統偵探小說，只是故事新穎、內容有趣，該刊即給與發表機會。月增年盛，後來居上的情況下，成為一大洪流。

對於偵探小說的本質與定義這個問題，曾經引起廣泛的討論。結論是，凡是具有偵探登場之推理解謎的小說稱為「本格探偵小說」，而非現實性的怪奇、幻想、耽美等為主題的小說，合稱為「變格探偵小說」。

這種偵探小說二分法，一直沿用到一九五〇年代。

一九五七年，松本清張出版《點與線》和《眼之壁》，仁木悅子發表《貓老早知情》之後，「推理小說」才取代了「探偵小說」這專有名詞。

推理小說原來有兩種涵義，第一種涵義是，以寫實手法撰寫的偵探小說，作品本身不帶「社會批評」的色彩，如仁木悅子的作品。第二種涵義是，同樣以寫實手法，記述社會矛盾而發生的事件之經過與收場，並重視犯案動機的小說，作品本身就是社會批評，如松本清張的作品，所以這一類又稱為社會派推理小說，簡稱社會派。

也就是說，推理小說與社會派推理小說原來是不相同的，但是，後來兩者劃上了等號。本文主旨不在探討此問題，不詳述其經過與作品內容的演變。話說回來，第二次世界大戰爆發的一九三九年，日本政府認為偵探小說是「敵性文學」，全面封殺、禁止創作、發表、出版。大戰終結後，偵探小說的文藝復興之機運到來。終戰翌年的一九四六年四月，橫溝正史率先在新創刊的偵探雜誌《寶石》月刊，開始連載「金田一耕助探案」系列首作《本陣殺人事件》，而五月又在三月間創刊的偵探雜誌《LOCK》月刊，開始連載戰前所塑造的名探「由利麟太郎探案」系列之《蝴蝶殺人事件》。

這兩部長篇都是戰前罕見的純粹解謎為主題的本格偵探小說。尤其是前者，其和式建築的密室殺人設計之發明與成功，成為一股力量，令三九年之後，不得不改寫非偵探小說的作家重獲信心，回到推理創作園地，並且還使一群年輕人加入推理創作陣營。

推理小說復興後的主流是本格。如「戰後五人男」中，除了撰寫秘境冒險小說的香山滋和文學派的大坪砂男兩位，島田一男、山田風太郎以及高木彬光三位，都是從解謎推理小說出發的。

日本推理小說史上，戰後期是指一九四五至五六年的十二年。戰後五人男的「戰後」，實際上是指大戰結束後第三年的一九四七年。這年發表處女作而登上推理文壇的新人不少，最具創作成就的即是他們五位。他們與兩年後的四九年登龍的鮎川哲也、日影丈吉、土屋隆夫三位，就是戰後派的代表作家。

鮎川哲也與土屋隆夫屬於本格派，一生只撰寫解謎推理小說，日影丈吉雖然是文學派，其長篇都是解謎推理。這三位戰後第二期作家的共同特色是孤高寡作，頗受讀者愛戴。

但是他們在推理文壇確立作家地位，與戰後五人男相較，晚了數年，須待到一九五七年以後。原因除了作家本身的作品不多之外，一九五〇年以後，混亂的戰後社會漸漸恢復秩序，不正常的出版社林立，也須時代考驗，不適合生存的即被淘汰，減少大半，作家發表作品的機會，自然也受到影響，推理作家也不能例外。如四六至四七年間新創刊的推理雜誌就有十二種，五〇年以後只剩《寶石》與通俗推理雜誌《妖奇》兩種，由此可知當時出版界情況。

今年時值終戰六十周年，八位戰後派，現在只剩土屋隆夫一人繼續寫作生涯外，其他七位都已逝世了。土屋於去年（二〇〇四）二月，年滿八十七歲時還出版了第十三部長篇《著魔》呢！

## 土屋隆夫的推理文學世界

土屋隆夫於一九一七年一月二十五日生於長野縣。中央大學法學部卒業後，在三輪肥皂公司上班，之後轉職影片配級公司宣傳部，業餘撰寫劇本。戰後歸鄉（信州立科町）最初在小劇場當經理，四七年任教蘆田中學，業餘仍然繼續寫劇本，選擇推理創作為終身職業前的土屋是演劇青年，其作品曾經獲得「信濃每日新聞社腳本獎」。這段時期所創作的劇本有三十餘篇。

一九四九年，對土屋隆夫而言，是生涯中最大的轉捩年。事因是：

江戶川亂步有一篇很有名的評論，題為〈一名芭蕉的問題〉，芭蕉不是水果名，是日本傳統定型短詩的俳句文學大師（一六四四～一六九四年），他是將當時庶民遊戲詩（俳句）的品質提升到文學境界的俳句革命者。（同樣是傳統定型詩的短歌，又稱和歌，是當時的貴族文學）。

這篇是江戶川為第二次偵探小說藝術論論戰而寫的評論。第一次論戰在一九三六～一九三七年間，本格派甲賀三郎與文學派木木高太郎是事主，參與論戰的作家、評論家不在少數，各說各話沒有結論。終戰後，木木重新主張偵探小說可成為最高藝術（本文篇幅有限，不能詳述兩次論戰的內容與經過），因此江戶川亂步針對這問題提出見解，同時也表達了自己的推理小說觀。

此文主旨為，推理小說如果出現芭蕉級大師來改革，推理小說的品質自然而然會成為藝術；不必紙上談兵，期待這樣大作家的登場，並鼓勵木木去做芭蕉的工作。事後，土屋隆夫讀了這篇評論，決心放棄劇本創作，撰寫推理小說。

於是一九四九年，土屋把推理小說處女作〈「罪孽深重的死」之構圖〉投稿四月舉辦的「《寶石》百萬圓懸賞比賽」，十二月獲得C級第一名。這次為《寶石》創刊三周年而舉辦的紀念徵文，可以說是日本推理小說史上最盛大的一次。向讀者簡介如下：

《寶石》於一九四六年四月創刊後，即舉辦短篇推理小說徵文，當年十二月便發表七名不分等級的入選者。上述的香山滋、山田風太郎、島田一男三位就是這次的入選者。（第二、三屆沒有得獎者）。這次比賽是第四屆，與以往不同之處是分為A級（長篇）、B級（中篇）、C級（短篇）三種。得獎者一共有十四位（作品十五篇）。土屋之外，鮎川哲也（長篇第一名）與日影丈吉（短篇第二名）都是這次得獎者，可見這次徵文是成功的。

在日本，不止是推理作家，大多數小說家默默地創作，始終只向讀者提供其作品，不發表自我的文學觀。但是，土屋隆夫卻不同，是一位稀有的、樂以公開自我推理小說觀的小說家。他在〈私論．推理小說是什麼？（一九七二年二月，發表於《現代推理小說大系第十卷》）〉一文的冒頭說：

「想要研究一位作家的話，首先要閱讀他的處女作。因為裡面隱藏著想要知道他的重要關鍵。他，第一次站在出發地點時的姿勢，與其後跑完全程時，並沒有多大變化。」

這意謂處女作是該作家的原點，古今中外，雖有少數例外，很多作家以身作則證明過了，不必多言。那麼土屋隆夫的出發點〈「罪孽深重的死」之構圖〉，與之後五十多年的作品關係如何呢？

湯本智子是孤兒，大戰中喪失母親和弟弟。之後寄居在伯父泉弘人家裡。弘人是畫家，三個月前妻子道江突然服毒自殺，沒留下遺書，死前只說「我的自殺是罪孽深重的死」，由此，被認定是自殺。湯本智子來訪的八天前，弘人留下一幅題為「罪孽深重的死」之繪畫而自殺。其自殺現場與「罪孽深重的死」的構圖很類似。

這天早上八點半，湯本智子來訪伯父的友人美術評論家相原俊雄。故事是從智子的訪問寫起，全篇以第三人稱單視點記述，上述的故事分為六章節，奇數節由作者說明故事、偶數節由智子與相原的對談形式進行。故事不複雜……如果再寫下去，恐會揭開謎團，只可以說全篇是針對上述兩起自殺事件的推理、解謎，最後作者還替讀者準備了意外收場。

從故事主題而論，是一篇結構很精緻的解謎推理小說。誠如作者在其處女長篇《天狗面具》裡所揭櫫的偵探小說論：「簡單說，偵探小說是除算的文學。其實，把很多謎團除以名偵探推理後，其結果不可有任何餘數。」亦即十分著名的「事件÷推理＝解決」公式。

另從故事的包裝而論，它不具當時之本格派的浪漫性與怪奇性。是一篇寫實、樸素，具文學氣息的作品。

九年後，土屋隆夫才獲得出版處女長篇《天狗面具》的機會，這段時間，總共發表三十三篇解謎推理短篇，平均兩年發表七篇。在日本，這樣的創作量不止在推理文壇，就連在大眾文學文壇而言，都算是非常寡作，但是每篇均是水準之作。

寡作之外，加上五十多年來一直居住在信州農村，過著名副其實的「晴耕雨寫」的生活，與東京文壇不往來的不同流俗的孤高性格，獲得多數推理小說迷的肯定，推崇為解謎推理大師。

二〇〇一年，土屋隆夫獲得光文Scheherazade文化財團主辦的第五屆日本推理文學大獎，此獎是日本推理文壇唯一的功勞獎，贈與對日本推理文學有貢獻的作家或評論家。由此，也可知土屋隆夫在推理文壇的地位。

這次筆者為了撰寫本文，重新仔細閱讀了〈「罪孽深重的死」之構圖〉後，按其出版順序，讀了土屋隆夫五十多年來所創作的十三部長篇推理小說。發現了「土屋推理文學」自處女作以來，一直由兩大要素所構成。

第一就是：事件除以推理等於沒有餘數的解決之謎團設計。

第二就是：以寫實形式包裝故事，使虛構的故事具現實感和文學氣息。

這兩大要素的成分比例，雖然每篇作品有異，但是越後期的作品，文學氣息濃厚是不容否認的事實。

# 揭開「土屋隆夫推理小說作品集」的真面貌

這次，土屋隆夫授權商周出版社，在台灣發行中文版「土屋隆夫推理小說作品集」全套十三部（編按：自二〇〇六年起，本作品集改由獨步文化繼續出版）。按作者的發表順序簡介如次（括弧內是解說執筆者的姓名）：

1.《天狗面具》，一九五八年六月出版。以戰後的封建農村（牛伏村）為背景，地方選舉勾結偽宗教而發生的連續殺人事件為主題的不可能犯罪型推理的傑作。是一篇值得肯定的社會派推理小說的先驅作品。（橫井司）

2.《天國太遠了》，一九五九年一月出版。十八歲的少女，留下一首正在社會上流行的厭世歌謠〈天國太遠了〉的歌詞而死亡。自殺抑是他殺？厭世歌詞暗示什麼？事件背後的動機又是什麼？不在犯罪現場型的社會派推理小說。（村上貴史）

3.《危險的童話》，一九六一年五月出版。假釋出獄的青年，在女鋼琴老師家裡被殺，兇器從犯罪現場消失，投書給當局的明信片上的指紋意味著什麼？童話詩的故事暗示什麼？不可能犯罪型解謎推理小說。土屋隆夫的代表作。（小梛治宣）

4.《影子的告發》，一九六三年一月出版。百貨公司的電梯上升到七樓，最後的男乘客突然說了一句「那個女人……在……」而倒地死亡。在三樓參觀書道展的千草檢察官被捲進事件。不在犯罪現場型解謎推理小說，土屋隆夫的代表作，日本推理作家協會獎得獎

作。千草檢察官系列的首作。（山前讓）

5.《紅的組曲》，一九六六年十二月出版。桌布上三個0的血字、在溫泉旅館發現的紅色睡衣以及紅色封面的日記本等，一連串的紅色之謎對連續殺人事件有什麼暗示？不在犯罪現場型解謎推理小說。千草檢察官系列的第二部作品。（大野由美子）

6.《針的誘惑》，一九七〇年十月出版。幼兒被綁票，母親帶贖金到嫌犯所指定的現場，卻在眾人的監視下被刺殺，沒人目睹兇手。綁票小說的懸疑加準密室殺人的不可能犯罪型解謎推理的傑作。千草檢察官系列的第三部作品。（吉野仁）

7.《獻給妻子的犯罪》，一九七二年四月出版。因車禍失去性功能的「我」，在打惡作劇電話時，被捲進犯罪事件。由於好奇心，「我」積極參與解謎。作者從本篇起，作風丕變，本篇的基底雖是解謎，卻摻入冷硬、懸疑、犯罪等推理小說子領域的諸多要素，文學氣氛很濃厚。（新保博久）

8.《盲目的烏鴉》，一九八〇年九月出版。以短篇〈泥土的文學碑〉為底本改寫的文學性濃厚的長篇。一名評論家在小諸車站消失，數日後，在千曲川河邊發現其上衣、小指以及寫有「烏鴉」的紙片。又，劇作家在東京的咖啡館說了「白色烏鴉」而死亡。兩件與烏鴉有關的事件，是否有關聯。千草檢察官系列的第四部作品。（千街晶之）

9.《不安的初啼》，一九八九年十月出版。在製藥公司董事長宅的庭園，女傭被姦殺。兇手是醫科大學教授。有名譽又有地位的教授，為什麼做出這種沒廉恥的事件呢？動機的解析是本篇的主題。千草檢察官系列之異色而最後一部作品。（山前讓）

10.《華麗的喪服》，一九九六年六月出版。全書記述一個帶著四歲女孩被綁票的少婦，與綁票兇手如何一起逃亡。謎團是這名年輕人為何要綁架這名少婦，也是一篇很難分類的愛情、懸疑、犯罪的混合型小說。（權田萬治）

11.《米樂的囚犯》，一九九九年七月出版。推理作家被大學時代當家庭教師時的女學生綁架監禁。監禁期間，作家的徒弟被殺。學生為何監禁老師，監禁事件與殺人事件是否有關聯。是一篇探討犯案動機的解謎推理小說傑作。（鄉原宏）

12.《聖惡女》，二〇〇二年三月出版。內容與架構都非常異常。土屋隆夫在本篇以說故事的身分出現。他從一名有三個乳房的「聖惡女」聽來的奇怪犯罪生涯，除了用小說的形式記述之外，還在故事裡露面講評事件。（末國善己）

13.《著魔》，二〇〇四年四月出版。土屋隆夫發表處女作〈「罪孽深重的死」之構圖〉以來，已歷經五十六年，這第十三部長篇，總之是回到長篇的原點了。這次的偵探是《天狗面具》裡的配角土田巡查之子土田警部，職階是刑事課長。這是一部文學性加不在犯罪現場型解謎的推理傑作。（未定）

這十三篇導讀，由當今推理文壇最活躍的評論家分別執筆。筆者相信台灣讀者，可由此獲得很多啟示，不管創作或閱讀皆然。希望讀者珍惜這次難得機會，好好地來閱讀這套「土屋隆夫推理小說作品集」。

二〇〇五・六・六

## 本文作者簡介——傅博

文藝評論家。另有筆名島崎博、黃淮。一九三三年出生，台南市人。於早稻田大學研究所專攻金融經濟。在日二十五年以島崎博之名撰寫作家書誌、文化時評等。曾任推理雜誌《幻影城》總編輯。一九七九年底回台定居。主編《日本十大推理名著全集》、《日本推理名著大展》、《日本名探推理系列》以及日本文學選集（合計四十冊，希代出版）。

## 推薦序

# 小說的推理　推理的小說

楊永良

### 前景

「推理小說即詐術的文學。」——土屋隆夫

在魔術師面前的美女為何突然凌空漂浮起來呢？放進玻璃杯內的硬幣為何消失了呢？為什麼魔術師能夠猜中撲克牌呢？高木重朗在《魔術心理學》中指出人類心理的漏電現象，越是告訴自己不願掉進陷阱，反而就越掉進陷阱。人的心理充滿了錯覺與先入為主的觀念，因此容易受到誤導。

以最簡單的魔術來說，例如夜市馬路邊的一個老人，他讓小紙團在空中飛舞，照著他的只是一盞小小的燈泡。若將謎底拆穿，其實，讓紙團飛舞的道具是黑色的尼龍絲，要讓尼龍絲不被看到，適度的黑暗是必要的。黑暗不僅讓人看不到尼龍絲，而且減弱了人的理性。但是，人總是會懷疑黑暗的，所以魔術師不能將燈光調得太暗。

如果魔術師只有這樣還不能當魔術師。魔術師知道人會懷疑黑暗，因此他在桌上擺一盞檯燈，打開開關後，燈亮了。接著，他將燈泡轉離燈檯，但是燈泡卻依然亮著，而且還能在空中飛來飛去。魔術師知道你懷疑黑暗，所以他故意使用點亮的燈泡當道具。

高木重朗說，推理作家江戶川亂步的小說中不但經常出現魔術，而且他也經常邀請魔術師（包括高木重朗）到推理作家協會去表演。所以推理小說家其實就是小說的魔術師。

## 近景

有的推理小說看完了就不想再看。但是有的推理小說卻散發出高貴的文學氣息，讓人徜徉在文學的森林當中。兩、三年前，有一個日本作家在《讀賣新聞》的青少年版中向青少年大力推薦土屋隆夫的推理小說。他說他在中學時，每看完一本土屋隆夫的小說，就會期待下一本趕快出版。但是我們知道，土屋隆夫算是一個慢工出細活的少產作家。而且他是目前日本「本格推理小說」界的代表。他曾說過：「本格推理小說就是推理小說中的楷書。」這句話有多方面的涵義，我們先從本格推理小說談起。

「本格推理小說」一詞，大部分的台灣文壇皆直接引用，或翻譯成「傳統推理小說」，但是我認為應該譯成「正統推理小說」較為適當。因為日語「本格」的原意是「正式」，或可引申為相對於旁門左道的「正統」。

土屋隆夫說：「偵探小說就是除法的文學。」也就是「事件」除以「推理」等於「解決」。這句話的真意就是，作家在小說中的種種佈局、伏筆、懸疑，在解開謎底之後，必須全部解決得一乾二淨，不能留下絲毫的矛盾或疑團，而且不能讓讀者想出更佳的解謎方式。這就是「本格推理小說」。

## 遠景

再回到「本格推理小說就是推理小說中的楷書。」一語。土屋隆夫認為，現在很多推理小說家寫作態度不夠嚴謹，就如同楷書還沒寫好就先寫行書或草書。我並非書法家，不知道楷書與草書之間的關係。但是有一件事是可以確定的——寫楷書不但較費時間，而且一個不懂書法的人也可以判別楷書作品的優劣。

雖然土屋隆夫一再強調本格小說才是推理小說的正統，但是他也主張，所謂推理小說，除了要有「推理」的部分，也要有「小說」的部分，而且在他的眼中，推理小說是小說中的一個範疇。也就是說，要成為一篇好的推理小說，也一定要是好的文學作品。

土屋隆夫有一篇文章探討江戶川亂步所寫的〈一名芭蕉的問題〉。亂步在文章中寫出，芭蕉之所以被稱為詩聖，那是因為他將原本是市井小民戲謔寫作的「俳諧」，提升到崇高無比的藝術境界，甚至達到了哲學的層次。江戶川亂步既期待又感嘆地說，推理小說家中究竟有誰能成為推理小說界中的芭蕉呢？土屋隆夫說：「江戶川亂步始終在通俗的作品與崇高的藝術兩邊痛苦地徘徊。」我們不知道土屋隆夫是否也有同樣的心境，但是我們看他的小說，絕對不僅僅是膚淺的解謎推理小說而已。

## 背景

土屋隆夫的長篇推理小說，從第一篇《天狗面具》到最近的一篇《著魔》，裡面有所謂的本格推理小說，也有幾乎與一般小說無異的《聖惡女》。

小說中有人物，有情節。推理小說要吸引人，通常都會出現帥哥美女，或是有神通的超級大偵探。但是土屋隆夫的小說中的人物，都和我們身邊的人物沒有兩樣。這或許和他對生活的態度有關，他的職業欄上寫的並不是「作家」，而是「務農」。這種晴耕雨讀的生活，無疑的，對他的小說的基調會有絕對的影響。

小說要吸引人讀下去，即使是最嚴肅的小說，基本上要有懸疑性，也就是說要讓人想知道情節究竟怎麼發展？而推理小說就是將這懸疑性發展到最高點的小說。

雖然土屋隆夫強調本格推理小說，但是其實他的推理小說非常注重動機的部分，這動機也就是犯人的心理背景。在他縝密地分析犯人的深層心理之後，作品的深度自然就增加了。另一方面，他並不主張社會推理小說，但是他的作品卻非常具有社會性。我們看了他的小說，總會感受到生命或生活中極為深沈的黑暗部分。

## 全景

土屋隆夫自己說過，要了解一位作家，最好熟讀他的第一篇作品。而且他又說，作家好像是在圓周上的孤獨跑者，從處女作品出發，最後再回到了處女作品。不過，作為今日推理小說界的大將，他的作品雖然讀者各有所好，但幾乎都是讓人不忍釋手的作品。

要了解土屋隆夫推理小說的全景，最好還是看完他的全集吧。

## 本文作者簡介——楊永良

一九五一年出生，專攻日本學，日本明治大學法學博士，現任國立交通大學通識教育中心教授。曾任交通大學通識教育中心主任、中國文化大學日本研究所所長，台灣日本語文學會會長。近作《日本文化史——日本文化的光與影》（語橋出版社）。

推薦序

# 餘味無窮的推理小說

藍霄

身為推理小說迷的我，在醫學院求學階段第一次閱讀了本格推理作家土屋隆夫先生的《不安的初啼》，當時也料想不到在多年之後，有機會來推薦這本影響了我這個小讀者在畢業之後執業科系選擇的推理小說。

巧合的是，今天早上進行試管嬰兒取卵手術結束後，新來報到的見、實習醫師們圍攏了過來，我所扮演的角色，就是關於人工生殖科技的療程與學理的臨床知識傳授，而人工生殖科技的施術範圍現在也是自己每天在醫學中心工作的重點要項。

時至今日，傳統人工生殖科技儘管大部分人已可接受，但回顧發展歷史，可謂是隨著生殖科技的突飛猛進，總會有新的社會倫理衝擊疑慮產生。講解醫學知識或許是枯燥單調的，但是聊到醫療倫理與醫學爭論未決部分，幾乎是所有的醫學院學生精神都來了：諸如精卵捐贈若牽扯商業買賣；精卵、胚胎篩檢不嚴及技術草率可能造成不良子代；多次提供精子可能在未來有亂倫之隱憂；精卵冰存與代理孕母的相關問題。甚至近幾年來複製技術所引發的複製人嚴重疑慮，以無性生殖方式實施人工生殖將導致社會倫常之崩解、後基因解碼時代的基因工程與產前基因診斷技術所涉及的生命權的隱私與優生學的爭議，以及幹細胞在未來醫療進展與原始胚胎幹細胞取得，對於胚胎權尊重的倫理問題……，如果這時我可以在醫學生面前舉個文學故事、電影戲劇、甚至片段的社會新聞為例，那就更加傳神與容易進入問題討論的核心了。

當然，土屋隆夫先生的《不安的初啼》往往就是我的推薦書目了。

一提到土屋隆夫先生，總不忘了提及先生所說的：「偵探小說就是除法的文學」，亦即偵探推理小說事件的解決是完整沒有餘數的，這其實就是本格推理追求的閱讀魅力所在，然而土屋隆夫先生作品吸引我，除了這種本格推理創作精神的堅持之外，可能更重要的是，先生的每本小說，在掩卷之餘，後續所引發讀者內心的小說閱讀餘味。

《不安的初啼》到底是講什麼樣的故事？

以推理小說的觀點來看，這是一本相當優秀罕見、寫作有一定難度的長篇倒敘推理，儘管中心詭計並不複雜，本格推理閱讀樂趣仍是一應俱全，當然，這本小說的內涵也不僅僅如此而已。

十幾年來，我閱讀過本書好幾次，每次的閱讀餘味隨著年齡的增長變化也都不同，這是相當有意思的事情。在個人的閱讀經驗上，本書很自然是屬於印象深刻的推理小說，甚至在自己處女長篇的出版的寫作意念上也自然學習了本書的開端形式。

《不安的初啼》有個貫穿的主題，這是即使純粹看小說故事的讀者讀完之後，也可以輕易明瞭作者的創作意念。

就我個人而言，每次閱讀完《不安的初啼》，有一個景象很自然浮起腦海之中，自己就如同置身在辯論台的一方，而土屋隆夫先生似乎永遠在辯論台的對側，在爭議的範疇裡頭，閱讀完這本推理小說的您，對於本小說的主題，您是站在辯論台的哪一側呢？

本文作者簡介——**藍霄**

推理作家，推理小說迷，助理教授級不孕症主治醫師。

專訪

詹宏志推理文學行旅

# 尋訪土屋隆夫

經過長達兩年的交涉，和日方出版社光文社多次的會議與拍攝景點實地勘景之後，商周出版終於完成了臺灣推理小說出版史上，首次以影像呈現「尋訪日本本格推理小說大師土屋隆夫以及作品舞台背景」的創舉，由詹宏志先生帶領讀者進入土屋隆夫堅守本格推理創作五十年的輝煌歷程，親炙一代巨匠的典範風采。（本文第三十九、四十頁涉及《影子的告發》、《天狗面具》的詭計。）

（詹宏志先生〈以下簡稱詹〉訪問土屋隆夫先生〈以下簡稱土屋〉，敬稱略。）

**詹**：土屋先生，在西方和日本像您這樣創作不斷卻又寡作，寡作卻又部部作品皆精的推理小說家，非常罕見。在寫推理小說之前，您讀過哪些本國或是西方的推理小說？有哪些作家、作品是您喜愛的嗎？您覺得自己曾經受哪些作家影響嗎？

**土屋**：我沒有特別受到其他作家和作品的影響。我記得三歲的時候家裡的大人就已經教我平假名了。當時日本的書籍或報紙，只要是艱深的漢字旁邊都有平假名，我就這樣漸漸學會難懂的漢字。等於我三歲開始識字，五歲就會看女性雜誌了（笑）。上小學時——日本是七歲上小學——我就已經開始看大人的作品，也就是很少會標注平假名的書。我大量地看書。一開始，我看時代小說，這類作品看了很多。後來念中學、大學的時候，因為沒有閒錢也不能四處遊玩，便去東京一個叫神保町的地方，那裡有很多舊書店，堆滿了許多便宜的舊書，我買了很多書看。我從那些書裡讀到了喬治・西默農的作品，他的作品深深感動了我。到那時為止的所謂偵探小說，都是老套陳腐的名偵探與犯人對決的故事，西默農的作品則截然不同，令我非常感動。我想如果我也能寫這樣的東西該有多好。日本從前的偵探小說總是用很突兀離奇的謎團、詭計，解謎是偵探小說的第一目標。然而西默農卻更關注人的心理活動，即使不以解謎為主，也可以寫成偵探小說。我感受到他的這種特色，而且也想嘗試看看。

後來我畢業了，當時正值日本就業困難之際，謀職不易。我想應該得先找到工作，總得糊口。所以我進了一家化妝品公司上班。日本有個叫歌舞伎座的劇場，那裡會上演一些舊的歌舞伎戲碼，那家化妝品公司和歌舞伎座合作宣傳，招攬觀眾入場。因此我當時的工作就是看歌舞伎表演，本來要花錢看的歌舞伎，對我而言卻是工作。看著看著，我覺得創作也許很有意思。當時有一個叫松竹的演劇公司專門演出歌舞伎，他們有一個讓業餘人士參加的劇本選拔企劃。我一天到晚都在看歌舞伎，覺得自己應該也能寫劇本，因而投稿，結果稿子入選了。所以我覺得或許能靠寫歌舞伎劇本為生。此後我真正努力的目標，應該就是劇本的創作了。

正當我學習創作劇本時，戰爭爆發了，這時哪還輪得到寫劇本呢。我也曾被徵召入伍，當時和我同齡的夥伴，有百分之八十以上都死了吧。只有我還這麼活著，好像有點對不起他們。

我回到農村以後，沒別的事情可作。我父親曾是學校的老師，但當時已經去世了，只剩下我母親，我們生活很困苦，因為那是什麼工作也沒有的時代。所以當時就有了黑市，比如買來便宜的米再高價賣出，便能賺很多錢。有個從黑市賺了很多錢的暴發戶建了一個劇場，雖然劇場建好了，他可是一點都不知道如何才能從東京將明星請來。而我曾經在東京的歌舞伎界工作，認識很多演員，所以他雇用我去邀請他們，於是我從東京請來演員在我們這裡的劇場演出。除了歌舞伎演員之外，我還請來話劇演員和流行歌手等等。我就以這個工作維持生計，但又覺得這也不是長久之計。

有一天我看到《寶石》註1雜誌刊登一則有獎徵文的啟事，徵求偵探小說，當時不叫推理小說，而叫偵探小說。我以前就想寫時代小說、偵探小說和劇本，只要是在稿紙上寫字就能賺到錢的話，我什麼都能寫。我回想起在讀西默農作品時的想法，因此寫了篇偵探小說參加比賽。我當時的投稿作品便是〈「罪孽深重的死」之構圖〉，是一篇短篇，並且得了頭獎。在那之後我便開始寫推理小說了，所以我並不是基於某個明確目的，不過是迫於生計而開始寫作的。對我而言，這是個輕鬆的工作，只要寫小說就能生活，天下沒有比這更輕鬆的工作了。總之，我並不是看了哪篇作品而深受感動以後才寫作，它只是我維持生計的方式。不過在寫作的過程中，我看到了江戶川亂步先生的小說，他是日本著名的作家。他曾經在文章中提到：推理小說也可能成為優秀的文學作品。日本有俳句，即用十七個字寫出的世上最短的詩，松尾芭蕉在十七個字裡，濃縮了世間萬象。如果能用芭蕉的智慧和匠心，說不定推理小說也有成為至高無上的文學作品的一天。我看了這段話深受感動，心想，那我就好好地寫推理小說吧！我是這樣進入了推理小說的世界。

**詹**：您提到了喬治西默農，他是用法文寫作的比利時作家，我覺得千草檢察官看起來有點西默農的味道，但是，西默農是七天寫一部小說，而您是十年才有兩部作品的作家，也有很多地方不一樣。我搜索記憶中的例子，覺得英國女作家約瑟芬・鐵伊（*Josephine Tey*）也許差可比擬。她從戰前一九二九年的《排隊的男人》（*The Man in the Queue*）寫到一九五二年的《歌唱的砂》（*The Singing Sands*）總共只有十一部小說（用時間和比例來看，您更是惜墨如金的少作了），數量不多，質量和成就卻很驚人。我特別感覺到，您和她的作品都在本格的推理解謎中帶有濃郁的文學氣息。先生曾經讀過鐵伊的作品嗎？

**土屋**：嗯，讀過。但是現在不太記得了，不過我想我應該讀過《時間的女兒》。不過我基本上沒有受到外國作品的影響。

**詹**：日本推理小說的興盛是在大戰之後，距西方推理小說的黃金時代已有半個世紀。西方的黃金時代是自十九世紀末就開始的。那麼推理小說的形式、技巧、特別有意思的詭計設計，或社會現象的發掘，西方作家已經做得非常非常多，幾乎開發殆盡。而日本的推理小說，不管是本格派還是社會派，您認為它是如何在這種已經遠遠落後的局面中，發展

註[1]日本推理小說雜誌，自一九四六年四月創刊至一九六四年五月停刊為止，共發行二百五十期，是日本戰後推理小說復興的根據地。

出它獨具特色的推理小說？如今在全世界的推理小說發展中，日本是最有力量的國家之一，不僅擁有國內的讀者，在國際上也有獨特的地位。您覺得日本推理小說和西方推理小說，有些什麼不一樣的地方嗎？

**土屋**：很多人都說我是本格派作家。本格派是以解謎為中心，那麼，詭計是不是會用盡？很多人都寫過密室殺人，已經沒有新意了。那麼，本格派就已經沒有市場，沒有新東西了，也就是說，本格派推理小說要從這個世界消失了。這樣的說法，從幾十年以前就出現了。以前日本有一本叫《新青年》註[1]雜誌，是一本以偵探小說為主的雜誌。每年都有人在上面寫：偵探小說就要沒了！偵探小說就要消失了！可是，偵探小說從來沒有消失，它流傳至今，並源源不絕。為什麼？以我自己的作品為例，我獨創了幾種詭計放在小說裡，都是沒有人使用過的。也就是說我一個人就能設計出詭計，而日本有一億幾千萬的人口，大家都來寫推理小說的話，就會有一億幾千萬個詭計。所以我一直認為詭計不會絕跡，因為人的思考能力是無限的。不肯思考的人會覺得沒得寫了，肯思考的人就會覺得無邊無際。我對推理小說充滿期望，還有很多嶄新的詭計尚未被使用呢。

**詹**：剛才先生提到寫作的起源時，說到您在劇場對創作劇本也很有興趣。現在在新版的文庫版註[2]裡，也有您寫的推理獨幕劇。既然您這個興趣由來已久，為什麼在戲劇上的發展這麼少呢？

**土屋**：我寫過電視劇，以前曾經幫NHK寫過三十七、八個劇本呢。但是我現在住在鄉下，沒有辦法多寫戲劇，因為沒有演員也沒有劇場。以前我也曾經在戲劇雜誌上發表劇本，但是未能上演，寫了卻不能演出的話，也就缺乏動力了。不過我也曾好好地寫過一陣子，在世界大戰剛結束時，東京著名的一些劇作家曾經因為疏散而住在我家附近，他們辦了戲劇雜誌，我也在上面發表了幾個劇本。但是沒有辦法在舞臺上演出，在這種鄉下只是寫寫劇本，然後發表在沒什麼名氣的戲劇雜誌上的話，會消耗自己對戲劇的熱情。如果我一直在東京的話，就會堅持下去；但回到鄉下以後，沒有舞臺、演員、導演，我的熱情便漸漸冷卻了。但是，即使是現在，如果哪個一流的劇團找我寫劇本的話，我還是會寫的。

**詹**：您提到因為讀了江戶川亂步的文章而激起了創作推理的熱情，我也看過您在其他文章中談到，您曾經寫信給江戶川亂步，提出您對松本清張的評價，您也寫過追思亂步的文章。我很想知道您和江戶川亂步的私人友誼、交往的情況。而您今天又如何評價江戶川亂步在日本整個推理小說發展中的位置？

**土屋**：江戶川亂步先生在日本是非常受人景仰的人物。他是非常博學廣聞的人，不光只是偵探小說而已，他什麼都懂，就像個大學教授一樣。我在參加《寶石》雜誌的小說比賽得獎之後，第一次接到江戶川先生的信。在那之後，雜誌因為經營不善幾乎面臨倒閉，江戶川先生自掏腰包付稿費給作者，自己當編輯，讓雜誌能夠經營下去。他的編輯工作包括向作者邀稿等等，他也曾寫了很多信給我。他是一個凡事親力親為的人，雖然身居高

註[1]日本雜誌名，自一九二〇年一月起至一九五〇年七月停刊為止，共發行四百期，是日本戰前偵探小說的重要根據地。
註[2]日本光文社的新版紀念版本，共九本。

位、又是日本最大牌的推理作家，卻親筆寫信給我這個住在鄉下、默默無聞的小作者；而且每一封信都相當鄭重其事，我們就這樣持續著書信的往返。記得我寫出第一篇長篇小說後，因為住在鄉下，不認識出版社的人，也不知道哪裡能為我出書呢！那部作品就是《天狗面具》。因此我的朋友將這本書引介給他認識的出版社，這書就這麼出版了。可是我是一個無人知曉的作者，又是第一次出書，便覺得應該請一位名人替我寫序，為我的書作介紹。於是我便想拜託江戶川先生。雖然心想像江戶川先生這樣有名的人，怎麼可能替我的書寫序呢？但凡事總得試試，我便去拜託他，沒想到江戶川先生說：「好，什麼時候都行。」這是我第一次去東京見江戶川先生，他家在立教大學附近。見了面之後，我便拜託他為我作序。

不久以後，我寫了《影子的告發》，一樣是在《寶石》發表，這篇作品獲得日本推理作家協會獎。當時江戶川先生已相當病弱，但在協會獎的頒獎典禮上，他老人家還是出席，在台上親手頒獎給我。這就是他最後一次出席該獎的頒獎典禮了，之後，先生臥病在床，不久便仙逝了。總之，我與江戶川先生的交往，基本上是以書信往來為主。再微小的事情，只要問他，他總是認真回答。到目前為止，我從未見過像他那般卓越，卻又如此平易近人的人，對我來說他真像神一樣高高在上。不論問他任何小事，他都立即回信。這樣的大作家真是少見，真是位高人。

**詹**：千草檢察官是您創造的小說人物，可能也是日本推理小說史上最迷人的角色之一。他和眾多西方早期福爾摩斯式的神探很不一樣，既不是那種腦細胞快速轉動的思考機器，也沒有很神奇的破案能力。他和您剛才提倡的西默農小說裡的馬戈探長有些類似，比較富於人性，是比較真實世界的人物，生活態度很從容。可是我覺得千草檢察官比馬戈探長更有鄉土味，像是鄰家和善長者。他的技能只是敬業和專注，靠的是勤奮的基本線索整理，以及他的員警同事的奔走幫助。他注意細節，再加上點運氣，這是很真實的描寫。不像那種比真人還要大的英雄，這種設計有一種很迷人的氣質，甚至讓人想和他當朋友。西默農的馬戈探長是用七十部小說才塑造成功，而您則是用了五本小說便留下了一個讓人難忘的角色。那麼，千草檢察官這個角色，在您的生活當中有真實的取材來源嗎？就好像柯南．道爾寫福爾摩斯的時候，是以他的化學老師貝爾當藍本，千草檢察官是否有土屋先生自己的影子在裡面？您和千草檢察官相處這麼多年了，您能否說一點您所認識的千草檢察官，談一下這個角色的特色。

**土屋**：千草檢察官在我的小說裡的角色是偵探，這個角色首次出現在《影子的告發》。日本作品中的偵探，往往都是非常天才的人物，看一眼現場，就像神仙一樣地發現了什麼，然後又有驚人的推理能力——「啊，我知道誰是犯人了！」這就是從前的偵探小說。但我認為世上並不存在這樣的神探。日本的偵探一般就是刑警和檢察官，特別是檢察官，他們一般都能指揮刑警，讓他們四處調查，他們有這樣的權限。在日本發生犯罪事件時，檢察官可以去各地調查，這是法律賦予他們的權限。我心想如果讓檢察官當小說主角的話，他就可以去任何地方進行調查。而如果讓刑警當主角的話，比如說是長野縣的刑警，就只能在縣內活動，如果要去縣外，就得申請取得許可，否則無法展開行動。而檢察官呢，法律賦予他權力，他可以四處調查，這樣的角色比較容易活用吧？這就是我以檢察官當主角的理由。從前日本書中的偵探都像神仙一般，我覺得很沒意思，還不如那種就在我們身邊，隨時可見，也能夠輕易開口和他攀談的普通人。但就算是這種普通人，只要認真地調查案件，也能逼近事件的真相。我就是想寫這樣的角色，不是那種神奇的名偵探，而是在家裡還會和太太吵吵嘴的普通人，我想要這樣的人來當主角，所以我創造了千草檢察官。正如您所說，他沒有任何名偵探的要素，只是一個普通的平凡人，這是我一開始就打算創造的人物。他能被大家接受和認同，我感到非常高興。這讓我知道原來在小說中也可以有這樣的偵探。

**詹**：我想再多問一點有關千草檢察官的同僚。例如大川探長、野本刑警，或是《天國太遠了》裡的久野刑警，也都是很真實很低調的人物，都有很重的草根味，就像您說的他可能出門前還會跟太太吵架。像刑事野本，看起來好像是一個一直在流汗的老粗，但是他又有很纖細敏感的神經，看到霧會變得像個詩人。他具有一種很有意思、很豐富而飽滿的角色設計。這個同僚也和西方的神探組合，即神探和他的助手這樣的對照組合不太一樣。神探好像總是超乎人類，而他的助手代表了平凡的我們，助手說的話，讀者讀來都很有道理，等到神探開口之後，才知道我們都是傻瓜。可是野本刑事和千草檢察官好像不是對照的方式，而是像剛才先生說的這種團隊的、分工的、拼圖的，他們用不同的方法尋找線索，慢慢地拼湊起來，整個設計不是要突出一個英雄。這真的和西方的設計很不一樣，您認為這是東西文化的差異嗎？東方的創作者才會創作出這樣的概念嗎？您可不可以多解釋一下像野本這樣的角色？

**土屋**：一般的作品都是要設計出福爾摩斯和華生這樣的組合，這也不錯。而我在創造了千草檢察官以後，就設想該由什麼人來擔任華生這個角色，考慮之後，就設計出野本刑事這個角色。我在作品中最花費力氣的部分是千草檢察官和野本刑事的對話。日本自古就有漫才註[1]這種表演，一個人說些一本正經的話，另一個人則在一旁插科打諢，敲邊鼓，逗觀眾笑，我想將它運用在小說之中。當讀者看書看得有點累時，正好野本刑事跑出來，和千草檢察官開始漫才的對話，這麼一來讀者不就覺得有趣了嗎？而就在這一來一往之中，也隱藏著逼近事件真相的線索，那就更加趣味盎然了吧。所以，那確實是在潛意識中想到福爾摩斯和華生而創造出來的兩個人物。

**詹**：那麼究竟有沒有原型呢？或是有自己的影子嗎？

**土屋**：呵呵，不、不，他們和我一點都不像的。

**詹**：先生在作品中常常會引用日本近代文學作品，很多詩句總是信手拈來的，您都是將這些作品的內容融合並應用到推理小說之中，《盲目的烏鴉》就是如此。在我閱讀的時候可以感覺到先生對於日本文學作品非常嫻熟和淵博，並且有很深的感情。這樣的文學修養在大眾小說的作家裡，其實是不多見的。您這麼喜歡純文學作品，為什麼選擇了接近大眾的推理小說的創作？您在大眾小說裡放這麼多純文學的詩句和典故，不會擔心它變成廣

註[1]類似中國相聲的日本傳統藝術表演。

大讀者閱讀上的困難嗎？

**土屋：**我從三、四歲起就開始讀書了，幾乎讀遍了日本的文學作品。像是有很多種版本的文學全集，三十本也好、四十本也好，我全都讀完了。因此我在寫作時，這些東西很自然地便浮現在腦海。哪位作家曾經這樣寫過，哪位詩人曾經寫到這種場面等等，很自然地便會想起從前讀過的內容。因此我認為，如果在我的作品裡引用一些作家的詞句，可以替自己的作品增色，就像是替自己的作品增添點色彩。所以我就借用那些作家的一些文字，或者稍微介紹別人的作品，我覺得這樣挺好的。總之，就是我對文學的熱愛自然流露在作品中吧。還有一點，我曾引用過作品的那些作家，幾乎都以自殺終結此生。例如大手拓次，他耳朵不好，一生都很悲慘，其他我引用過的作家也都以自殺終了。我喜歡自殺的作家。（笑）

**詹：**關於您在小說裡的一些情節設計，如果回頭看當時寫作的時間，就會發現那些正是當時很流行的話題。比如人工授精、血型等等，這個趣味的地方和使用純文學作品是很不一樣的傾向，這又是怎麼回事？

**土屋：**那正是所謂的關注「現在」啊，我總不能寫脫離時代太久的東西。別的作家也是這樣吧。

**詹：**您用到這些題材的時候，是很新、很時髦的。

**土屋：**因為是寫「現在」，當然會這樣了。

**詹：**您曾經在《天國太遠了》（浪速書房版）的後記裡寫著：「我想要追求兩者合

一。」即是將推理小說當中的文學精神和解謎的樂趣，您是說想把日本推理文學中的本格派和社會派的對抗，把它從對抗轉成融合。在這些小說的發展之中，這似乎是很難兩全的。可能本格派的世界要比真實世界簡單太多了——就是解開一個謎團；而社會派這種比較複雜的描寫，則可能不太適合抽絲剝繭的解謎。但是，您說要讓這兩者合一，而從您的作品來看，也可以看出您達成了一部分，有一個接近真實的世界，但還是注重一種古典解謎的樂趣，這是非常非常少見的。您可不可以談談您對這一部分的看法？您針對兩者可以合一的創作觀點有什麼想法？

**土屋**：我似乎沒有特別介意這點。我以前曾經談過松本清張，他也和我一樣嘗試過這種做法，也就是說不止我一個人這麼做，很多人都有這種嘗試。

**詹**：這種真實性很高的古典本格推理創作的關鍵是什麼？

**土屋**：我以前看過很多偵探小說，如果問從前那些偵探作家，偵探小說最大的樂趣是什麼？也許他們會回答：是非常出奇的詭計設計，別人還沒用過的出奇詭計設計，那才是偵探小說的生命；但我不這樣認為。依我看，這個世界上的犯罪者也是和我們一樣有著普通智力的人，詭計也是這些人思考出來的。詭計不該是非常離奇的，而應該是在我們身邊的，只不過人有時會懶於思考或是思考不周，結果便失敗了。這不正是偵探小說的有趣之處嗎？這是我的看法。我至今從未設計缺乏真實性的詭計。我曾對一個評論家說過，我所寫的詭計都是自己實際驗證過的，這點令他覺得很有趣。例如，我曾經設計使用照相機構成的詭計，看起來像是今天拍的照片，實際上是昨天拍好的，這個詭計就在《影子的告發》

裡。要這樣做有很多種方式，比如將照相機的日期往回推之類的，而我則是拍好這張照片，然後翻拍，形成一種不必去現場而看起來像去過了現場的假象。總之這些都是我自己實際驗證的。翻拍的照片和普通拍攝的照片究竟有何不同呢，總之我全都一一實驗。又比如《天狗面具》裡，運用了神社祈福驅邪時神官拿的拂塵。如果在那拂塵的竹棍上開一個洞，用滴管注入毒素，是否就能將毒下到別人的茶杯裡呢？因為驅邪時人們都低著頭，若是茶裡被下了毒，應該沒人會知道吧？我想用這個方法設計詭計。事實上，我找了一根竹棍，開了一個小洞，上面綁了白紙，然後把太太叫來，讓她就像神社裡請神官驅邪時那樣在我面前，然後我告訴她我倒了茶給她，她嚇了一跳，問我什麼時候倒的茶？我說妳不知道？她說一點兒也不知道。我心想這個詭計用得上了。我的詭計都是經過這樣實證的，很真實，我不會寫不可能發生的詭計，但是我也曾經碰上糟糕的事情。有一次，我寫了一部有關中元的作品，所謂中元就是夏天時送禮給人的日子。中元禮品都是由百貨公司包裝的，如果我另外買一份，然後包裝好，請百貨公司的人發送，結果，吃了這份中元禮品的人死掉了。這可是百貨公司的人發送的禮品，和我完全無關吧？任誰也不會知道我是兇手。沒想到在我的周圍發生了類似的事件，有人吃了從百貨公司送來的中元禮物，結果吃壞肚子。當時雜誌上已經刊登這篇作品，我覺得這真是太糟糕了。讀過這篇作品的人對我說，有人因為看了你的文章，所以跟著做了。我真沒想到有人會用我作品中的手段，那一定是偶然吧？結果對方居然說，莫非就是你做的？我與那人根本毫無關係。因為和那人沒關係，所以警方沒有懷疑我，但是發生了與我所寫的手段同樣的事情，真有這種事呢！也就是說，我的詭計是十分真實的，誰都可以模仿照做。如果是非常離奇的詭計，就沒有人能模仿了，但我的卻是誰都可以做到。雖然偶爾發生類似的事件，讓我覺得很為難，但我還是認為，只有帶有真實性的詭計才可以用在小說裏。

**詹**：從讀者來看，您就像一個隱者，長期居住在這長野的山中，過著晴耕雨書的生活，很少出現在公眾場合或比較熱鬧的地方。大家對您的生活都很好奇。晴耕雨書，您真的是有一塊田地嗎？是種稻米、種蔬菜嗎？還是這塊田地只是文學上的一種比喻？能否談一談您在家鄉這種平靜的生活？您有那麼多的機會，為何選擇住在長野縣？這種生活與您的小說有怎樣的關係？

**土屋**：呵呵，這裡是我出生的地方呀。我們家族是從德川時代便移居至此的，算起來有四、五百年了，每一代都住在這裡。我家門前古時候叫中山道，是從東京可以直接步行走到京都的路，也是從前的諸侯到東京拜謁將軍時會經過的路途。當時的諸侯得組成諸侯行列，從很遠很遠的地方徒步前去拜謁將軍。率領自己的部下去東京見將軍，得花費很多錢。將軍擔心手下積累資金謀反，因此讓他們花錢來見自己，也是安定天下之策。諸侯領著眾多部下浩浩蕩蕩走來，一天走五、六十公里，總不可能一直走，他們需要休息住宿的地方。為了好好休息，也為了晚上不被偷襲，所以有「本陣」這種地方當作他們的驛站。從我祖父的爺爺那代起，我家便經營本陣，從四百五十年前起，我們家族便一直住在這裏。我年輕時曾在東京工作，之後發生戰爭，我歷經了兩次徵兵。戰爭結束，我回到家鄉之後，便沒離開過，一直住在自己家裡。我還會種地呢，以前身體更好的時候，我種過稻米，也種過蔬菜，現在老了，揮不動鋤頭了。到五十歲為止，我都一直種菜過活，現在是我太太在種，家裡吃的蔬菜都不用花錢買。我習慣這種生活，現在叫我去都市，身體已經無法適應了。我一天花七、八小時看書，我沒有一天不看書。還是現在的生活方式最適合我，也最輕鬆。儘管不是說要特別贊這樣的生活，可是如果問我為何要過這樣的生活，我還真想不出答案呢。因為我就是順其自然，不知不覺便已經是這種生活了。

**詹**：您經常在作品中寫到家鄉，長野的很多風物和場景都出現在小說中，例如小諸、藤村碑、懷古園等等，那些場景替作品增添了真實的色彩，也在詭計中扮演重要的角色。每次讀完，都像是走了一趟信州，就像個導遊一樣。我的編輯同事就說，讀過您的書再來到長野縣，好像每個地方都活了起來，因為書裡想像的世界和真實的世界相遇，激發了很多樂趣。您之所以選擇這些長野縣的場景，只是因為熟悉，還是有特別強烈的意識？

**土屋**：簡單來說，就是我只會寫自己知道的地方。別的作家會出門旅行，會去很多遙遠的地方，然後再以那些地方為舞臺。但是我不會，我是非常懶散的人，我懶得出外旅行，所以只能寫自己周圍、我所熟悉的場景。

**詹**：您已經花了了五十年的時間在寫推理小說，這個文類在全世界擁有許多讀者，以及許多努力的創作者，對您來說推理小說最終、最深層的樂趣究竟是什麼？

**土屋**：嗯……我好像沒有這麼深刻的感受。當初我想寫時代小說，後來不知不覺地寫起推理小說了，當然江戶川先生對此事是有影響的。不過要問我怎麼會選擇推理小說？可能還是因為容易寫吧？（笑）

**詹**：您在全世界都有很多追隨的讀者，特別是一些推理小說的精英讀者。這次商周出版社出版了您的長篇小說全集，這可能是臺灣第二次介紹您的作品。這次看起來是更加用心和大規模。我在臺灣看到很多推理小說的讀者，比如我認識的一些教授、法官，他們通常對讀的東西很挑剔，他們一般不讀推理小說，但是讀您的作品。讀者層次之高，令我印象深刻。我想問一下，您有什麼話對臺灣過去和未來的讀者說呢？

**土屋**：真有那麼多讀者看我的書嗎？（笑）我覺得不會吧。以前在臺灣出版過兩本我的作品，是林白出版社，出了兩本，那以外都是盜版，是開本很小很小的書，出了好幾本，去臺灣旅行的人曾當禮物買來送我，那是好久以前的事了。我曾經想過為什麼臺灣的讀者會讀我的作品？我很感謝大家能讀我的作品。可是，我真不覺得會有很多人讀呢。

**詹**：經過這次商周出版社的推廣，臺灣的很多讀者可能會因此而想到長野縣，他們會受到小說的影響。土屋先生會對從臺灣來的讀者有什麼建議？到長野縣之後，應該去哪裡玩？應該吃什麼東西？

**土屋**：真的會有人來嗎？（笑）其實，我從前去過臺灣呢，戰爭以前我的伯父在臺灣當律師，我還記得他住在台北市大同町二丁目三番地。而且他在北投溫泉那裡有別墅，後來他就搬過去了。臺灣的香蕉很好吃啊。

**詹**：希望您有機會能去臺灣看一看、玩一玩。謝謝土屋先生。

二〇〇五・七・五下午三時

於長野縣上田東急INN酒店會議廳

## 本文作者簡介——詹宏志

名作家、電影人、編輯及出版人。一九五六年出生，台灣南投人，台灣大學經濟系畢業。PC home Online網路家庭國際資訊股份有限公司董事長、電腦家庭出版集團和城邦出版集團之創辦人、台北市雜誌商業同業公會理事長。曾於一九九七年獲台灣People Magazine 頒發鑽石獎章。

# 作者的話

土屋隆夫

此次，由台灣的商周出版社出版包含我的主要長篇作品共十三卷的作品集（編按：自二〇〇六年起，改由獨步文化繼續出版），令身為作者的我非常開心。

我在一九四九年寫了生平的第一篇短篇〈「罪孽深重的死」之構圖〉，入選了當時的偵探小說專門雜誌《寶石》的徵文比賽，踏出了推理作家的第一步。

自此已經過了五十五年的長久歲月，但是我對推理小說的基本看法迄今未變。決定我走上推理小說作家之道的契機是江戶川亂步先生所寫一篇名為〈一名芭蕉的問題〉的文章。江戶川先生在文章中指出：「對推理小說而言，謎題或邏輯是不可或缺的要素，從這點來看，推理小說是與一般文學大不相同的小說形式。」但是另一方面卻也提出這樣的看法：「要寫出能夠稱為第一流的文學作品，卻又不失推理小說獨特趣味的推理小說，是非常困難的事情。但是，我並不完全否定成功的可能性。」

總之，雖然非常困難，但是的確有可能將以解謎為重點的推理小說提高到藝術的境界。

截至目前，先不談自己究竟能不能成功，但我一直朝著追求解謎為主的推理小說的獨特性，以及同時也是出色的文學作品的艱難目標，一路奮鬥過來。

回顧一路走來的推理小說作家生涯，不敢說自己已經實現了當初的夢想，但是全十三卷的作品集，每一部都是當時的我的心血結晶。

五十五年的作家生涯，我雖然一心一意地寫著以謎團為主題的推理小說，但是我感覺在近年來自己稍微擴大了謎團的範圍，在詭計等的邏輯性的謎團之外，也開始重視起犯罪的動機與心理的謎團。

身為作者，希望讀者在享受各部作品之餘，如果也能從這部作品集感受到作者作風的微妙變化，對我而言將是無上的喜悅。

二〇〇五・八

# 第一部　過去之章

# 1

檢察官。

我終於下定決心，也終於沒事了。我已經不是過去的自己，故而決定提筆寫這封長信。

我要自曝過去的醜事，這些事遠超過一般人的常識與想像，以致我從未跟任何人提起。那是烙印在我人生的一大污點，一個永遠無法癒合的心靈傷口，如今我願意鼓起勇氣去面對，請聽我訴說。

我很慶幸這個過去二十多年無人得知、我極力隱藏的秘密，首次吐露的對象就是檢察官，因為你絕對不會將這封信帶上法庭，也不會留下紀錄。

請別誤會，我寫這封信並非要博取你的同情。我是個殺人犯，我用雙手勒死了一個女人，其中經過就如警方完成的筆錄所言，是經過預謀、殘忍且可恥的罪行，絲毫沒有酌量判刑的餘地。即便是你也認為我死有餘辜吧？我想求刑時不是死刑，就是無期徒刑；抑或是十年、十五年的刑期，但對我來說那已經不重要了。

兩週前，我不但是一流醫科大學的主任教授，亦是日本婦產科學會常任理事及厚生省人口問題審議會委員，曾因《受精卵分割及其結構》這項研究榮獲學士院獎，我的著作《人工授精的現況與未來》更獲頒學術出版文化獎。雖然聽來有些自傲，但我的過去確實充滿榮耀，眾人皆在我身後投來敬畏的眼光，我更以沉穩自信的腳步邁向權威的道路。

但我卻因殺人罪被逮捕了，變成殺人嫌犯被送到拘留所等待審判。你知道嗎？我失去了一切，包括地位、名譽及過去的榮光。換句話說，我葬送了整個人生，這讓我生不如死。檢察官，現在的我根本就是死人，不管是判死刑還是無期徒刑都無所謂了。因為處罰一個死人根本就毫無意義，不是嗎？

請別生氣，我並非自暴自棄地在挖苦你，原本我打算到死都不洩露這個祕密，但是既已形同死人，我終於可以向他人吐露一切。

檢察官，這樣或許很失禮，但請容我叫你千草先生。真不可思議，當我如此稱呼你時，心中便自然地湧現一股難以言喻的親近感。

你還記得那天嗎？就是我被送到地檢署，在你的辦公室第一次接受偵訊時的情景。我從拘留所坐上警備巴士，被送到出生至今只聞其名、不曾探訪的東京地檢署。

那是個寒風刺骨的早晨，因為連續好幾天沒睡好，我走下巴士時腳步有些不穩，只能緊抓著看守所人員以防自己攤倒。斜射的冬陽灑落，照亮了我手上的手銬，此時一行淚水無聲地從我臉頰滑落……

手銬，一個緊緊箍住我雙手的金屬鐵環、讓我的手無法自由伸展的鐵製刑具。然而就在幾天前，我還用這雙手跟學界、官場的高層們寒喧；在學生的豪華婚禮上邀請眾人舉杯慶賀；在幾度造訪的國外大學，與著名醫界學者因久別重逢互擁，甚至挽手漫步在異國街頭。

不只如此，我這雙手觸摸過幾百，不，甚至是好幾千名女性的肉體；我曾經守護、培育在她們體內蠢動的小生命，將他們帶來人世；有時我也會將嬰兒的幼苗植入無法自然受孕的女性體內，成功地培育生命，也就是所謂的人工授精。人類的誕生過去完全聽憑神意主宰，我這個醫生卻憑一己之力做到了。我創造了新的生命！每個活蹦亂跳的新生命，都是透過我這雙自由的手才能誕生的。

我現在能如此說明當時的心境，但當我看到閃著光芒的手銬時，我卻被悲傷擊倒了，從被逮捕那天起纏繞在心中的種種情緒，突然化成激情湧上心頭。

「你怎麼了？」看守所人員凝視著我，我咬著唇忍住嗚咽。「唉，這也難怪。像你這樣偉大的醫生現在淪落到這種地方……可是你還算好，負責審問你的可是這裡風評最好的檢察官呀。把所有事都說出來，你就能早日解脫了；只要你老老實實地回答，檢察官就會做出對你有利的心證，這樣對你也比較好。」

這名中年的看守所人員說話時帶著北國鄉音，一雙小眼睛和圓潤的臉頰，看來就像是好好先生。

「我們走吧。」說完，他緊靠著我的右側，我感覺那是他職業性的習慣和警戒，身為一名看守所人員，那是很自然的行動。

我的手銬一直到你辦公室門前才被解開。

「沒辦法……畢竟規矩很多嘛。」看守所人員不好意思地對我笑笑後，將手銬放入口袋，我搓揉著重獲自由的雙手，嘴角露出扭曲的笑容，並輕輕地對他點頭。沒錯，千草先生，當時我極為冷靜，並試圖表現出泰然自若的樣子，讓自己看來就像個殺人犯，或是可以無情地犯下此可恥罪行的人。

我無意贅述這些細節，只是想讓你知道那天早晨我初次接受偵訊時的心情。我偽裝成罪大惡極的壞人，希望你忽視案件真相，更希望獨自堅守那個秘密。

總之我在看守所人員的戒護下走進辦公室，從窗口射入的朝陽落在你書桌上，香菸的煙霧在光線中飄緲上昇。

「辛苦了。」你對看守所人員輕輕點頭，然後指著桌前的椅子對我說：「請坐。」房內響起我的腳步聲，我走到你對面坐下。桌上的木製名牌寫著你的名字，我一看到名牌便吃驚地全身僵硬。

——千草檢察官！

## 2

或許我當時發出了驚叫，抑或是態度及表情顯露出內心的動搖。

「怎麼了？」你探究似地看著我。

我為了避開你的視線，連忙調開頭說：「不……沒什麼。」

當時我複雜的心境實在很難用三言兩語說清楚，我一看到名牌上寫著「千草檢察官」，就彷若看到四十年前過世的姊姊突然在黑暗的時間底層下出現，只能感到震驚。

（怎麼可能！）我不禁懷疑自己的眼睛。

（千姊在這裡！千姊成了檢察官，要來審判我的罪了！）

千姊——從小到大我都是如此稱呼姊姊。她叫久保千草，名字正巧跟檢察官的姓相同。當初父母要我叫這個大我兩歲的姊姊「千草姊」，但年紀還小的我卻唸成了「千姊」。曾幾何時，這個兒時用語便成了姊姊的暱稱，不僅是家人，連左鄰右舍都喊她「千姊」。姊姊於二十歲的花樣年華過世，在我們故鄉信州一個群山環繞的鄉下小醫院裡，在我和父母的守護下斷氣。當穿著骯髒白袍的寒酸醫生宣佈姊姊死亡時，母親撲向遺體痛哭哀嚎：「千姊，不要！妳不能死啊！」在我寫這封信時，那聲音彷彿仍在我耳畔迴盪。

千草先生，恐怕你讀到這裡早已皺起眉頭，同時心中這麼想。

——這故事的確令人感傷，但是那又如何？不過就是我的姓和你姊姊的名字一樣而已嘛。

沒錯，那只是單純的偶然，這世上多的是類似的事。

不見昨千草　唧唧蟲聲亦消空　憑添寂情意

這首短歌[註1]出自齋藤茂吉[註2]的和歌集《赤光》。我的父親是小學老師，曾經加入短

註[1]短歌：是和歌的一種，為最普通的歌體，規則是五七五七七。
註[2]齋藤茂吉：1882-1953，詩人，山形縣人。著有：詩集《赤光》、《璞玉》等作品。

歌同好會，某次他去鄰村出差時在舊書店買了這本和歌集，在回程的公車上一路吟唱，一到家他便接到母親娘家來電說生了女兒，當時他腦中立即浮現千草這個名字。後來，這段往事成了父親最得意的事。

「這個詞蘊含著春到人間的生命躍動感，有著生命根植大地的強韌。就算枯萎了、就算被人踐踏，我的女兒，妳也要像剛萌芽的嫩草般堅強地活下去。我是抱著這樣的期望為妳取名千草的……」

檢察官，姊姊名字的由來就是如此。你的姓和姊姊的名字相同，原本是不需大驚小怪的，換做是以前的我大概根本不以為意。但是那一天，當「千草檢察官」這些字跳進我眼裡時，我卻驚訝地倒吸一口氣。千姊竟然成了檢察官！這個超越偶然、命運般的巧合讓我驚惶失措。

命運般的巧合——沒錯，此次的案件一直有著姊姊的陰影。我必須先說明，已去世四十多年的姊姊和被我殺死的恩田系子之間沒有任何關係。系子才剛滿二十歲，姊姊過世時她根本還沒出生；儘管如此，姊姊仍是我犯下這項罪行的源頭。千草姊的身影悄悄地佇立在我身後，迫使我走上殺人一途；而負責偵查此案的檢察官竟然也叫千草！

那是我的幻覺？抑或是為了逼我說出實話而設的陷阱呢？

被捕之後的心力憔悴和睡眠不足，讓我的頭腦如泥淖般沉重污濁。我呆滯茫然地注視著千姊和千草檢察官重疊交錯的幻影，在那短暫的時間裡，我甚至聽見姊姊在跟我說話，而我也回答了她。

「伸也，你終於走到這個地步了。」

「我慘敗了，下場就是遭到逮捕……求求妳，千姊！救救我吧！」

「姊姊沒辦法救你，是你做錯了。你為什麼要那麼做呢？」

「我沒辦法原諒那傢伙，我是為了千姊……」

「你錯了。你所做的一切只是讓自己痛苦，更讓大家不幸。伸也，你拋棄了身為醫生的使命與榮耀，更背叛了醫學，最後你還殺了人……」

「為了守住那個秘密，我只能那麼做呀……但我卻徹底失敗了。千姊，我該怎麼辦才好？妳告訴我啊。」

「將一切都說出來吧。把過去的秘密、還有事情的真相，全都說給檢察官聽吧。」

「不！如果我做得到，我就不會……」

「伸也，難道你要讓你的孩子過著禽獸不如的生活嗎？你要讓他們下地獄嗎？現在還來得及，只要你肯說出真相……」

「千姊！」

「說吧。你就是為此才來到這裡的。姊姊也會一起聽你說，伸也，拿出勇氣來吧！」

如果訴諸文字，我和姊姊的對話大致就是如此。但在我倦極混沌的腦海中閃過的話語並不如此明確；而在拘留所度過的幾個夜晚，在淺短片段的睡眠中，我不時會看見姊姊的身影；不，就連我醒著時也能聽見姊姊的聲音。

拘留所的個人牢房整夜亮著燈，即便我閉上眼睛試著入睡，眼皮上依然透著些許白光。我閉上眼睛凝視白光，它隨及變成白霧將我團團包住，進而滲入體內。真的，檢察官，我清楚地感覺白霧呼呼地流進我腦裡，姊姊的身影也一定會在那時出現。

姊姊從白色霧氣那頭向我靠近，她的臉在濃霧中模糊不清，難以認出表情。

（千姊！）

我呼喚的聲音不知何時變回孩提時的童音。

（妳要救我呀，千姊！）

小時候的我是個膽小鬼，千姊是我最大的依靠、也是最溫柔的保護者。但為什麼這次千姊卻不肯救我呢？

（我都是為了千姊呀，是為了千姊才……）

我每夜就對著出現在濃霧中的姊姊傾訴，姊姊時而給我教誨、時而斥責我，有時也陪我一起哭泣……這些記憶、交談的片段，就在我看到你名字的那一瞬間，猛然閃過我早已麻木的頭腦。

## 3

千草先生。

看樣子終於到我說出事情真相的時候了。

真相——在偵訊的過程中，我們最常用的就是「真相」這兩個字，有時也會用「實情」或「實話」取代。

我記得是第二次接受偵訊的時候吧。當我固執地複誦之前告訴警方的自白，並重複跟你桌上堆積如山的筆錄相同的內容時，你無奈至極地喊住我：「久保先生。」

或許是考量到我過去的成就與身分，你的語氣總是既客氣又充滿人情味，這點容我再次表示感激之意。

「久保先生，我想知道的是實情，也就是整件案子的背景與動機，你現在只是不斷地在重複一個虛構的故事，如此只會延長你的拘留期而已。」

「無所謂，我從頭到尾說的都是實話，今後也不會改變。」

「你所謂的實話，就是你強暴恩田系子之後，因為怕她去報警故而將她殺死嗎？」

「沒錯。」

「我不相信。首先，你沒有強暴她。我們確實從恩田系子的身體及衣服上驗出精液反應，但精液主人是AB型，而你是B型。久保先生是專家，不應該否定這項證據……」

「我沒有否定。關於那一點我也跟警方說過很多遍了，你聽好，恩田系子是二十歲的年輕女性，就算有男朋友也不奇怪，何況現在年輕人的性觀念比我們想像中開放許多，那晚她又是從外面回家，說不定在哪裡跟男朋友見過面了。你不認為嗎？」

「你的意思是說，那個男人的血型是AB型嗎？」

「沒錯，她跟男人睡過之後才回家，接著就被我強暴……」

「如此的話，殘留在她身上的體液應該會驗出你的精液，但警方卻沒有發現。」

「我強暴了她，這是事實；但或許我的行為做得不夠完全。」

「你是說，你沒有射精……？」

「大概是吧。」

「根據警方調查恩田系子出事當晚的行動，她在晚上八點半左右出門，屍體在晚上九點五十分被發現，這期間她去了哪裡、和誰見過面等都已經查明了，當中既沒有你說的『男人』，在時間上也不可能，我們已經斷定根本就沒有AB型男人的存在。」

「說不定他們是在案發前一天見的面啊，體液是那時留下來的。」

「久保先生，即便是前一天……」你話說到一半，只微微地嘆口氣，接著就沉默不語。如今我一邊寫這封信，一邊再次回想當天的對話，心中只感羞愧不安。因為當時我就像個不講理的小孩，不斷重複說著早已被拆穿的謊言，如今想到只覺得悲慘與丟臉。

但是千草先生，當時我真的豁出去了，為了守住秘密，我賭上自己的性命。就算被嘲笑、被奚落、被責難，我也必須讓自己被判強姦殺人罪並且處刑。當時我是這麼想，而且我有必須這麼想的理由。

我五十八歲了，是醫科大學的教授，握有無上的權威；身為一名醫生，我在學界享有盛名，更留下了值得驕傲的成就。但我卻決定放棄那些榮耀、名譽、人們的贊賞及我的家庭，讓自己葬身在強姦殺人罪的屈辱之中，其中苦衷無法向任何人傾訴，更不能為人所知。

千草先生，你最常在偵訊時問我：「久保先生，你是否在坦護某人？為了保護那個強暴恩田系子的人，你故意假裝自己是嫌犯？」

「檢察官認為恩田系子不是我殺的嗎？」

「不，我沒有這麼說，我們找到有力的證據，證明案發當晚你到過現場。你曾說被害人腹部有動過盲腸手術的痕跡，如果沒看過對方裸體是無法得知的；此外，頸部的勒痕也幾乎跟你的手掌大小一致，甚至你提出的不在場證明也已確定是捏造的。從這幾點來看，可以證實你當時在現場，並以某種方式接觸過被害人。」

「那是當然的，因為是我殺了她。」

「這就是問題所在。人是你殺的，這點或許沒錯；有關殺人方法和屍體狀況，你的供述和驗屍結果完全一致，足以採信。但你為什麼要殺人？你的動機何在？這點我怎麼也想不通。」

「因為我強暴了她呀，檢察官。」

「你說謊！」你堅定的語氣衝擊了我的視線，我不禁垂下眼睛。

「久保先生，我們的討論又回到了原點。恩田系子或許是你殺的，但之前的強暴案並沒有發生，現場所有狀況都是為了讓他人以為恩田系子曾遭到強暴而偽裝的，但這些偽裝卻出現幾個失誤。」

「如果是血型問題，我想我已經說過……」

「不只是血型，我說過是『幾個失誤』，但我不想一一說明。久保先生，我長期從事辦案工作，是這方面的專家，就如同你是醫學專家一樣，但我卻從沒遇過如此難辨的案件。解開所有謎題的鑰匙就握在你手中，你能借給我嗎？」

我只能輕輕地搖頭說：「如今我有的只是通往刑場的鑰匙而已。」

我很了解這樣的回答不能滿足你。隨著偵訊的進行，你只專注在一個重點：就是犯案的動機。一直冷靜自若的你，只有一次脹紅著臉拍打桌子，對我大吼大叫：「久保教授！你身為醫生，卻毫不清楚自己的病情！我看你應該去做精神鑑定吧？你有說謊癖和強姦妄想症，那全是精神分裂的症狀，而且本人還毫無自覺！你要找哪個大學來鑑定？要不要找你所任教的明和醫大？還是你有想指定的醫生？你說啊！」

「檢察官，我想沒有必要，我很正常；就是因為正常，我才毫不隱瞞地說出事實真相。」

「原來如此，那我倒要問問你！通常這種性罪犯都有前科，而且大多是慣犯，很少只犯案一次，他們會放縱個人情慾不斷重複相同的罪行，我想就算是你也不例外吧！那麼你說說看，你過去侵犯過幾位女性？又是在什麼情況下犯案的？」

「不……我只做過一次而已，請相信我，我只能說自己那晚著魔了，為什麼會起邪念我也不清楚。我一生中只犯過這個錯，真的，檢察官！」

「那很難說！你身邊有女學生、有護士，來找你的病人也大半都是女性吧？你很輕易就能找到下手的對象，只要利用自己的地位和職業，要查出她們的生活狀況及家庭環境並非難事，恩田系子不過是其中一個受害者罷了，其他應該還有很多受害者！你侵犯過多少女性？五個？十個？還是五十個？說啊！久保伸也！」

你激烈地怒吼，敲著桌子的拳頭不斷顫抖。你的言詞像利針般刺痛我的心，我咬著牙忍受，等待這段屈辱的時間過去。沒錯，千草先生，當時的我除了忍耐別無他法，無論遭受怎樣的辱罵，就算被譏諷是沒人性的色魔，我也只能忍耐到底，因為這是我所能想到的最後手段了。

就算在當時，我心中對你仍沒有一絲憎恨與反感；我很了解堅不吐實的自己有多麼讓你焦躁，並充滿無處發洩的怒氣。

因而我覺得痛苦難當，覺得對不起你。

可是千草先生，我已經沒事了，我不必再忍受說謊的痛苦，心中的祕室已經打開，我終於可以說出長久冰封的秘密了。我想，這應該可以還原這次案件中的所有真相吧。

之所以會有這樣的轉變，是因為我身上昨天發生了意想不到的變化，關於這點我之後會提到，我先要寫一件往事，那是此次案件發生的遠因。

昭和四十（一九六五）年五月，在南北穿過琦玉縣鳩谷的岩槻街道旁，一幢新蓋的汽車旅館裡發生一起命案。兇手是住在東京都北區、家境富裕的主婦，她在案發後第四天或第五天在家中被捕。
這個案子的兇手和被害人跟我毫不相關，只因為被逮捕的主婦在供述中提到她的犯案動機是「某個醫學行為」，迫使我捲入了該案的波濤中，當時我並不知道這竟是日後導致我犯下殺人悲劇的禍根。
千草先生，身為檢察官的你應該很容易拿到當時的辦案紀錄；週刊及婦女雜誌等也曾大肆報導過此案，或許你還記得。
兇手是三十三歲的家庭主婦，我記得她的名字應該是折原園江。

## 4

那天，折原園江一如往常地送女兒香織到附近的幼稚園，回到家已將近九點。
一家三口的生活，身為上班族的先生八點出門，獨生女香織今年四月才剛上幼稚園，無人的家中顯得空寂。園江走進起居室，脫下裙子換上牛仔褲，開始家庭主婦的一天，首先就是收拾用完早餐的桌面。
園江才伸手拿起丟在椅子上的圍裙，門鈴便響了。
「不好意思，請問折原太太在嗎？」訪客是位男性。
「在，馬上來。」
園江走到玄關前的脫鞋處，貼在門上的窺視孔探看。

門外站著一名年約三十歲的男子，個子修長、長相白皙端正，身上穿的藍色細紋西裝和他十分搭配，看起來不像上門兜售的推銷員，手上也沒拿任何東西。

「請問是哪位？」

「我是東華醫大醫院的笠田。」

「真不好意思，請進。」

園江立刻開門請對方入內，她去過幾次東華醫大的附屬醫院，婦產科的大竹教授更可說是她的大恩人，這位笠田先生說不定也是醫生，可不能怠慢人家了。

園江領著男子來到客廳，為了應付突如其來的訪客，只有這裡隨時都打掃得很乾淨。訪客在邀請下坐上沙發後，便立刻拿出名片，並為自己突然造訪致歉。

他的名片上印著東華醫科大學附屬醫院病理研究室，姓名是「笠田啟一」。

「折原太太應該認識大竹教授吧？」

「是呀，之前曾承蒙他大力照顧……」

「我也曾接受過大竹教授一年的指導，之後才轉到研究室，不過近來身體不適正在休假，正所謂醫者不自醫呀。」

「您要多小心身體啊。」

「其實也沒什麼……」笠田邊說邊環視屋內，並發出「噢」的感嘆聲。

「您的房子真漂亮，不愧是折原建設董事長公子的住家。折原建設在業界的地位也算是數一數二了，聽說您先生也在裡面服務……」

「是的，他在秘書課工作。」

「噢……那麼您先生將來會繼承父親的位子囉？折原太太，您真幸福呀。」

園江面帶微笑地聽著，心中卻略顯不安，因為她根本摸不清笠田來訪的目的。

他總不會是來看折原家的房子蓋得是否漂亮吧？本人也說他正因病休假中。

笠田啟一拿出香菸，點燃打火機。

「香織應該長大了吧？」

「是呀，託您的福。」

「真快，都已經上幼稚園了。她真的很可愛，黃帽子配上藍色制服，還有白色褲襪，紅潤的臉頰上有著小巧的酒窩，叫人看了不禁想抱抱她……」

「醫生也認識我們家香織嗎？」

「那當然……您剛剛不是才送香織去幼稚園嗎？香織牽著您的手邊走邊跳，妳們還一起唱『迷路的小貓』……」

「哎呀，原來被您看見了。」

園江不好意思地笑了，心中卻納悶笠田是從何處看見她們的。

「您也住在這附近嗎？」

「不，我住在中野，但常會過來這裡。」

笠田啟一在煙灰缸裡捺熄香菸，望向窗外說：「嗯，庭院也很寬敞嘛。」

園江嘴角的笑容消失了，這些毫無意義的對話使她失去耐性。明明沒有要事，卻跑到別人家登堂入室，這種人的神經未免太粗了。

「請問……」園江開門見山地詢問：「您今天來這裡有什麼事嗎？」

「噢，我都忘了，」笠田啟一點了第二根菸，「我就直說吧。我是有事要拜託折原太太。」

「什麼事呢？」

「是這樣的，我想請您把香織還給我。」

「啊？」一時之間，她沒聽懂對方的話。「您說什麼？那是……」

「我是說，我想將香織要回來。」

「別開玩笑了，香織是我的孩子！」

「沒錯，但她同時也是我的女兒……」

「你的女兒？」園江皺起眉頭生氣地說。「你說話別太過份！我可是有丈夫的人，香織是我們的孩子！」

「是啊，在法律上的確是，但就算戶籍上註明是親生子，那些文字也毫無意義。香織的母親是您，這沒什麼好爭論的，但她卻不是折原敏之的孩子，不是嗎？」

「住口！你說這些話對我和我先生都是一種侮辱！太過分了……真的太過分了！請你回去！」她聲音顫抖著，卻不是因為怒氣，而是因為瞬間掠過她腦海的不祥預感。

「折原太太，」笠田啟一平靜地說著，「您懷孕的過程都紀錄在大竹教授保管的病歷表上，香織是經由人工授精的方式生下的，這是醫學上的事實，隨時都能證明。」

「胡說，那孩子是我們的小孩！」

「我能理解折原太太不欲人知的心情，但我也不是信口雌黃，既然我想要回香織，那就來弄個水落石出吧。」

園江立刻垂下視線，她感覺全身血液正急速奔流著。

剛才掠過心頭的不祥預感果然成真了。她早已淡忘的記憶，在笠田啟一的執意挖掘下正一點一滴地曝露出來。

## 5

「折原太太，您在二十三歲那年跟折原敏之先生結婚，兩人都很健康，夫妻生活也很正常，可惜就是沒有小孩。您不知道原因出在哪裡，又擔心是自己身體有缺陷，所以來到我們醫院。那是距今五年前的事，沒錯吧？」

園江低垂的頭微微搖了兩下，笠田啟一無視她虛弱的否定繼續說：「您的身體檢查後沒發現異常，因此問題出在您先生。男性不孕的原因幾乎都是由於無精蟲症或精蟲過少症，當然也可能是外傷或性器官畸型所造成，但畢竟是少數，不過這些說明您應該早就聽過了。也就是說，您先生沒有授精能力，於是您決定來我們醫院的家庭計畫研究室找大竹教授施行人工授精術。教授喜歡在媒體前曝光，也經常在婦女雜誌及廣播的醫療專欄中談論人工授精術，趁機宣傳這間研究室……當然，這點您也早就知道了。」

「夠了，不要再說了！」園江抬起低垂的頭，她顫抖的聲音裡隱含著尖刺，就像被追得走投無路的小動物反擊前的怒吼。「我是香織的母親！而且那些事跟你也毫無關係！要用什麼方法生小孩是我的自由，況且我先生也贊同了！你不是醫生嗎？怎麼可以隨便談論病患的秘密？這種事是可以的嗎？」

「我當然不打算對外洩露，也不是以醫生身份提起這件事，而是以女兒的親生父親身份跟您商量，這是父母之間的討論。」

「你別胡說八道！你有什麼證據？」

「我是捐精者，這就是證據。」

「什麼……」園江一時語塞。

人工授精分為配偶（AIH）與非配偶（AID）兩種方式：使用丈夫精子者稱為AIH；使用非丈夫的精子，也就是捐精者精子者稱為AID。這些資訊都可在書上查到，園江在東華醫大醫院也聽大竹教授詳細說明過。

當時教授是這麼說的：「很多人希望來我的研究室做人工授精，因為我們的捐精者是優秀的醫學院學生，頭腦好、身體也很健康。我們事先還會做嚴格的身體檢查，一定能生出健康的小寶寶。」

園江曾經問道，那些捐精的學生會不會將這些事透露給外人知道？這是她最不安、最擔心的問題。萬一生下來的孩子知道自己是人工授精兒，他要如何去面對一個沒有血緣關係的父親？畢竟血濃於水，她不認為親子關係能安穩地維持下去。孩子會不會為了找尋親生父親而煩惱痛苦？園江只要一想到這些悲劇，心裡便害怕得直發抖。

大竹教授為了掃除她的疑慮而笑說：「這種擔心是多餘的。捐精者必須嚴守秘密，他不會知道自己的精子提供給誰，當然我們也不會告訴妳。換句話說，除我之外不會再有他人得知，況且我們會混合好幾個同血型捐精者的精子，因此連我也不知道誰才是真正的授精者。我們在創造新生命時絕對會做好萬全準備，所以妳不必擔心……」

園江之所以決心接受人工授精，就是信賴教授的這番話。笠田啟一剛剛說她懷孕的過程都紀錄在病歷表上，那份病歷表不只是單純的診療紀錄，更牽扯到一個人身世的秘密，教授不可能允許笠田觀看的，他不會那麼輕率地讓捐精者知道對方是誰。

更何況教授之前說過，捐精者不會只有笠田，當中還會混合多位捐精者的精子，因此不可能得知誰是真正的授精者。就算笠田有機會看到病歷表，也不能斷定自己就是孩子的父親。他一定是隨口胡說！

「醫生，」園江舔了一下乾燥的嘴唇說，「我不相信你是香織的父親。」

「為什麼？」

「就算你是捐精者，但手術時還會混入其他人的精子，因此不會知道誰是真正的授精者，這是大竹教授說的。所以你憑什麼說你是香織的父親？請不要再胡說了。」

「原來如此，看來折原太太是相信了教授的說法吧？」

「當然。」

「但事實並非如此，教授那麼說只是為了讓患者安心。教授一開始的確是採用混合不同精子的方法，但混合法無論在技術面或學術面都受到眾學者的反對。最理想的懷孕方式是一男一女透過正常的性行為受孕，人工授精也是一樣，捐精者還是一個人最好。東華醫大從七、八年前就已停用混合法，所以您的捐精者就只有我了。」

園江咬著嘴唇。她不僅沒有反駁的知識，也不清楚醫院內部的狀況。但就算對方說的是事實，自己當初接受的也不是這個男人，而是無名的精子。她跟笠田啟一之間是沒有任何關係的！

「醫生，」園江激動地表示，「就算你是捐精者，也不是我要求的！我今天才第一次見到你、知道你的名字，現在你跑出來自稱是香織的父親，我想沒有人能接受吧！當時你為了錢出賣精子，那不過是一份兼差而已，不是嗎？」

園江慌亂的心情讓她無法冷靜反駁，更加深她的焦躁，但笠田啟一卻絲毫不為所動。

「您說的沒錯，當年那的確只是一個兼差。我們家很窮，我從高中到大學的學費全靠獎學金和打工支付。我打過不少工，這件工作算是當中最悲慘的。我壓榨自己的身體取出三C.C.的液體換錢，一次三千五百塊，本來那種東西應該是沒有價錢的。一個月三次的打工機會，我可以拿到一萬多圓，和當時一個大學畢業生的薪水差不多。如果別想得複雜，其實都是靠肉體勞動賺錢……」

園江只想掩住耳朵。說是打工，那個「工作」的陰濕是不需說明的，但笠田啟一卻像是閒聊般地淡淡敘述著。

# 6

笠田的聲音低沉，不帶感情。

「學生若想成為捐精者，不但得接受大竹教授的面談和健康檢查，連家族病史與職業狀況都要調查，通過的人才能登錄在捐精者名單中，等待某天被點名。他們通常會在一星期前接到通知，之後到捐精日那天為止都得禁慾，不能跟異性上床。除了預防性病，也為了保持精液的濃度。捐精前一天也不能喝酒，這對年輕氣盛的學生而言算是很嚴格的規定，但這就是成為捐精者的條件。於是……」笠田啟一探出身體壓低聲音說，「當天早上，我在指定時間前往教授的研究室領取放在消毒紙袋裡的試管。雖然住在醫院附近的人可以回家處理，但我選擇去本館內主管專用的廁所進行。那裡平時不常有人出入，最適合進行這種必須避人耳目、有些淫穢的『祕密工作』……」

園江緊皺眉頭，她根本不想聽這些，只想衝上去捂住對方的嘴，將他趕出屋子；但她卻辦不到。

對方知道香織是人工授精兒，在這裡爭吵、把事情鬧大是很危險的；她也不能求助他人，那只會洩漏女兒出生的秘密。

不能讓此事引起世人注目，必須盡可能冷靜地讓對方放棄所求。可是該怎麼做？況且園江也不知道對方想要回香織的真正目的為何。

她思緒一片混亂，笠田啟一仍在她耳邊繼續說著：「說是主管專用的廁所，其實也沒什麼特別的設備，天花板上的美術燈照得瓷磚牆壁一片雪亮，整個空間冷冰冰的。我坐在中央的馬桶座，打開封死的紙袋取出試管，試管上寫著我的捐精者編號和血型，不過最近好像有改用特殊符號取代編號的趨勢。我拉開褲子拉鍊掏出自己的東西，利用雙手，也就是自慰的方式射進試管裡。為了三千五百塊、為了一個陌生女性，我孤獨地從事這種工作。我閉上眼睛，追隨心中的妄想，不斷搓動手指直到快感到來……」

「……」

「我想折原太太是不會理解我當時的心情的，明明毫無欲望，卻不得不射精，還得坐在冰冷的馬桶上逼自己沉溺於虛擬的性幻想中。我常想像著那個期待授精、等著我東西的會是怎樣的女性？想像她仰躺在手術室病床上，露出下半身、抬高雙腳、用力撐開雪白光滑的大腿，而站在一旁的大竹教授把手指伸進她下腹隆起的山丘深處的陰暗谷壑，愛憐又溫柔地撫摸著；另一隻手上的針筒前端沉積著白色液體，那是我的生命。他將針筒抵在女性大腿的盡頭，彷彿我直接跟她有了接觸。她閉上眼睛，腹部隨著呼吸上下起伏，針筒插了進去，我進入了，那溫暖濕潤的肉體皺摺顫抖蠕動著，緊緊包覆著我。就快了，我握緊自己不斷地搓揉，一股白色飛沫射進試管之中……」

「醫生！」園江渾身痙攣，一種奇妙的戰慄流竄全身。她反射性地舉起手打斷對方，想擺脫那種感覺。「你說夠了吧！別說了，好噁心……」

「但我這個噁心行為製造出來的東西，卻注入了妳的體內，這就是所謂的人工授精；也因此才生出香織那麼可愛的孩子，不是嗎？」

「所以，你要我將香織還給你嗎？」

「不錯，我就是為此而來的。」

「我拒絕。醫生，你難道不知道自己說的話有多麼沒常識、多愚蠢嗎？」

「我早就有接受責難的心理準備。」

「大竹教授知道這件事嗎？你跟他商量過嗎？」

「不，我沒有跟教授說過，因為沒有必要。」

「我現在就打電話到醫院去，必要時請大竹教授來一趟！」

園江正準備起身時，笠田語氣強硬地阻止她：「折原太太，我想最好不要！」

他銳利的眼光射向她。

「為什麼？」園江站起來又坐下去。

看來對方不希望她跟醫院聯絡，是害怕被大竹教授責備嗎？或許醫院為了負責，會將笠田這種醫生趕走，他的弱點就是我的武器。在大學醫院裡，教授握有絕對的權威，笠田這種不可理喻的要求肯定會遭到教授嚴厲斥責！

園江好不容易恢復了平靜。

「為什麼不能請大竹教授過來？」

「因為那只會讓您被人笑話而已。」

「讓我被人笑話？」

「沒錯。每家醫院都會要求進行人工授精的患者簽一份切結書給醫院院長，夫妻雙方都必須簽章。您和您先生也簽過吧？」

笠田說的沒錯，園江無法否認，只好輕輕點頭。

「您還記得內容嗎？」

「好像是委託東華醫科大學醫院進行人工授精術之類的……」

「沒錯，在那之後應該還有這樣的條文：『茲立誓將來絕不會因本件造成貴醫院的困擾』。人工授精術固然是由醫院負責進行，但你們已經立誓未來發生任何糾紛也不會造成醫院困擾。因此就算您打電話給醫院或是大竹教授，對方也會依據這份切結書拒絕回應，不會有人理您的。」

「這太不負責任了！」

「所謂的切結書本來就是醫院用來推卸責任的，您當時也同意了。」

「可是大竹教授和你說的未免差太多了！捐精者的秘密外洩，難道不是醫院的疏失嗎？我們的確是簽了切結書，但並沒有答應要歸還孩子。就算是捐精者也沒有權利強行要求我們那麼做！」

「您說的沒錯。」笠田啟一用力點頭。「我是沒有權利要求您歸還香織，因此才來拜託您的！」

「你憑什麼？」

「我生了一種怪病，雖然原因還不清楚，但可能是放射線作用引起的。學界只有兩、三個病例報告，也沒有治療方法，病狀跟腮腺炎病毒（mumps virus）造成的睪丸炎很像，但又不一樣。」

園江根本聽不懂對方在說什麼，便毫不客氣地回應道：「你生病的話題到此為止，總之請你忘了香織的存在。」

「那可不行，因為這個病，我喪失了製造精蟲的功能，既不能讓我太太懷孕，也無法生出自己的小孩，我的身體已經跟您先生一樣了。」

# 7

溫暖的春日嬌陽透過南側玻璃照進窗內，屋內氣氛卻因針鋒相對的言詞而冰冷僵硬。

「真是諷刺！」笠田啟一歪著嘴角說。「我曾為許多女性帶來生產的喜悅，也至少有二十個以上的小孩在某處健康地成長著，但我的妻子卻不能為我生小孩，我們結婚才不過三年。」

「但你是結婚之後才生病的，不是嗎？」

「是的。」

「之前為什麼不生小孩？」

「不想生，因為不急。我們本來想等生活安定些再說，所以一直避孕。但我們錯了，等到覺得該有小孩了，我卻失去了生育能力。」

「……」

「我太太像發了瘋似地又哭又叫，大喊著我要生你的孩子，我要養育你的孩子，我要抱著你的孩子呀……」

園江覺得自己好像受到責備，畢竟她也經歷過和笠田妻子相同的痛苦。

「我能理解你太太的心情，我也是過來人，但人工授精術救了我，為什麼你不勸你太太試試呢？」

「我太太不願意，她生理上就沒辦法接受體內注入其他男性的體液；她那麼強烈排斥人工授精，是不可能施行手術的。」

「那就只能放棄了啊。」

「事情沒那麼簡單。我太太知道我曾經是捐精者，這世上某處有我的孩子，她希望領養其中一人。」

「這太自私了！」園江不屑地表示。「哪個父母會放棄自己的孩子？看上香織是你太太的意思嗎？很遺憾，我的回答是不！請你立刻回去跟你太太說清楚。」

「如此一來，就可能要法庭相見了。」笠田啟一低喃。

「你說什麼，法庭？」園江僵直地看著對方。

「如果用商量的不能解決，就只好訴諸法院，這也是沒辦法的事；但這麼一來，香織是人工授精兒的事就必須公諸於世了。附近鄰居、那孩子上的幼稚園、還有妳先生的公司都會知道我才是孩子的親生父親，這樣也無所謂嗎？折原太太。」

淚水從園江蒼白的臉頰上滑落，她失去血色的嘴唇喘息似地顫動著。

「當然，事情演變到這個地步，醫院肯定會趕我走，我也做好了心理準備。但是折原太太……」笠田啟一狀似愉快地說。「如果把事情鬧大，您先生可就麻煩了，因為他將人工授精兒的香織申報為自己的親生女兒。根據戶籍法規定，申報不實應該是處一年以下徒刑或十萬圓以下罰金……」

園江的啜泣越發大聲，滿是淚痕的臉扭曲變形。

「我不希望看到您那麼悲傷，或讓您先生痛苦；我也不想破壞你們平靜的家庭生活，讓香織不幸……光想像那個情景就讓我胸口難受。」

「醫生！」園江費力地擠出一絲喊叫。「請不要那麼殘忍，拜託您，拜託您呀……」話說到一半，園江嗚咽起來，同時從椅子上跌坐到地上。她併攏膝蓋跪著，兩手伸向前說：「醫生，我向您跪下！萬一香織的事被外人聽到……或是被我公婆知道了……這個家我就待不下去了呀……我只有去死了，真的，我活不下去了……請您幫幫我呀，醫生！」

她邊哭邊叫，每次低頭，頭髮就散亂在地毯上。她爬向笠田啟一，抓著對方的褲角，將額頭貼在他腳上。

「我知道了，折原太太。」笠田啟一在上方說：「我可以放棄香織，但有個條件，妳能答應嗎？」

他滿足地俯視著跪在腳邊的園江。

## 8

檢察官。

折原園江殺人案之所以被當時的新聞媒體大肆報導，是因為犯案動機引人注目。一個人工授精兒的母親為了守住秘密而犯下殺人罪——這的確是前所未聞的案件。

案子發生在昭和四十年代，當時的人連對「人工授精兒」這個名詞都十分陌生，甚至還有人將它與人造人、機器人等混為一談。

這個案子帶給社會很大衝擊，對醫界相關人士來說影響也十分深刻。社會大眾將折原園江視為悲劇女主角給予同情，以無知、偏見的言論指責逼她走上殺人之路的大學醫院管理體制和人工授精制度。那些言論全都缺乏理智，但是聲音大就能獲得輿論支持，聲音小就只有被打壓的份。我也是被捲入輿論漩渦中的一人，如果沒有發生那個案子，二十幾年後的今天，我大概就不會蹲坐在孤單的牢房裡寫這封信給你了。

千草先生。

你是否看過這起改變我命運的案件當時的調查報告了呢？

我認為折原園江身上發生的悲劇，並非起因她是人工授精兒的母親，毋寧該說是她的無知，因為她竟無法看穿這個突然出現在她眼前的男人真面目。

笠田是個結婚詐欺的慣犯，江湖上稱他為「假醫生阿健」——那就是他的真面目。

但一個詐欺犯是如何知道人工授精兒的存在？他是用什麼方法取得患者隱藏在病歷表

上的秘密呢？

這件案子對那些授精兒的母親造成巨大影響，為了那些由我施行人工授精術的百餘名女性，我無論如何都得想辦法去除她們的不安，同時為了避免同樣事件再度發生，醫院方面也必須盡快尋求對策。

被殺死的假醫生阿健到底是什麼人？

我命令醫院職員盡可能收集報章雜誌上的相關報導，做成一本剪貼簿。當時醫院內部用這份資料開過許多研討會，因此我對假醫生阿健的詐欺手法和個人背景印象十分深刻。

阿健的故鄉在高知縣，是一個面臨土佐灣的小海港。他父親在郵局服務，母親在附近的商店工作，家庭環境不算很富裕，不過聽說他從小學到高中，學業成績總是名列前茅，又擅長運動，再加上是個身材修長、皮膚白皙的美少年，因此一直都是女學生憧憬的對象。

從小被稱為神童的他，被吹捧為學校創立以來的天才，但他的聰明才智卻將他引入了罪惡泥沼。究竟是什麼事大大攪亂了他的人生呢？

事情發生在他高三那年冬天，他在附近精品店工作的母親突然企圖自殺。起因是店裡遺失部分款項，他母親被認為涉嫌重大。

當然他母親堅持自己的清白，店老闆也拿不出證據證明是她偷的，雙方彼此你來我往地爭論，情緒越見激動，鬧到最後得靠鄰居們前來制止。

阿健的母親突然歇斯底里地把手上的錢包和手提包朝老闆臉上丟去，大叫著要他在大家面前檢查。老闆自然也不認輸地回罵，哼，反正鈔票上又沒記號，少裝模做樣了！敢做就要敢當！妳被解雇了，馬上給我滾！

此時他母親神情大變，拿起店裡的剪刀大喊，各位，我就來證明我是無辜的！說完就直接往脖子刺去。她散著髮絲的臉上立刻濺上鮮血，景象十分駭人。

在場的人們趕緊將她送到醫院，幸虧沒有傷及要害，住院三天後便能回家休養，可是卻免不了傳出鄰居們的閒言閒語。

「她該不會是假裝自殺吧？」

「我看是被逼急了，只好演那麼一齣戲。」

「假如真的想死，不會只有那麼點割傷吧？」

也不知道是誰先起頭的，這種謠言頓時四起，阿健母親的周遭盡是責難、嘲笑的聲音。檢察官，謠言是很可怕的，那根本就是心理的折磨。我想她大概是受不了吧，在出院後第十天便躲在住家附近的無人小屋中上吊自殺了。那是她對不負責任的謠言所做的死亡抗議。

阿健母親的縊死屍體在隔天早上被發現，身上還穿著睡衣，纏在頸部的粗繩凝固著尚未治好的傷口流出的鮮血。

那個事件如旋風般席捲了小海港。或許有人會覺得那是件很普通的悲劇，但卻改變了一個少年的人生；一個被稱為神童、被捧為天才的少年的命運。

隔年一月，在高中的新年假期結束、第三學期開學當天，少年說要去上學，就此離家失去蹤影。沒有人知道他去了哪裡、人在何處，他完全地失蹤了。在他離家出走的前一晚，他曾若無其事地對國二的弟弟暗示過自己的決心。

「我高中畢業後還是去工作吧。」

「工作？去哪裡……」

「還不知道，不過有心就能找得到。」

「大學怎麼辦？哥哥不是說要讀東大嗎？」

「不去了，現在我對讀大學已經沒興趣了。就算東大畢業，進入一流公司上班，頂多五年後當股長，十年後當課長吧。可是那又怎樣？賺的錢也不會比一個在路邊開柏青哥店的老闆多。」

「現在如果沒有大學畢業，是不會有人理你的。」

「你根本就不懂！你聽好，媽媽為什麼自殺？是因為沒有學問嗎？是因為沒有大學畢業嗎？不是吧？是因為沒錢，因為我們家太窮了！就算窮人說的是真話，也不會有人相信，根本不會有人理我們。我要為死去的媽媽報仇，用錢的力量、用我賺來的鈔票擊敗這裡的人，我要他們在媽媽的墳前下跪！為了達到這個目的，我什麼都願意做！我沒有空閒去上大學，我要工作，我要賺錢！你和爸爸好自為之吧，只要再忍耐個五年、十年就行了……」

他留下這些話之後隔天便消失了，或許是隱沒在某個人群雜踏的都市了吧。這些描述來自報章雜誌的報導，可能有些粉飾，但仍具有某些程度的真實。

無庸置疑的，阿健是抱著堅定的目標離家：為了賺錢，為了脫離貧窮，為了報復那些逼他母親自殺的故鄉人們。千草先生，對阿健而言，騙婚、恐嚇不過是他達成目標的手段罷了。在他的心裡，那些罪行早就被允許、被正當化了。

相較之下，我所犯下的殺人罪——信寫至此，我不禁停下筆來。千草先生，請別笑我，我剛才深深地嘆了一口氣。

俗話說「強盜也有三分理」，就算是罪犯也有為自己辯駁的理由。

但我卻連那「三分理」也沒有。

我的確殺死了恩田系子，用我的雙手勒死了她。說來你可能不相信，我跟她只有一面之緣，兩人只交談過十來分鐘。

她是個出身鄉下，好不容易才適應都會氣息的二十歲女性。不，與其說是女性，她纖細的頸項更能讓人感受到少女特有的韻味。我不可能對那樣的女孩抱有殺意。

你一定也這麼想吧？沒錯，我確實沒有殺她的理由，但我仍殺了她。

因為當時我必須殺她才行。

你能相信有這種事嗎？沒來由地殺了人，只有瘋子才會做這種事——你可能會這麼想，但我沒有瘋。

那天晚上——也就是案發當晚我完全正常，精神沒有錯亂，這點請你千萬記住。

# 9

檢察官。

話題好像有點偏了，為了讓你瞭解案件真相，我還是按照時間順序說明吧。

我們得再回到假醫生阿健的身上。

出身於小港都的天才少年淪落為結婚騙子，起因於他母親的自殺，這點前面已經提過了。

然而，這個男人究竟是如何獲知人工授精兒的存在，且搖身一變成為恐嚇他人的歹徒呢？這才是畢生鑽研人工授精術的我所感興趣的。醫生有義務為病患保密，而接受人工授精的夫婦害怕秘密外洩，更會死守秘密。因此他是如何得知的呢？

這個疑問很容易就解開了。在結婚詐欺的受害人中，也就是阿健鎖定的獵物裡，有東華醫大醫院的護士。

這名護士——名字我忘了，暫且就稱為A子吧。

A子畢業於東華醫大附屬護士學校，之後就在醫院服務，案發當時她三十四歲，單身。

她深得大竹教授的信賴，是進行人工授精術的「家庭計畫研究室」的專屬護士，年輕助教們對她畏懼三分，其他護士則難掩忌妒神色，任何一家醫院總少不了這種護士的存在。

曾有週刊雜誌寫道：「A子和大竹教授之間有『特殊關係』。」更有一些報導刊出極為不堪的內容：「A子就像大竹教授的情婦，擔任類似秘書的工作，她可能也負責接待申請人工授精的患者、整理病歷表及聯絡手術日等工作。有人認為，如此草率的管理體制可能是釀成此次悲劇的主要原因。」

這是週刊雜誌慣用的寫法，不使用斷定的語氣，卻將八卦與傳聞當成事實報導；一方面規避責任，一方面又巧妙地吸引著讀者的興趣。

A子真的是大竹教授的情婦嗎？真相無人知道。大竹教授既沒有出面否認，醫院方面也保持沉默。

倒是在假醫生阿健擄獲的獵物中，確實有A子的存在。

三十四歲的未婚女子，一個在心頭燃燒青春餘燼，獨自在大都市角落生活的寂寞護士。

就算她真的是大竹教授的情婦，她也不會因此滿足。兩人在醫院的身分地位相差懸殊，儘管肉體緊密結合，兩顆心卻無法完全交融，對教授來說她不過是性愛玩物而已。那種如秋風吹過心頭的淒涼和酸楚，她不知嚐過多少遍了。

對假醫生阿健而言，她是絕佳的獵物。

他之所以被稱為假醫生阿健，就是因為他經常謊稱自己是醫生，事實上他也做了相當的研究與學習。案發後，負責搜索的刑警甚至還在他住處發現了大眾醫學書、醫學報紙和醫師工會名冊等資料。

一個身材修長、穿著高級西裝的青年醫生，嘴裡說著流利醫學專業用語，對醫界內部情況瞭如指掌，熱情談論現代醫學各項問題與未來遠景——護士A子輕易地就讓這個過去被稱為神童的男人的演技給騙了。

他常和搭訕的女性約在高級飯店的大廳見面。

華麗奢侈的氣氛最能讓女人心盪神馳，男人在光華璀璨的燈光下，悠閒地斜坐在沙發上，自然熟練的態度、優雅的動作，在女人眼裡是那麼地耀眼、高尚並值得信賴。結婚詐欺這種老掉牙的鬧劇，最需要豪華的舞台。

阿健總是一人身兼劇作家、導演和男主角三職，被他引誘的女性只能被迫成為悲劇女主角，照著他的劇本演下去；一旦發覺真相，已經為時已晚，男主角早就不見人影了。

女人孤獨地留在舞台上，從滿是「結婚」、「愛情」等醉人台詞的夢境中突然被拉回現實世界。她奉獻了肉體、真心和錢財，身邊所有的燈光卻全都熄滅了，這場鬧劇就在黑暗中靜靜落幕。

請別笑我，檢察官。這些都是我的想像。

這齣戲沒有任何觀眾，也就是說，沒有半個證人。

女人自己主動投懷送抱、提供金錢，就算男人曾經答應要跟她結婚，也只是床上的甜言蜜語。結婚詐欺就像是販賣夢想的犯罪，在刑事上很難處理。

阿健並沒有被捕的前科，因為他太聰明了，作案手法太過高明。

他在哪裡認識A子、用什麼方法說服她，我完全沒興趣，我想也沒必要告訴你。

總之，阿健從A子那裡獲知了人工授精兒及其家庭的狀況。她深信阿健是醫生，當她發現年輕醫生對人工授精術極有興趣時，更是得意地展露自己的知識、手術狀況與成功案例等資訊。

（這些消息聽來倒有利可圖。）

阿健心想。

（有什麼方法能夠藉此大撈一筆呢？）

他透過A子問出計畫中所需的每個消息，她是那個醫院的護士，又一心追求結婚的美夢、耽溺於肉體的歡愉，自然無法拒絕阿健的要求。為了未來丈夫的「研究」，即便要她拿出自己保管的病例資料，她也在所不辭。

在假醫生阿健搜尋獵物的目光中，清楚地浮現一個新的目標。

那就是折原園江。

她的先生是折原建設工業董事長的長子，夫妻倆和女兒就住在幽靜住宅區裡的新家。家裡沒有長輩，也沒有佣人，早上先生上班、女兒香織去幼稚園後，就只剩下園江。優沃的財產，重視面子的社會地位……

對假醫生阿健來說，簡直是求之不得的最佳目標。

話又說回來，折原園江大學畢業後就一直擔任高中老師，直到結婚才辭去，並不是一般的無知婦女，應該很有教養，也懂得分寸才對。

為什麼她會畏懼一個假醫生的話，並屈服於不合理的要脅呢？

阿健的計畫確實很綿密，他的演技也很完美。

在園江刺死對方、遭到逮捕後曾說：「那個男人知道我女兒香織是授精兒，便來向我勒索，第二次見面時我就看穿他是假醫生，但我還是依他要脅交出現金和股票，因為我怕他到處宣揚香織的秘密，那不但會破壞我們母女的關係，更會毀了香織的一生。最後我沒錢給他了，也受夠整天擔驚受怕的日子了……為了逃離這個地獄，我決定殺死那傢伙……」

她如此描述自己的犯案動機，但我想千草先生應該發現她隱瞞了某個重點——就是兇案現場在汽車旅館的房間。你知道了吧？她不只是給對方現金和股票，連自己的肉體也給了阿健。

## 10

折原園江為什麼會被逼到那種絕路呢？為了守住授精兒的秘密，她又增加了紅杏出牆的秘密，結果給了對方雙重要脅的工具！

真是愚蠢。她沒必要如此迎合阿健，而是應該勇敢地站出來迎戰這個卑鄙的傢伙，撕下他威脅恐嚇的面具，好好給他一個教訓才對！

教訓對方的方法很多。她有個叫折原敏之的丈夫，而且敏之的父親，也就是她公公是折原建設工業的董事長。折原建設是業界屈指可數的大公司，在官場和政界都擁有豐沛的人脈，財力通常伴隨著權力，所以她公公可以借用官僚和政治家的權力，透過上層要警方給予特別照應。

如此一來，授精兒的秘密就不會外洩，恐嚇犯也不會再出現在她面前。這其實很容易，只要警方有心，像阿健那種人根本毫無反抗之力！

但折原園江卻沒有借助任何力量，她沒有向公公求助，而是一個人面對這個恐嚇犯，實在太欠斟酌了，等於一開始就失去勝算。為什麼她會做出如此愚蠢的事？檢察官應該也覺得納悶吧？

那是有理由的。

因為園江是瞞著丈夫和家人去偷偷進行人工授精的。

折原家發跡於石川縣，是當地知名的世家，這種名門望族一向重視血統，以延續家族為使命。園江婚後四年仍無子嗣，只要一天沒生出繼承香火的後代，就一天不被當成折園家真正的媳婦。再這麼下去，折原家就要絕後了，恐怕折原家的父母一定也十分不滿和心焦。

園江似乎早就知道不孕的原因出在丈夫身上，我記得當時將此案作成特集的週刊雜誌曾刊載她的說法：「我一結婚就想生孩子，但我先生說不急，他想先享受兩人世界，但我是真的想早日生孩子。」

婚後進入第四年，她還是沒有懷孕，園江感到十分不安，進而擔心自己的身體是否有缺陷，於是便決定到東華醫大醫院檢查。她根據平常閱讀家庭醫學等書籍獲得的知識，私下收集了丈夫的精液帶去。

站在我們醫生的立場，園江的做法並沒有錯，甚至可說是明智的，問題在於她沒跟丈夫商量，一切都是「私下」進行。或許對她來說，還沒弄清不孕的原因為何，很難開口跟丈夫說「我要檢驗你的精液」吧。

總之東華醫大醫院的檢查結果出爐了，園江這麼說：「我的身體完全正常，但我先生的精蟲數卻極端稀少，幾乎是無精蟲狀態，醫院跟我說是不可能懷孕了，但我沒跟先生和公婆報告這個結果，就算說了也無濟於事，更何況我是背著先生檢查的，對自己的行為也有些內疚，因而更無法啟齒。」

近乎無精蟲狀態——我想應該是嚴重的精蟲過少症吧。在正常的狀況下，一C.C.的精液裡有六千萬到一億隻以上的精蟲，如果精蟲低於三百萬隻就叫做精蟲過少症；光是如此就會造成不孕了，她的丈夫精蟲數卻又極端稀少，幾乎是無精蟲狀態，當然不可能懷孕。

石女——「無法懷胎，像石頭一樣的女人」，人們用這種帶著歧視的說法形容不能生育的女人。但園江不是石女，她是有受孕能力的健康女性，誰也不能責備她希望藉由人工授精術生下孩子的心情。

可是檢察官，園江卻在此時又犯下大錯。

她偷偷偽造了施行人工授精術時需要的夫妻同意書，更秘密地進行手術。她之所以能成功，恐怕靠的也是她公公折原建設董事長的身份和地位。醫院對待名流家庭的患者總是十分寬厚，主治醫生大竹教授也只能相信她的說詞吧。

畢竟是二十幾年前的事了，當時的情況和現在這個電視媒體大幅報導試管嬰兒（體外授精）的時代完全不同。站在園江的立場，她不用開口提出人工授精的事，就知道丈夫的雙親會有什麼反應，結果一定是既悲慘又無奈。

「人工授精？那是什麼？」

對方是明治年間出生的老人家，說不定還是第一次聽到這個名詞。要如何說明才能讓他們接受？

「就是將其他男性的那個……也就是精液放進我的體內，以人工的方式受孕。」

「為什麼要那麼做？妳不是已經有丈夫了嗎？」

「可是他的精蟲太少，醫生說不可能有孩子……」

「我兒子的種不夠？這是哪來的江湖郎中胡說八道！就算播的種很少，只要田夠肥沃就一定能發芽！而且那個『其他男人』又是誰？」

「不知道。醫院不會讓我們知道，連長相或名字都……」

「換句話說，就是來歷不明的傢伙囉！」

「醫生會幫我們篩選，這點可以信賴他們。」

「不管是誰，還不都是丈夫以外的男人？妳的身體要放進別人的種，那不就跟紅杏出牆一樣嗎？」

「不是的，那不一樣……」

「我看是一樣，這樣妳懷的根本是野種，我們可是有名望的世家，怎麼能混進低賤的血統？如此怎麼對得起祖先？我絕對不答應。」

檢察官。

你一定在苦笑吧？這可不是我虛構的，而是我診療過的不孕症女性親口告訴我的。

就算是現在，依然有很多人對人工授精懷有偏見，甚至有人一看到「人工」這兩個字就心生厭惡。生命必須要依上帝的旨意誕生，一個醫生怎麼能像沖泡麵一樣隨便進行人工授精，並當成賺錢手段呢？那簡直是褻瀆生命尊嚴的行為！

孩子是上天賜予正常夫妻的寶物，利用其他方式所生的孩子都是不義之子，是不為社會所容的罪惡結晶——這種想法還根深蒂固地殘留在社會中。

儘管折原園江想生授精兒，也知道不可能獲得丈夫和公婆的贊同，畢竟那是二十幾年前的時代。

但她依然很想要一個自己懷胎十月生下的孩子，想成為一個和孩子骨肉相連的真正母親！

她會獨斷地施行人工授精，原因就是在此。

我記得她後來生下一個女嬰，丈夫和公婆都很高興，周遭也給予許多祝福。她肯定覺得很放心，因為她的計畫成功了，只要自己這輩子守口如瓶，就不會有人知道孩子的身世……

就這樣過了兩、三年，園江看著女兒健康成長，充分地享受了為人母的喜悅，決定人工授精時的不安和煩惱早已拋在逐漸遠去的記憶中。

可是有一天，被遺忘的過去又突然在她的面前出現。

「妳的女兒是人工授精兒，那孩子真正的父親是我，把女兒還給我！」

那個男人就是假醫生阿健。

園江的人生在阿健冷酷的言詞及計算好的演技之下，正急速地毀壞中。

那男人知道她孩子身世的秘密，就算看穿對方是假醫生、是個卑鄙的恐嚇犯，王牌依然握在他手上。

她不能違逆阿健，無法對外求助將他趕走，這麼做會招致對方反擊，他若被逼急了，肯定會大聲叫嚷。

「這小孩是人工授精兒！」

這句話一旦傳入丈夫或公婆耳中，園江的命運將會丕變，她會變成一個欺騙家人、生下父不詳孩子的女人。如果她被趕出家門、失去妻子身分，抱著一個變成私生子的女兒，還有什麼人生可言呢？

我想就是那個未來的黲淡景象，讓她恐懼地跪倒在恐嚇犯面前。

「我當然也希望香織能幸福，所以不會告訴他人、讓您困擾，只是您得聽我的話……」

「你說！只要我能做得到的，我都答應你！只要你不對外洩露那孩子的秘密……」

走筆至此，我竟一不留神寫出這種三流鬧劇的台詞來，但我想兩人之間的對話大概也就是如此吧。

阿健看著眼前這個低頭顫抖的女人，她美麗的肉體散發出富裕的生活氣息。

他必定是一邊舔嘴咂舌一邊凝視著眼前的獵物，我想。

## 11

檢察官。

我之前說過，我曾費心地收集這個案件的所有資料，並在大學醫院裡舉辦研討會。

我將自己的醫師生涯全部奉獻在人工授精的研究上，我希望能貢獻己學，協助發展當時實際運用還未成熟的體外授精、精子保存技術、精子銀行、遺傳基因研究與遺傳質融合的機制，以探索神秘的生命科學，創造人類光輝的未來。檢察官，這是我的夢想、我的榮耀。

我，或者說我們，對折原園江「殺人」的事毫無興趣。

我們擔憂的是輿論會無故地將謀殺案歸咎於人工授精，對此領域的研究造成妨礙與中傷，進而影響到年輕學者及真誠的學生。

檢察官，你是否已經讀過該案的相關筆錄和判決書了呢？

犯案的手法其實很單純。

兇案現場在鳩谷市路邊的汽車旅館，假醫生阿健左胸遭利刃刺穿，被發現陳屍在浴室裡，屍體全身赤裸，從脖子到背部、甚至下腹部都塗滿大量肥皂。

「由此判斷，兇手應該是和被害人一同沐浴，並跟被害人說要幫他刷背，誘使他坐在瓷磚地上，同時繞到背後將肥皂塗滿被害者全身，一邊幫他沖水，一邊抱住不疑有他的被害人，再偷偷地拿出藏好的兇器從背後一口氣刺殺對方。」

這是警方的看法。現場同時也找到判斷是兇手的遺留物，一只握在被害人手中的金戒指。

「這是結婚戒指吧。」

刑警看到刻在內側的細小文字時說了這句話，此時整件案子幾乎等於是破案了。戒指上刻著S•O（Sonoe Orihara：折原園江），英文縮寫旁有日期，還刻著一個中間有「久」字的菱形圖案。

刑警根據戒指上的圖案開始四處訪查珠寶行，在案發後第四天或第五天便確知購買該戒指的是折原夫婦。

整起犯案過程一如警方的推理，只是園江在刺殺阿健時正在塗抹肥皂，當兇刀刺入阿健胸口時，他「啊」地哀叫一聲，反射性地抓住園江的手。當園江企圖甩開阿健的手，戒指便從她濕滑的手指脫落，緊緊握在阿健手中。

那是丈夫送給妻子代表永遠的愛與幸福的結婚戒指；諷刺的是，她的愛與幸福卻因此被剝奪了。

檢察官，我不厭其詳地敘述折原園江的殺人案，是希望你了解她的殺人動機。

這起案件的背後確實存在人工授精的問題，但你還不至於認為只要人工授精術存在一天，這種殺人案就會繼續發生吧？

例。

園江的病歷會經由護士落到阿健這種人手上，只是特例中的特例。

而那個阿健居然是以賣弄醫學知識為生的結婚騙子，更是令人難以置信的巧合。

此外，園江會偽造同意書交給醫院，背著丈夫和公婆接受授精手術，也是異常的案例。

換句話說，這起案件是眾多異常狀況、特例和巧合累積下的結果，發生機率幾乎只有百萬分之一。

但當時的報章雜誌卻將之取名為「人工授精殺人案」，極其誇張地描寫授精兒和母親的「悲劇」。

園江成了悲劇女主角，逼她走上絕路的元兇就是人工授精——輿論有時就是成形於如此單純、武斷的想法。

「人工授精是惡魔的醫學！輕率地創造生命的醫生，難保不會輕率地殺死病人。」

看到報紙的讀者投書欄有這樣的文章時，我全身氣得發抖。

（真是愚蠢！一流大報怎麼會刊登那種無知的文章呢？）

那是一種文字暴力！我看著那些口沫橫飛的文章，心想他們根本不懂什麼是人工授精，才會寫出如此無知、無恥的意見！

人工授精是為了治療那些無法正常受孕的夫妻而開發出來的醫學技術，換句話說那是一種治療。身為醫生不就應該配合患者的症狀，找出醫學上最有效的方法嗎？

我們並不是抱著隨便或好玩的心態去創造人的生命，女性渴望孩子的願望幾乎是一種本能，是基本人權。妻子為了行使這種權力，取得丈夫的同意而施行人工授精，誰能責怪她並干涉她的自由？

人工授精是惡魔的醫學？真是太可笑了！它是唯一可以給不孕婦女希望、讓夫妻享有兒女圍繞的快樂家庭生活的方法呀！

我們帶著驕傲進行這項工作，也經常接到許多受惠於人工授精術的夫妻的感謝。對他們而言，人工授精不是惡魔的醫學，而是上帝的福音。

那篇讀者投書不但是對醫學的侮辱，更是露骨地在挑釁醫師！我無法坐視不管，便衝動地決定投書到該報社加以反駁。

雖然我常投稿到醫學雜誌，卻是第一次投書到報社。我將稿紙拉到手邊，彷彿發洩怒氣似地一口氣寫了七、八張稿紙，直接寄到報社。

但我錯了。我在隔天看報時才發現投書欄最後的「投稿規則」中寫著「文章以六百字為限」，我心想糟了，我的文章超過限制字數，不會被刊登了。但也可見我當時有多激動，連規則也沒注意到；而且我還不是匿名投書，我清楚地寫上了當時的助教職稱及姓名。

我只要想到收到那份投書的記者一邊抱怨「大學老師的投書最難搞了，我們又不是在收集論文」，一邊將稿子丟進垃圾桶的景象，就覺得羞愧難安。

我的投書沒有被刊登，但是幾天之後卻有一個男子跑來找我。

「這麼晚來打擾您真不好意思，我們有件事想麻煩醫生……」

我忘記了名片上的名字，只記得他是N廣電公司新聞部的製作主任。

我先將他請到了客廳。

## 12

「醫生曾投書給N報社吧？」對方一坐上沙發，一邊撩起長髮，同時開門見山地問道：「您針對人工授精術發表了七張半四百字稿紙的意見，那是您親筆寫的嗎？」

「是的，但是為什麼……」

「我們N廣電隸屬於醫生所投書的N報社，算是關係企業吧，我們會在廣播電台和電視上播放他們提供的新聞，我負責的是電台的新聞節目。其實是我們接到消息說，那件人工授精殺人案已經確定兇手的第一次公審日期了。」

「噢。」

「這是個眾所矚目的案件，公審過程應該會被大幅報導，我們電台計畫在公審前推出一個特別節目，談論一些過去從未被報導過的內幕消息。因此為了尋找節目所需的話題，我去了N報社的社會新聞部。」

「所以你在那時看到我的投書……？」

「沒錯，我拜讀了那篇文章，您專業的意見讓我獲益良多；您基於實際經驗和研究成果發表的意見就連外行人也一看就懂，真是令人佩服。」

「哪裡，我只是想到什麼就寫什麼……而且還有些感情用事。」

「沒那回事，只可惜投書欄的空間有限，您特地寄來的投書就這樣被擱置……」

「我明白，不能刊登也沒辦法，誰叫我沒注意投稿規則就寄出那種東西。」

為了掩飾自己的羞愧，我點燃香菸。

「就是因為這樣，醫生，」他也拿出香菸，熟練地點燃打火機，「我才有事相求。可不可以請您到我們電台發表那篇投書的內容，也就是醫生對人工授精術的看法呢？」

「嗯……」我陷入沉思。我從來沒上過電台，這跟對著學生上課不同，我不知道怎麼在麥克風面前說話。

對方看出我的疑慮，說道：「哎呀，醫生只要輕鬆地上節目就行了，女主持人會一邊跟您對談一邊引導節目進行。總之我先跟您說明這次的企劃內容……」

他翻開小型筆記本開始說明。

——這次的新聞特別節目名稱是「人工授精殺人案・思考其生與性」，預定連續播送兩集。

由於案發現場是汽車旅館的浴室，被害人又是結婚詐欺犯，是欺騙女性的慣犯，因此各媒體多半是以八卦新聞的角度來處理該案。

嫌犯園江提到犯案動機時表示：「因為醫院洩漏了授精兒的出生秘密和捐精者的姓名，害我不得不走上殺人之路。」

這段話使得「捐精者」這個當時還不常見的名詞變得眾所周知，大多數人一聽到「捐精者」就是提供精子給陌生女性的男人，還是學生的兼差，都會皺起眉頭。這種躲在密室進行的陰濕差事令人產生不快的聯想，人工授精自然引起了社會的厭惡與責難。這點從讀者投書到報社的內容就能明白……

「但那是不對的，加上週刊雜誌又摻進了主治醫生大竹教授和護士間的醜聞，讓這起案件簡直變成了情殺案，真令人頭痛。」年近中年的製作人看著我說：「因此我們電台才想要以完全不同的角度來報導這起案件。我們想探討的是到底何謂人工授精？它在醫學上的定義和未來的展望又是什麼？還有捐精者、遺傳、法律上如何認定授精兒身分等等的問題。為了讓這起殺人案能成為未來的借鏡，我們必須更深入地加以探討。這就是我們節目的目的。」

「原來如此，聽起來很不錯。」

「如何？我們真的很希望醫生能上節目。第一天預定播出四十五分鐘，一開始的十五分鐘將以實況報導的方式分別說明案件概要和聽眾心聲；接下來的三十分鐘則是請教醫生的意見……」

「也就是我和女主持人之間的對談囉？」

「不，與其說是對談，我們的主持人會扮演引言人的角色，負責提問引導醫生……」

「原來如此。」

「因此她也必須做點功課才行。由於她代表一般聽眾，可能會提出一些錯誤甚至是不懷好意的看法，到時醫生可以自由決定作答與否。我拜讀過那篇投書後，已清楚了解到醫生在知識與經驗上的專業，以及對人工授精的熱忱與自信。我們對您充滿期待。」

「在上電台之前，我必須先跟主任教授報備一聲……」

「明天可以給我回音嗎？」

「應該可以吧。」我回答，但心裡早已下定決心。如果有三十分鐘，我就能說出比投書多好幾倍的內容，更能匡正世人對人工授精的誤解，對我來說是絕佳機會。

幸虧我上節目的時間是星期六下午一點，不會影響到大學和醫院的工作。隔天我向主任教授報備後，他說：「我很贊成，我們明和醫科大學在生命科學上的研究和成績已達到足以誇耀世界的水準，人工授精正是其中一環。這是個讓世人了解的好機會，你要好好表現！」

這已經是二十幾年前的事了，說是廣播節目，其實當時已經是電視的時代，電台聽眾畢竟不多，所以沒什麼好期待的，我告訴自己說就像那個製作人說的輕鬆地上節目就好。不過第一次上廣播節目，我多少有些不安和緊張，但仍努力保持平靜等待當天到來。

到了播出當天早上，我看到報紙時大吃一驚，跟N廣電同公司的N報用了電台節目欄一半的篇幅介紹此特別節目。

而且他們不知道從哪裡弄來我的照片和簡歷，我家從一大早電話就沒停過。

「我看到報紙了，我會收聽醫生的廣播的。」由於來電不斷，接電話的妻子變得越加興奮，連說話聲都年輕許多。對我們家來說，那個訪問才是真正的「大事件」，我才正視到媒體擁有的力量有多大！

（這下子不得了了。）

我懷著不安和喜悅的心情坐進電台派來的車子，檢察官，就此我便走上二十年後將自己逼入毀滅與地獄的命運！

如果當初我沒有投書的話……

如果當初我拒絕上電台節目的話……

當我變成殺人犯被警方拘提、送到拘留所後，我的腦海中始終想的都是這件事。

但是，事到如今說這些已經於事無補，我會照約定說出我殺人的真相。

因此有件事我要拜託檢察官。

我太太曾將當天的節目錄成錄音帶，之後我和她不知聽過幾遍，邊笑邊談論當天的「感動」，我希望檢察官也能聽一聽那個節目。

我想警方為了找出我和被殺的恩田系子有關的證據，以及有助辦案的資料，應該已經搜索過我家了。

但我想他們應該找不到任何東西。我殺了她，但我和生前的她卻毫無關係，我們之間只交談過一次，而且只有十二、三分鐘。

我不認為警方會注意到那捲錄音帶，我的書房有台音響，旁邊有個放錄音帶的櫃子，裡面大部分是學術演講的錄音，其中寫著「N廣播・有關人工授精」的就是當天的錄音。

如果你想知道我殺人的真相，就必須先聽那捲錄音帶。

你可以從中間開始聽，這段錄音在我的罪行上以各種意義留下了微妙的陰影。不僅對我，對另一個人也是。

這一點我希望檢察官也能知道。

我為什麼要殺死恩田係子呢？

我為什麼要那麼頑固地堅持自己犯下那件虛構的強姦案呢？

如果你想真正了解案件真相和我的動機，請務必要聽錄音帶的內容。

## 13

——我們剛剛在廣告時間接到許多聽眾的來電，雖然無法全部回答，但當中聽眾最想知道的就是關於人工授精具體的說明；另外大家對精子提供者，也就是捐精者似乎也很有興趣。因此我們想根據這幾點請問醫生一些問題……

「好的，沒問題。」

——人工授精術究竟是從什麼時候開始的呢？

「人工授精最早的成功紀錄是在英國，那是在一七九九年。」

——換句話說，是一百五十年前的事囉……

「換算成日本的年代就是寬政年間，不過在醫學上早就認為人工授精是可行的。在日本，慶應大學醫學院的安藤教授從大正三（1914）年起開始著手研究，並於昭和二十四（1949）年成功生下第一位授精兒，我記得是個女嬰。」

——所以說，那個女孩現在已經是高中生囉。之後各大學也開始著手施行人工授精術了嗎？

「沒錯，因為人工授精的原理和技術其實並沒那麼困難。」

——也就是說，除了大學醫院之外，一般的開業醫生也可能進行這種手術囉？

「這點我不敢完全否定……」

——如此一來，施行人工授精術不就具有危險性了嗎？

「為什麼妳會這麼認為呢？」

——比方說，女性患者可能依自己的喜好帶精子前去找醫生，當然精子的血型會跟丈夫一樣。這樣子生出來的授精兒可能會有不好的遺傳，或是精子本身附著了不好的細菌，豈不是很危險？

「這一點倒是不用擔心，絕對不會有醫生答應進行那種奇怪的手術。醫生也有醫生的道德，我自己就迎接過好幾百個新生命的誕生，那真的是很莊嚴的景象。他們的初啼強烈地傳達了生命的喜悅，不停舞動的小小手腳似乎是在宣告自己是這地球上的一員！那種感動令人動容，不容任何人破壞。請大家相信醫生對工作所抱持的驕傲，人工授精絕對是在審慎的安排下進行的，請不必擔心。」

——聽您這麼說我就放心了。接下來想請教精子提供者，也就是捐精者的問題。聽說他們大部分都是醫學院的學生，是真的嗎？

「進行人工授精時必須遵守的條件，就是絕不洩露捐精者的祕密。女性患者中不乏有人想知道捐精者是誰，畢竟從生物學的觀點來看，捐精者才是真正的父親；但我絕對守口如瓶，護士們也不會知道是誰，捐精者更不清楚自己的精子用在誰身上——這是施行人工授精術必須遵守的戒律。」

——那麼，此件殺人案中的假醫生阿健是如何得知那個祕密的……？

「那是偶然，而且是不可能的偶然，機率是百萬分之一。」

——醫生所服務的明和醫大，捐精者也都是醫學院的學生嗎？

「嗯，要這麼說也可以，但也不是那麼簡單……」

——為什麼是醫學院的學生呢？

「因為他們通過了最困難的入學考試，頭腦都十分優秀。我們大學在入學時還會進行身體檢查，並且用很長的時間一一面試，判斷他們是否夠格成為醫師。另外在挑選捐精者時，必須調查家庭環境和家族病歷，就各方面來說，平常接觸機會較多的醫學院學生就顯得比較方便了。」

——被選為捐精者的學生會一直從事這項工作嗎？

「不一定，其中也有做了一、兩次就停止的學生。」

——也就是說，他們對出賣自己精子這項工作感到厭惡囉？

「這個我就不知道了……」

——我曾經在某本小說或週刊雜誌上看到一則報導，在巴黎的一所醫院還是大學裡，有個受雇為捐精者的男人曾捐過超過一千次的精子。他在某天被解雇了，結果他爬到艾菲爾鐵塔上面俯瞰著街上的行人，一邊扯著自己的頭髮一邊大喊這些人群中有我的小孩，我有上千個孩子在下面走動，然後縱身一跳自殺身亡……這故事令人毛骨悚然。這個工作會不會讓捐精者產生個性上的變化呢？

「捐精者都充分理解自己的工作，他們並非出賣肉體，跟心情或愛情也毫無關係。他們提供的只是數以億計的精子，真正和卵子結合的只是其中一隻，那隻精子既沒有名字，也不具有感情。捐精者們將精子交給我時，都露出一種希望能生出健康孩子的真誠表情，很難想像他們的性格會因此變得扭曲。」

——捐精者都是直接將自己身體裡的東西，也就是射出的精液交給醫生嗎？

「沒錯。」

——所以……雖然這很像小說情節，但難道不會有人拿別人的精液當作是自己的交出去嗎？

「他為什麼要那麼做？」

——所以我說很像小說情節嘛。人工授精本來就有很多空間讓人產生這些古怪的聯想。

「如果硬要這麼說，什麼事都可能發生。可是過去並沒發生過那種事，今後也不可能發生，這點我很確信。」

——那麼，目前日本的人工授精兒有多少人呢？

「詳細數字我不知道，應該有幾千人吧，聽說在英國有一萬人、美國有十萬人之多。

在我們大學，希望施行人工授精術的女性有年年增加的趨勢，甚至多到無法立刻滿足其需求。」

——是因為捐精者人數不足嗎？

「那也是原因之一，不過近來出現了冷凍精子的技術……精子的生存期間其實很短，自英國的巴克斯博士發明將精液混入甘油的方法後，才讓精子得以冷凍保存。」

——就像是精子銀行之類的嗎？

「可以那麼說。」

——如此就會令人擔心這種精子生下的授精兒，其發育情況及智能和普通孩子相比的情況……

「這一點毫無問題。我們明和醫大安排了不同專家定期追蹤人工授精兒的ＤＱ（成長指數）及ＩＱ（智能指數），結果證明他們都很優秀，其中甚至有的小孩智商高得驚人，可說是天才兒童了。我們更自豪的是，明和醫大完全沒有發生像此次案件這樣的不幸。」

——廣告——

——接著想就這次的案件請教您一些問題。關於這個案件，社會大眾的關心都集中在人工授精上，報章雜誌也刊登了來自各方正反的意見。我想醫生應該也讀過一些……

「是的，我讀過不少人的意見，但大部分都是醫界相關人士已經探討過的內容，沒什麼新意。」

——不過當中似乎也有些很極端的看法，像是醫學不應該超越上帝，人的誕生是上帝所賜予，不容許第三者以人為方式褻瀆之類的意見……

「我想那是宗教家的意見吧，我知道天主教教會曾強烈地批評過，他們認為人工授精是不道德的通姦行為。但我不能理解的是，女性想要孩子的願望為什麼會跟通姦、不道德等混為一談？」

——可是據報導，有些國家已準備明定人工授精要受到刑事上的懲罰……

「妳說的應該是西德吧，但法律並不能抑制人類本能的需求，就像過去美國也有過禁酒令，結果只是助長了黑市交易。現在的醫學技術明明已經可以進行人工授精，也有眾多夫婦需要此技術，如果法律硬性禁止，最後一定會淪落為地下行為，接著缺德的醫生橫行、危險手術層出不窮，更加無法斷絕；這關係到人類的生命，我們現在應該考慮的是如何讓法律認同人工授精兒，也就是修訂民法讓授精兒和親生子享有同等權利，因為授精兒絕不是私生子。」

——關於這一點，明天本節目將邀請法律專家共同來探討。節目時間快到了，最後再請教一個問題……

「什麼問題呢？」

——就是關於人工授精兒的未來。精子提供者，也就是捐精者可以捐好幾次、好幾十次、甚至好幾百次，一個捐精者可能變成好幾十人或好幾百人的父親，也會有好幾百個同父異母的孩子出生。這些孩子們可能會彼此談戀愛、結婚，甚至捐精者自己在不知情的情況下也可能娶了自己的女兒，人工授精兒似乎難逃這種宿命般的不安和危險，醫生對這一點的看法如何？

「我不敢斷言那種事絕不會發生，反對人工授精的人們也一定會強調近親相姦的危險性。可是那種事發生的機率，固然不能說沒有，但幾乎接近於零；一如剛剛妳所說的，那比較像是小說情節。」

——是嗎？可是我還是無法抹去那股不安……

「那是因為妳不知道人工授精術的真實情況。妳認為一個捐精者每天可以無限次地捐精嗎？像我們大學就規定一個月只能捐精兩次、最多三次，基於捐精者的健康管理，這也是必須的。假設一個月三次，一年就是三十六次，但這必須是捐精者規規矩矩、全年無休地持續捐精才行。」

——所以光是一年，一個捐精者就能成為三十六個小孩的父親了呀。如果持續兩年、三年的話……

「慢著，妳誤會了。不，應該說一般人也跟妳有同樣的想法吧。可是那是錯誤的，人工授精必須配合女性患者的排卵日進行，而且一次就成功受孕的情形是很少見的。根據統計，最少平均要三次才會成功，當然也有人需要進行四到五次，所以認為捐精三十次的男性就能成為三十個小孩的父親這種想法是很可笑的。」

——但是萬一一個捐精者有好幾十個小孩出生的話……

「好吧，就算他可以生下好幾十個孩子，假設是三十個好了；授精兒的性別通常以男性居多，在這裡我們假設各半，也就是十五個男孩、十五個女孩；當他們長大成人，日本的人口將超過一億，這些居住地點、家庭環境、學歷和職業各異的男女，在全國超過一億的人口中要遇到彼此，兩人還要戀愛結婚，這種事在現實中有可能發生嗎？只能說發生的機率將近於零吧。」

——可是機率不能完全說是零，才令人害怕。就算只有一對或兩對，也是……

「也還是近親相姦嗎？所以結論是：人工授精就是罪惡，就是褻瀆生命的尊嚴嗎？那我倒要反過來問，好幾百萬輛車子中有一輛撞死了人，妳會因此認為車子就是殺人兇器，人們不應該再製造汽車嗎？」

——醫生，這兩者不能相提並論吧？

「我認為可以。在好幾百萬對的夫妻之中，就算有一對變成近親結婚，也不能因此忽視好幾十萬不孕女性的願望。近親相姦確實是我們社會根深蒂固的禁忌，可是原始社會又是怎麼想的呢？例如在社會學者艾彌爾・杜根的著作《近親相姦的本質和起源》中提到……」

——對不起，醫生，我們的時間到了。

「真是遺憾，不過請讓我對人工授精做個結論……」

——可是時間……

「人工授精是現代醫學帶來的福音……」

——謝謝。特別節目「人工授精殺人案‧思考其生與性」到此結束。剛剛邀請到的是明和醫科大學助教久保伸也醫生，主持人是……

# 14

檢察官。

在電台中說話不同於跟學生上課，實在很難拿捏，雖然說麥克風的另一頭有數十萬聽眾，卻又完全感受不到，不但常被插入的廣告時間打斷，同時又要擔心時間，說話就像是被追著跑一樣。儘管事前已經想好說話內容和順序，但想說的話還沒說到一半，節目時間就已經到了。

「辛苦了。」直到女主持人笑著遞上手帕時，我才發現自己的額頭、脖子一帶都是汗水，我實在太專心了。

可是檢察官，這個節目卻意外獲得好評，節目結束之後，立刻就有聽眾打電話到醫院和電台。

「我聽了剛剛的節目，對醫者的良心和熱情很感動，請向久保醫生表達我的敬意。」

「我終於對以往抱持偏見的人工授精改觀了。我們夫妻因為沒有小孩，生活很寂寞，聽了醫生的話之後，我突然覺得眼前亮了起來。」

「如果我到明和醫大醫院，是否可以直接找久保醫生幫我做人工授精呢？請告訴我申請手續和方法。」
電台的製作人和醫院的事務局長說，當天他們就接到十幾通這樣的電話。我的聲音透過電波傳進陌生人耳裡，竟然這麼快就獲得了迴響，我又驚又喜，簡直不敢置信。
第二天。
星期天早上，我在舒暢的心情下起床，坐在餐廳桌上攤開報紙，我略過政治及文化版，直接搜尋著電視廣播的節目欄。
「今天也是下午一點開始。」妻子為我倒茶時說。
「嗯。」我點了點頭。
「要錄音嗎？」
「還是錄下來吧。」
「錄在昨天的帶子後面？」
「不，拿新的錄吧。」
對話雖然簡短，但已經足夠了，我們十分有默契地談論著N電台的特別節目。對我們夫妻來說，收音機似乎突然變成生活中很親近的東西。
「今天早上好安靜呀，孩子們怎麼了？」
我沒看到平常總在餐桌旁打鬧、跑跳的孩子們，頑皮的兩兄弟大的五歲、小的三歲，經常爭吵打鬧，今天沒聽到妻子斥責與安撫他們的聲音，感覺十分安靜。
「因為是星期天，不用上幼稚園，兩個都還在睡覺。」

「對啊，今天是星期天。」我苦笑著。

也許是昨天參加電台節目的興奮情緒讓我產生如此的錯覺，總覺得一早起來就活力充沛，才睜開眼便能離開床鋪。

從開放式的餐廳可以看見庭院沐浴在夏日朝陽中，濃密的八角金盞樹葉反射著明亮的日光，眼前盡是一片鮮嫩的綠色。廚房裡移動的白色圍裙身影，味噌湯的香味，餐具觸碰時輕微的聲響……

真是奇妙呀，檢察官，一個記憶會勾起另一個記憶。二十年前某個早晨的光景，竟像昨日般復甦了。那是一個安靜祥和、一切都光輝閃耀的早晨。

但幾個小時後，邪惡的陰影卻潛入了這個明亮的家。

荒木田克次，那個毀了我人生的男人。此次殺人案的源頭，就是起自二十年前這個男人來找我的那一刻。

我記得應該是那天早上十一點左右。

孩子們吃過早飯後便出門去公園玩耍，我到二樓的書房煮了一杯咖啡。患者中有一位是外交官的女兒，她知道我喜歡喝咖啡，便送了我一組咖啡壺、杯組和牙買加產的高級咖啡豆。

生長在海拔一千公尺以上的高地咖啡豆，一如藍山之名有著綠色表皮，其香醇的滋味不愧是世界頂級的名品！

就在我悠然品嚐其香濃滑順的口感時，妻子打開房門探進頭說：「有客人找你。」

「噢，是誰？」

「一家不動產公司的董事長，說是你國中時代的朋友。」妻子邊說邊走進來遞給我一張名片。「他還說以前在鄉下曾受到你爸爸的照顧。」

「是大杉村的人嗎？真令人懷念呀。」

當我的眼光落在名片的文字時，一股激烈的憤怒頓時湧上全身。

「是他！」

荒木田克次，新榮不動產董事長。我知道自己拿著名片的手已經開始劇烈顫抖。

「怎麼了？」妻子吃驚地看著我。

「我沒必要跟這種人見面，叫他滾！」

「可是我已經讓他在客廳等了。」

「妳讓他進來了?!」

「他不是你的朋友嗎？我看他說話的樣子好像跟你很熟，而且連禮物都收了……這樣我很傷腦筋啊……」

看到不知詳情的妻子一臉困惑，我只好很不甘願地說：「好啦，讓他等一下。」

「你就露一下臉也好，現在我總不好叫人家回去吧。真討厭，到底是怎麼回事嘛……」

我沒有回答，只是舉起手指著門，要她趕緊下去。或許是對那個男人的厭惡和胸口湧現的憤怒，我的表情顯得很難看。

「好嚇人……」妻子輕聲抱怨，驚慌地走出書房。

荒木田克次，一個我永遠不會忘記的名字。

檢察官，我想你應該已經調查過了。我的故鄉在長野縣的大杉村，東邊是淺間山，北邊是可眺望寥科山的高冷山地，充滿綠意的清澄空氣始終包圍我們的小村莊。不過後來經過土地重劃，現在已經沒有大杉村這個地名了。

我們村裡派出所的巡警年紀大約五十歲上下，是在戰爭結束的昭和二十（1945）年夏天調來這裡。他和妻子兩人相依為命，曾在公司上班的長子被徵召到南洋後便失去音訊。

那個巡警的濃眉下總是閃著銳利眼神，乍看之下給人威嚴且冷酷的感覺。

「這次調來的巡警不好惹喲。」

「不怎麼親切，也不太跟人招呼。」

村民對新來的巡警沒什麼好感。檢察官，我想你應該已經知道，這個巡警就是荒木田克次的父親。

昭和二十一（1946）年春天，被送到南洋戰場、生死未卜的克次突然出現在大杉村派出所。他在菲律賓被美軍俘虜，經過長期收容之後，被送回日本。

粗野、下流、狡猾、陰險……這些字眼都還不足以形容他這個人，他全身就像沾滿戰場的荒涼和血腥味。

他歸國之後，有好一段時間整天待在派出所裡遊手好閒，不知何時成了村公所的臨時員工。他是高工畢業，所以主要負責測量農地山林、製作土地登記冊和整修農業道路等工作。

我記得應該是那一年秋天，一輛吉普車分發到村公所，那是美軍開過的小型軍用車，當時我還是舊制的中學生，初次看到吉普車時可說是瞠目結舌。

結果這輛吉普車似乎很自然地就成了荒木田克次的專用座車。不知道他是在哪裡學會開車的，也不知道他是在哪裡弄到駕照的，他總是載著沒幾樣的測量工具，轟隆作響地奔馳在滿是石塊的農業道路或高低起伏的山路上，握著駕駛盤的樣子很是帥氣。

他的座位旁經常載著年輕女性，不是農會及郵局的女職員，就是托兒所的保母、小學的年輕女老師……每次都是克次開口邀約的。

「要不要搭車？搭吉普車兜風很舒服哦，來嘛。」

剛開始躊躇不前的女孩們一聽到這番話，就像被克次伸出來的手所吸引，坐上了副駕駛座，車子便加速開動。那個時代還沒有對向來車、也沒有紅綠燈，女孩們長髮飄逸，隨著汽車的加速不斷發出嬌聲，笑著揚長而去。

「克次這傢伙居然把它當成自己的車！」村裡的年輕人帶著忌妒與羨慕的心情議論紛紛。

「那傢伙一定是用吉普車載女孩到山裡搞些有的沒的。」

可是檢察官，只有我的姊姊千草，那個我和父母都叫她「千姊」的姊姊始終拒絕荒木田的邀約。

「我討厭那個人，他實在很煩；只要他一靠近我，我就覺得受不了。」

姊姊當時在總行位於長野市的信濃銀行桑原分行工作，桑原町在距我們家十公里遠的鄰鎮，從村子盡頭的站牌可搭公車直達，一天有四班車往返。那個時代的公車是燒木炭的，老舊的車身發出咿歪聲，悠哉地在路上行駛。對村民來說，那是唯一的交通工具，姊姊每天都坐著公車搖搖晃晃地上下班。

姊姊個性開朗，大家都親暱地叫她千姊，她大我兩歲，從小我就很黏她。千姊畢業於舊制的女校，剛上班時她曾說：「姊姊在伸也考上醫大、成為很棒的醫生前都不結婚，我要好好存錢，給伸也當學費。」

「這麼一來，千姊就會變成老小姐，到時不就嫁不出去了嗎？」

「怎麼會，只要姊姊開口說我今年要嫁人，全日本的男人都會跑到門口集合的。」

「妳好有自信喲。」

「所以伸也要努力用功，姊姊也會努力工作的。」

只要姊姊一笑，圓潤雙頰上就浮現一對小酒窩——你能了解嗎？檢察官……不，只要一想起姊姊，我就想稱呼你千草先生。千姊是我最信任的人，我深愛著她。沒錯，千草先生，基於愛這個字所具有最純粹的意義，我深愛著這個姊姊。

一如我在信的開頭提過的，千姊在二十歲的花樣年華過世了。

荒木田克次駕駛吉普車載著下班的千姊，從桑原町開往跟我家相反方向的鹽田町，結果撞上兩鎮交界的大曲川橋邊護欄，車子整個滾落到三公尺下方的河灘。

昭和二十二（1947）年八月四日，我永遠也忘不了那一天，車禍發生在酷熱陽光總算減低威力，涼風逐漸吹起的黃昏。

車身嚴重毀壞，姊姊的頭部和胸部受到重創，送到桑原町的小醫院時幾乎已是彌留狀態。等我和爸媽趕到時，姊姊只剩微弱的呼吸，兩、三分後便無言地斷氣了。

當穿著骯髒白袍的寒酸醫生宣告「傷患往生了」時，母親立刻抱住姊姊的遺體痛哭：「千姊，不要！妳不能死啊！」

我終身都無法忘記那幅景象。母親眼中滴落的淚水浸濕了姊姊的臉頰，看起來就像姊姊在哭一樣。

父親叫住準備走出病房的醫生問說：「那個開車的男人怎麼樣了？」

「你是說荒木田先生嗎？他沒事，右手骨折了，還有一些輕微的擦撞傷，住院一個月就能復原。」

「他還活著？荒木田還活著？」父親看著醫生，眼裡燃著熊熊火光，他眼眸深處似乎凝聚著濃烈殺意。

醫生走出病房時，父親崩潰般地跌坐在地上，緊握拳頭不斷搥打地板，發瘋似地大聲哭叫。那就是痛哭吧！父親淒厲的哭聲聽來就像野獸的咆哮。

千草先生，我忘不了父親的哭聲和那天的景象。我忘不了，無論是現在還是永遠。

而那個荒木田，那個奪走千姊性命的男人居然敢來我家！

車禍被認定是乘客的過失所造成的駕駛失誤，荒木田不用負任何責任。

他毫無悔悟之心，出院後便消失在我們面前，一句道歉也沒有。

十八年來，他沒有一紙問候，完全音信杳然。

我當然會跟妻子說「我沒必要跟這種人見面，叫他滾！」

那件車禍其實有很多疑點。

那麼討厭荒木田克次的姊姊，為什麼那天會坐上他的吉普車呢？

荒木田為什麼會將姊姊載往跟我們家相反的方向呢？

車禍真的是因為單純的過失造成的？還是有什麼原因導致車禍發生呢？

我們當然也聽到許多謠言。

那些謠言的內容我之後會提到，總之荒木田克次會來找我，讓我有點好奇。

他是個令人不快的來訪者，但是他要來找我，肯定需要鼓起很大的勇氣，因為我們誰都不想見到對方。

儘管如此，他還是來找我了，肯定是有逼不得已的原因。

（好，那就跟他見個面吧。）

我一口喝光杯中的咖啡，彷彿奔赴決鬥場的人般帶著有些緊張的步伐走下樓，站在荒木田克次所等待的客廳門前，深吸一口氣。

## 15

「哎呀，醫生。」

我一打開門，他就從椅子上站起來向我走近兩、三步，伸出右手。我故意裝做沒看見，越過他面前坐到靠窗的沙發上，蹺起腿向他投過冷淡的視線。

（他就是荒木田克次嗎？）

經過十八年的歲月，他已變得和我記憶中的臉孔完全不同。

原本瘦削的臉頰長出了肉，蒼白的臉孔如今顯得紅潤光澤，一頭長髮也剪短了，肥胖的身軀穿著亞麻西裝，看起來就像個中小企業老闆。當年的那個荒木田克次已不復存在，但就算他臉型、身材都變了，我依然永遠無法原諒他、永遠憎恨他。

他現在就站在我面前。

「哎呀，醫生，真是好久不見了。最近常耳聞您的大名，昨天您上了全國性的廣播，一流大報又大幅刊登醫生的照片和簡介；我看到時真的懷念極了，該怎麼說呢，就是胸口一陣溫熱……」

「找我有什麼事嗎？」我冷淡地回應，他長串的逢迎之詞令人無法忍受。

可是檢察官，我錯了，我根本就不該問他來訪的目的。

他在十八年前犯下的罪，一聲不響就從醫院消失的卑鄙行為；他奪走了姊姊的生命，卻毫無悔悟、不知反省地大刺刺出現在我面前。我根本就不該跟那傢伙見面，應該當場就將他趕走，讓他明白我們全家的悲傷與憤怒！

為什麼我沒有那麼做呢？為什麼我會說出那種蠢話？荒木田克次就像是等待已久地順勢回答：「是，我今天來是有件事想麻煩醫生……」

他露出卑屈的笑容彎身坐在椅子上，或許是我單刀直入的態度讓他放了心，他說話的語氣輕鬆不少。「昨天早上我太太看完報紙後跟我說，今天有個很好的廣播節目，叫我一定要聽。我心想是什麼節目呢，看到報紙不禁大吃一驚，上面刊出了醫生的照片及詳細經歷，真是了不起。我忍不住跟太太自誇了起來，說我從醫生還是國中生時就認識您了，以前和您父母來往也很密切……」

「那你沒有順便誇一下自己曾用吉普車載這個人的姊姊，結果害死了對方呢？」

「您真愛說笑，話可不能這麼說，那完全是意外，當時警方的調查也證實了……」

「算了，已經是十八年前的事了，如今就算提出什麼證據也動不了你，時效早就過了。」

「先別提法律什麼的，我很了解醫生的遺憾，但我在那場車禍中也受了重傷，生死一瞬間，當時死的有可能是我而不是千草呀……」

「閉嘴，我不想從你口中聽到姊姊的名字！你來這裡有什麼事？我可沒空和你緬懷往事！」

「是，真不好意思……」荒木田克次毫不在意我的諷刺和挑釁，直接說出來意。「醫生，我們夫妻沒有孩子，不，應該說是生不出孩子吧。我們結婚都五年了……原因在我，我得了無精蟲症，無法讓我太太受孕，原因好像是我小時候得過豬頭皮的關係……我這樣已經失去當男人的資格了。」

他諂媚地將身體靠向我。

（哼！那又怎樣？失去當男人的資格？那真是大快人心呀。像你這種敗類早就失去做人的資格了，不是嗎？）

我在心中怒吼著無聲的咒罵，並且冷冷地盯著他。

所謂「豬頭皮」，就是流行性腮腺炎的俗稱，它是由腮腺炎病毒引發的傳染病，沒有特效藥，只要靜養及冷敷，並隨時漱口，一星期後就會自然康復。但這種病毒一但侵入腦內，就會併發腮腺炎腦炎或髓膜炎等危險疾病；若侵入性器官，就會引發睪丸炎或卵巢炎。

荒木田克次應該是兩個睪丸都被病毒侵入了，才會喪失製造精蟲的功能。不過像他這種不知廉恥的男人，是沒資格在人世留下後代的；讓他失去做男人的資格，或許正是上帝對荒木田克次的懲罰吧！

想到這裡，我不禁有些痛快。

「我太太在這一、兩年經常吵著要生孩子……我是再婚，和前妻之間也沒孩子，因為婚後三年她就過世了，她的身體本來就不好，我一直以為那是她之所以沒懷孕的原因。」

「………」

「但我現在的太太很健康，年紀也才二十九歲，跟我差了十三歲，因此她覺得沒懷孕很奇怪，於是就到醫院檢查，才知道不孕的原因出在我身上。我也很想有孩子，但是卻不可能。娶個年輕太太就是這點麻煩，我說去領養好了，她卻說她不要養別人的小孩，她就是要生自己的孩子……真是拿她沒辦法。可是昨天聽到醫生的廣播，我太太立刻興致勃勃地說，哎呀，原來還有這麼棒的方法，她一定要找久保醫生做人工授精……」

「等等！」我舉起手制止他說下去。「這些事應該在醫院說吧，我在家是不做診療的，這樣我很困擾。」

「對不起。」荒木田趕緊低頭致歉。「因為我跟我太太誇耀說跟您是舊識，她就說如果我和醫生很熟，或許說明了我們的情況，您會特別幫忙……」

「哼。」我冷笑一聲。原來這男人是被年輕老婆逼迫，才會心不甘情不願地上門找我，因為他光是要出現在我家就得鼓起莫大勇氣了。這傢伙害死了我姊姊，連一句抱歉的話都沒說就失去蹤影，如今他竟在我的面前屈膝……（真希望能讓千姊看到！）

「特別幫忙？不可能，我們醫院對所有病患都是一視同仁。」

「您說的是，我們會盡快到醫院請您診療……」

「盡快？我這裡很多人在等著呢。」

「是，大家都很仰慕醫生的大名嘛。」

「其他醫院也有施行人工授精術，醫生又不是只有我一個。」

「您別這麼說，我們就是想在明和醫大接受醫生的治療。我太太說就算要等幾天，甚至幾十天她都願意……」

一個年過四十的男人對著年輕小輩低聲下氣、逢迎拍馬，甚至不斷懇求，想來他再婚的年輕嬌妻在家一定是頤指氣使、為所欲為吧。為了怕她生氣，在我沒答應幫他們施行人工授精術前，他根本不敢回家。不管我擺出多傲慢的態度、說出多傷人的話，他都會卑微地笑著接受、忍耐到底。

真是可笑又可悲，我心中同時興起一股殘酷的怒氣，想好好教訓一下這個男人。

「就算你太太願意等幾十天，也可能無法施行手術。」

「您是說……」

「因為還得看檢查的結果，像本人的健康狀態、過去病史、遺傳……」

「沒問題，我太太很健康，家族也沒有不好的遺傳，我們在兩家醫院接受過檢查，結果都證明她受孕能力良好，懷孕不會有障礙。」

「那你們就在那家醫院接受手術好了。」

「醫生！」卑微的笑容從荒木田克次臉上消失了，他看著我的眼神閃了一下。「您昨天在廣播節目中說，人工授精是針對不孕女性所做的正常治療……沒錯吧？」

「……」我輕輕地點了一下頭。

「您還強調醫生必須具備道德，也就是說，作為醫生不能對病患進行不當治療，更不能拒絕治療病患，我說的應該沒錯吧。」

「……」

「我太太是以患者的身分到明和醫科醫院去，然後拜託醫生進行人工授精術……」

「……」

「您願意接受嗎？剛剛醫生也說自己對病患是一視同仁，我覺得那樣很好，如果是診療的順序，多久我們都願意等；但如果因為私人因素讓求診的病患吃閉門羹，那可就另當別論了……我想應該不會發生這種事才對，明和醫大畢竟是名聞遐邇的大醫院嘛。我太太說她明天就會去醫院，她叫荒木田由美子，我們夫妻的血型都是B型。醫生，那就萬事拜託了。」

荒木田克次一口氣說完後，便起身深深一鞠躬，轉身推開門，再度對我點頭說「告辭了」，才靜靜走出屋子。

我用充滿憎恨的眼光看著他的背影，心想：我輸了。

這男人不愧是經常和難纏的同業周旋、身經百戰的不動產業者，他的韌性果然非同一般。

他拿我在廣播節目說過的「人工授精是一種治療」這句話當盾牌，高唱醫生不能拒絕病患、醫生必須對所有病患一視同仁的論調，逼得我毫無退路。我諷刺、傲慢的態度在他看來不過是「談生意」時常遇到的小事，他笑容滿面、卑躬屈膝地按照既定計畫，為年輕的嬌妻爭取到在明和醫大進行人工授精術的機會。

（渾帳，誰會幫你們啊！）

我一方面意識到自己的敗北，同時在心中發誓絕不答應荒木田夫妻的請求。

檢察官，從這一刻開始我便逐步走上犯罪者之路。

## 16

我抱著沉重的心情回到書房。

起床時的舒暢心情、昨日初次參加廣播節目後的興奮情緒、一切都耀眼奪目的早晨光景，全在這一瞬間消失了，我的心跌入了黑暗的谷底。

荒木田由美子——當那個傢伙的妻子明天來醫院時，我該怎麼一口回絕她的要求，拒絕幫她做手術呢？

我的理念是「為不孕症女性施行人工授精術是一種治療」，因此我不能為了私怨拒絕她。

況且她已經確定自己丈夫患有無精蟲症，也接受過兩家醫院的檢查，在醫學上證明她能懷孕。她既然一心渴望生孩子，對於和懷孕相關的生理狀況或人工授精術等知識，應該比他人多一倍的關注，並有相當程度的認識。

要拒絕為這種女性施行人工授精術，就必須提出醫學上的根據和理由。

萬一她無法接受，很可能會公開指責我治療不當或對明和醫大醫院產生不滿。

因為假醫生阿健那個案件，讓人工授精術頓時受到社會大眾的關心，成為媒體注目的焦點，再加上她背後是荒木田克次那種男人，不知道他會用什麼手段對付我，隨便一個謠言或小小的中傷對我來說都可能是禍害。

檢察官或許會笑我太神經質了，但這是有原因的，當時我才剛從跟我很親近的理事口中知道自己近來可能晉升為教授的消息。

我絕不能因為一些無聊小事偏離這道已經架好的成功之梯，這讓我比平常更加神經質。

難道就要這樣答應荒木田克次的要求，幫他們施行手術嗎？偏偏我又忍不下這口氣。我們醫院會從成績好、身心優秀的醫學院學生中選出捐精者，經過我面試後再決定是否採用。

比起一般的孩子，我們的人工授精兒ＩＱ較高，ＤＱ（成長指數）也超過平均值，這可由追蹤調查的結果證實。

我能理解荒木田太太想在明和醫大透過我做手術的心情。手術之後，他們就能得到最可愛的兒女，荒木田家將在健康可愛的兒女包圍下，每天充滿明朗的笑聲，一家過著和樂且充滿希望的生活，夫妻倆瞇眼笑看孩子一天比一天聰明伶俐——這孩子不比一般，他可是我們家的寶貝；為了這孩子，我們要更努力才行……

這只是我的想像，檢察官，但荒木田家的未來肯定就是那麼幸福吧——如果我答應了荒木田的請求，親手為他太太施行人工授精術的話。

這可能嗎？你認為我做得到嗎？要我幫助荒木田那種男人獲得幸福，別開玩笑了！我做不到，檢察官，我想你一定能理解。

如果我那麼做，被荒木田害死的千姊將死不瞑目，無法為女兒報仇、含恨而終的雙親也不會原諒我的。

我的姊姊千草並非死在車禍意外中，她明顯地是被荒木田克次害死的。

姊姊死後，我父親為了調查車禍真相到處奔走了好幾天，終於從一些人口中問出當時的情況。

一向討厭荒木田克次的姊姊為什麼那一天會搭乘他的吉普車？

關於這一點，荒木田的說法是：「當時我正好開車經過千草上班的銀行，千草正準備回家，便走出來跟我招手，我就將車子停下來。之後千草拜託我送她回家，我便問可不可以到別的地方兜一下風再回去，她說可以，我就往鹽田町的方向開去。」

但姊姊的銀行女同事說的卻不一樣。

「那輛吉普車在銀行快下班前便停在那裡，下車的男人看到千草往公車站牌走去，便跑過去叫住千草，跟她說了一些話，千草突然一臉驚慌地跑向吉普車坐上去；當時我心想會不會是她家裡有什麼急事。」

如此一來，明顯可知荒木田克次是在等姊姊下班，雖然不知道他跟姊姊說了什麼，但我想應該是騙她上車的藉口吧，要不然怎麼會像銀行女職員說的「突然一臉驚慌地跑向吉普車坐上去」？從姊姊平常的言行舉止來看，實在是太不自然了。

而吉普車會開往跟姊姊回家方向相反的鹽田町，可以從荒木田克次的朋友口中聽到一些暗示。

「那傢伙說過，年輕女孩隨著車子的奔馳會自然地興奮起來，身體蠢蠢欲動，那裡甚至會濕起來，眼光迷濛渙散，身體軟綿綿的。這時只要抱住對方，她整個人便會毫無抗拒地靠過來，接下來想幹什麼就能幹什麼。那傢伙老是這麼自誇，應該幹過很多次那種事吧。」

荒木田克次用吉普車載著姊姊往回家相反的方向去，其企圖從那段話應該不難猜出來。

父親堅持找出真相的執著，讓他又找到一名證人，他在現場目擊了整個車禍的發生，可說是最有力的證詞。

「那件車禍完全是那個開車男人的責任，你們家女兒等於是被害死的。車禍就在我眼前發生，沒有人比我更清楚當時的狀況。作證？當然沒問題，不管誰來問我，我都會照實說。」

我父親找到的目擊者是吉普車翻落的地點，也就是大曲川橋旁「玉川理髮院」的老闆。

當時他將剪完頭髮的客人送出店門，順便坐在店門前乘涼用的椅子上抽菸。曬了一整天的炎熱陽光終於有些收斂，河邊吹來一陣涼風，時間是五點半剛過。由於是夏天，日暮西山前的殘照清楚地映出遠山稜線，路上流洩著明亮的光線，他發呆似地抽著菸，就在那時他看到飛馳過來的吉普車。

「因為那種車很少見，我心想美軍幹嘛來這裡呢？仔細一看，開車的居然是日本人，旁邊還坐著年輕姑娘，那個男的將手搭在女孩肩上，像是抱著她在開車。」

「車上的女孩是很高興地靠在男人身上嗎？」父親問。

「不是，她一看就是很厭惡的樣子，不但轉過臉，還伸手用力推開男人。吉普車開過我面前時，我很快地瞪了男人一眼，因為他太不要臉了。對，就在那時我聽見女孩的聲音……」

「聲音?女孩說了什麼嗎?」

「是的，我記得她在喊『住手』，不，也可能是『停車』；因為車聲太吵，我也不太肯定，總之女孩像悲鳴似地在尖叫，接著吉普車左右搖晃，就撞上橋中央的護欄，被撞斷的橋柱飛到半空中，車身翻倒滾到下面的河灘。」

綜合以上證詞，就知道車禍原因絕不是單純的駕駛失誤。

他等著姊姊下班，用謊話把姊姊騙上車，大概是謊稱我們家有人突然病倒吧。姊姊聽到後，馬上急得忘記平日的戒心坐上他的吉普車。

但是等到車子往自己家反方向開去時，姊姊立刻察覺荒木田的意圖。哼！怎麼能讓這男人得逞?我一定要逃脫。姊姊有潔癖，個性又不服輸，絕不可能讓荒木田為所欲為，她會用力推開他或咬他握方向盤的手，想盡辦法逃出車外。

車禍就是這樣發生的。就算姊姊的行為防礙了荒木田開車，也不能責怪姊姊，她為了保護自己不受到對方凌辱，可說是身不由己，換句話說是正當防衛。檢察官是法律專家，這些應該不需要我多說……

父親將這些調查整理成書面，拿到桑原町警署求見交通組主任。當時荒木田克次還在住院，不過父親認為他遲早會正式接受審判，這些資料將是釐清荒木田在法律上應負責任的有力證據。

但是交通組主任卻給了他意外的回應：「那件車禍警方已經調查終結，案子也結了。事到如今你拿這些東西過來，究竟是想怎樣?」

「我只是想知道荒木田對我死去的女兒應該負什麼樣的法律責任……」

「責任？這一點早就做出結論了啊。駕駛人沒有過失，雖然這麼說對你死去的女兒有點過意不去，但車禍都是你女兒輕率的行動所造成……」

「那是什麼話！」

「喂，你是瞧不起警方嗎？我們可是根據專業的知識和經驗調查了這次的車禍，是你女兒自己拜託荒木田讓她搭吉普車，車子一發動她就在旁興奮鼓譟；車子開到大曲川前，她靠向荒木田大叫要他開快點，荒木田心想危險，立刻踩了煞車，但這時車子大大向右打滑撞到橋邊護欄。這就是車禍的真相。」

「不對，我女兒是被騙上車的！」

「你給我聽清楚，這可是駕駛人本人的供述。荒木田被你女兒害得出車禍、身受重傷，但因為你女兒已經過世了，他可憐你們才不追究任何責任，他說他放棄跟你們要求住院費和損害賠償的權利，真是太了不起了。事到如今，你還提出什麼法律責任，不是給自己找麻煩嗎？」

「但是車禍現場的目擊者所提的證詞……」

「你是說玉木理髮院的老闆嗎？警方當然聽過他的說法了，也做了筆錄，但跟你說的好像差很多耶。你不相信的話，就再去問一次那個老闆吧。」

看到交通組主任臉上浮出冷笑，父親立刻察覺警方「為了某個目的」主導了車禍的調查。

檢察官，他的直覺是對的。

父親不相信交通組主任的話，隔天便去拜訪玉木理髮院。他抱著一絲希望再度去跟老闆確認，希望他能和自己一起去警署作證。

但他的回答卻讓父親的期待破滅了，老闆一臉為難地說：「請您別逼我了，我只是稍微看了一眼，也不是很確定。您還是去請警方調查吧，他們才是這方面的專家……」

「但是你之前說得那麼詳細，請務必再……」

「話是沒錯……但是既然記不清楚，總不能去怪開車的人吧。而且我聽說隨便作證，搞不好會變成偽證……」

「偽證？是誰跟你說的？」

「總之請您忘了我之前說過的話，那是我看錯了，不好意思。」

父親說，當他看到理髮院老闆心虛的口氣和畏懼的神色，他就死心了。

我們無從得知警方利用權責在背後動了什麼手腳，但是想想荒木田的父親是村子裡派出所的巡警，之前服務的地點是桑原町警署，便不難想像結果會變成如此。

身為一介小學教員，父親就算拚了命也不是他們的對手，當時我又正在準備聯考。

「是爸爸無能，沒辦法對付殺死妳的兇手……」父親在千姉的遺照前不斷重複地說著這些話，嬌小的母親一聽到便哭倒在地。檢察官，我忘不了這些景象。十八年了，這些歲月裡累積了多少父親的憤怒、母親的淚水和我的恨意；但是荒木田克次卻若無其事地將之一腳踢開，厚著臉皮出現在我面前，閒話家常似地開口要我幫他施行人工授精術！

（哼！你老婆能不能生孩子關我什麼事？）

那晚我失眠地直盯著空中，一邊在黑暗裡想著荒木田的嘴臉，一邊不斷詛咒辱罵他。

我決定找藉口拒絕幫他們做手術，但光這麼做仍不能平復我的心情，有沒有方法可以重重打擊那個奪走千姊生命的兇手呢？

有！

對，就用那個方法！

## 17

檢察官，靈感這種東西總是毫無預警地闖入思緒中，觸發另一個完全不同的念頭。當時我腦海中閃過的是，我昨天在廣播節目中和女主持人的一段簡短對話。

——捐精者都是直接將自己身體裡的東西，也就是射出的精液交給醫生嗎？

——所以……雖然這很像小說情節，但難道不會有人拿別人的精液當作是自己的交出去嗎？

這的確很像小說情節，但我當時卻從女主持人的話中聯想到一個計畫。

（對，我就答應荒木田的要求，幫他們做人工授精，但是精子不用捐精者的，而是換成我的！我要讓他的女人懷我的孩子！）

捐精者的姓名要完全保密，知道是誰的只有我這個醫生，所以秘密絕不會外洩。

（人工授精的成功率以ＡＩＤ來說超過百分之五十，要讓荒木田的老婆懷孕絕不是問題。不，就算第一次失敗，也還有下次。之後他老婆將順利生下我的孩子，夫妻倆為了孩子的出生感動萬分，但那卻是我的孩子，他們將付出一切心力撫養我的孩子！）

我在黑暗的房間裡不斷想像著。

（既然這個計劃靈感來自小說式的幻想，後續發展就得像小說般完整才行。故事可不能在喜獲愛兒的荒木田夫婦養育孩子的情節中結束，我對那種溫馨家庭喜劇沒興趣！故事應該在主角荒木田人生全毀、家庭破碎的結局中閉幕，這是一齣復仇的好戲！）

黑暗中，我的眼睛或許像瘋了似地發亮著。沒錯，檢察官，當時我的心理狀態確實不正常。對荒木田的憎恨，就像黑色火焰般在我心中不斷燃燒。

（生出來的小孩是男是女都好，只要孩子能平安長大。

十幾年後，也就是小孩十三、四歲時，我會寄匿名信給小孩。

——你是透過人工授精才出生在這人世的，你的父親並非你的親生父親，他在醫學上無法生小孩，這一點你母親也知道。你必須喊一個陌生人叫爸爸，你滿足現在這樣的生活嗎……？

收到信的小孩會怎麼樣？如果去問媽媽，媽媽一定會否認說沒那回事，一定是有人惡作劇。但這封怪異的來信一定會讓媽媽驚慌失措，更在孩子心中留下小小疑惑。為什麼媽媽會那麼驚慌？不過自己真的一點都不像爸爸……

這時再寄出第二封信。

——你調查過真相了嗎？你想不想跟還活在世上的親生父親見面？我什麼都知道，我知道你親生父親是誰，也知道他現在人在哪裡……

這封信將使荒木田夫婦受到打擊，他們會表情凝重地暗地討論著，事到如今到底是誰拆穿這件事？秘密是怎麼洩漏出去的？你去醫院問問久保吧，確認一下當初的捐精者是誰？

就算發生這種事我也無所謂，不管是荒木田還是他老婆來問我，我都會平心靜氣地回答：「我不能說出捐精者的姓名，況且這個秘密絕對不可能外洩，我想那封信只是單純的惡作劇吧。荒木田太太之前曾在兩家醫院做過健康檢查，證實荒木田先生得到無精蟲症，秘密或許是從那裡洩漏出去的。你們曾在手術施行前簽過切結書，發誓日後絕不對醫院造成困擾，今後醫院拒絕處理有關此手術的一切事情，也不回答任何問題。」

沒錯，這正是假醫生阿健用過的手法。我只要借來一用就行了。

接著再寄出第三封信，收信地點是孩子就讀的學校。

——我擔心這封揭開真相的信可能寄不到你手上，於是寄到學校。我昨天和前天都站在校門口看著你……你應該知道了吧？我就是你的親生父親，你真的長得和我好像，見面卻不能相認，我傷心欲絕得哭了無數次。我再也忍耐不下去了，我想以父親的身分跟你見面，我會再通知你時間。你的授精手術是明和醫大醫院的久保醫生做的，你不妨去找醫生確認，但千萬別讓你父母知道。我心愛的孩子，明天我仍會站在遠方凝視你的身影……

孩子一定會握緊信封出現在我面前，沒有人可以對自己身世的秘密不加理會。

不過我的答案仍然不變。

「我不能透露跟手術相關的事，每個醫生有義務保密，我也不能透露你是不是授精兒。與其擔心這種事，還不如把現在的父親當成親生父親不就好了嗎？」

我不置可否的回答只會增加小孩心中的疑惑，十三、四歲正是情緒變化激烈的青春期，我的話將在孩子的小小心靈中激起狂風暴雨。

我將在心中對離去的孩子背影呼喊：煩惱吧，痛苦吧，懷疑你父親、疏遠你母親地活下去吧。成績退步？好極了。或許會加入不良幫派？我贊成呀。想要離家出走？那最好不過了。你是我的孩子，我已經在你血液中注入對荒木田克次的憎恨了！行動吧，用你的力量去毀壞你的家庭吧……）

檢察官，你在笑我嗎？你一定覺得我的想法很愚蠢吧？

但當時我是認真的。長達十幾年的復仇計畫，這需要多長的耐心啊！但是一想到千姊死後的十八年間，我心中一直存在的恨意及父母的悲痛，那些時間又算什麼？

幾天後，荒木田的妻子來醫院找我，我滿臉笑容地迎接這個即將生下我孩子的女人。

# 18

希望進行人工授精術的人，必須先在醫院總館三樓的受孕計畫諮詢室接受整個過程的說明與領取必要文件，接著再測定月經週期，訂定施行手術的日期。

在手術之前，當然還必須進行本人的健康檢查、夫妻的血型檢驗等各種檢查，不過荒木田太太還是很細心地將之前在兩家醫院做過的夫妻檢查報告帶了過來。

「我是荒木田的太太，日前我先生到府上拜訪時提出了不情之請，謝謝醫生的幫忙。」

「哪裡，我和您先生是老朋友了，還真是懷念啊。來，先坐下再說吧。」

「不好意思。」她輕輕點頭致意後，便我面前坐下。

（嗯，長得還真漂亮啊。）

荒木田由美子，二十九歲，沒有宿疾，第一次結婚，婚齡四年一個月。

「您真是年輕呀，荒木田太太，我記得您先生的年紀是……」

「四十二歲，我先生是再婚，大我十三歲。」

「是嗎？不過還能娶到像您這麼年輕貌美的人……」

「哎呀。」由美子睜大眼睛笑了，雪白美麗的貝齒和微翹朱唇旁的小黑痣，帶著挑逗男人心的妖豔性感，難怪荒木田會對她那麼死心塌地。

「您真會說話。」

「沒這回事，我說的是真心話，兩位一定是談過轟轟烈烈的戀愛吧……」

「討厭，和我先生怎麼可能談什麼戀愛嘛，那才真的沒這回事呢。都是我先生死纏爛打，我被他弄得團團轉……不知道怎麼的我們就結婚了。」

或許是緊張的心情消除了，她開始變得有些饒舌。可是檢察官，那正是我的目的，為了實現我昨晚想到的計畫，我必須盡可能地了解荒木田的家庭狀況。我假裝專心傾聽，適當地回應一兩句，聽她道出家中一切。

荒木田由美子，娘家姓松川，出生於琦玉縣，父親是四處賣布料的商人。

她讀國中時父母相繼過世，在東京荒川區經營小吃店的大伯夫婦收養了孤單無依的她。

可是大伯家本來就有很多小孩，因此她在這裡經常被嫌棄，高中畢業後就被逼著接待店裡的客人，她因而厭惡得離家出走，憑著報上的徵人啟事進入荒木田所經營的新榮不動產當職員。那是她二十歲那年春天的事。

「我沒有一技之長，也無處可去，所以打算一輩子都待在那間公司。」

「可是荒木田的妻子過世了，身邊剛好又有妳這麼漂亮又勤奮的女性，他當然會想跟妳結婚囉，於是妳就順利坐上第二任董事長夫人的寶座……」

「討厭，什麼第二任嘛。真不好意思，醫生，我老說些跟手術沒什麼關係的事……我這個人就是愛說話，差點忘了正事。」

「別這麼說，了解患者的家庭狀況也是我們醫生必要的工作。」

「那我可以來這裡麻煩醫生囉？」

「如果妳願意的話，隨時都行。」
「太好了，真是謝謝您。那我什麼時候可以做手術呢？」
「等我們知道妳的月經週期，確定排卵日是什麼時候就行了。」
「您的醫院是用荻野式測定法嗎？」
「沒錯。」
「所以還要量基礎體溫……」
「妳很清楚嘛。」
「因為我太想要小孩了，因此讀了很多家庭醫學相關書籍……」
「是嗎？」
檢察官，我想你應該知道什麼是荻野式測定法吧？為了預測懷孕第一階段的排卵期，荻野久作提出了這個跨時代的學說。一九二四（大正十三年）日本婦產科學會懸賞徵求論文，他的作品獲得入選並刊登在學界刊物上，由於他的學說十分有力，之後也獲得了全世界學者們的認同。
「原來如此，您也知道荻野學說嗎？」
「是的。根據那個學說，女性的排卵期是五天，加上精子能夠存活的三天共是八天。所以我想這就是可以受孕的期間吧……」
「嗯，妳果然知道的很清楚。」
「另外，我想可能會派上用場，因而帶了這個過來。」

看到她拿出兩張大型模造紙，我嚇了一跳；一張是這一年來的月經週期表，另一張則是過去三個月的基礎體溫曲線圖。

「我每個月都在家計簿上做記號，這些是整理過去紀錄做出來的，我想一看就很清楚，我的生理期很正常，就算遲來也只有一天，而且到目前為止只發生過一、兩次。雖然做這種事也沒什麼好驕傲的……」

「不，真是太厲害了。您能持之以恆地做紀錄，實在很有毅力。」

「我是因為很想要孩子才開始的，因為我想盡可能將房事選在可以受孕的期間……到後來已經變成習慣，就算知道我先生是無精蟲症，我還是持續地在做紀錄。」

她的週期是典型的二十八天型，因此所推測出來的排卵日和基礎體溫曲線圖也完全一致。有了這份資料，應該可以正確推測出可能受孕的期間了。

「醫生，」她迫切地對著正在凝視那兩張紙的我說，「我希望能早日有孩子，能否請您盡快為我做手術呢？」

「這個嘛……」

「我從自己的生理日計算排卵期，這個月二十九日到下個月五號正好是可能受孕的期間，我應該沒算錯吧？」

「嗯……應該沒錯。」

「那麼是否可以在這個期間進行呢……我知道自己的要求很無理……」

「我知道了，我會盡快安排捐精者，等確定後再打電話通知妳吧。」

「謝謝您，真是太好了，我好高興！自從聽了醫生的廣播節目後，我就決定一定要在這裡做人工授精。我想我先生應該也會很高興，誰叫他是個空包彈，怎麼射也不會中。之前他反對我做人工授精，我就提出離婚，結果他嚇得馬上就去府上拜訪。真是太好了，那一切就麻煩醫生了。」

荒木田由美子興奮得笑容滿面，她從護士那裡領取了手術必需的切結書等相關文件後，像個小姑娘似地快活的走出諮詢室。我看著她白色洋裝的背影，在心中默念。

（原來如此，荒木田克次是空包彈嗎？放心好了，這次我的實彈會射滿妳柔軟的子宮的！）

荒木田由美子的手術訂在八月二日，這個日期我在被逮捕前已經確認過了，絕對錯不了。

我應該沒必要詳述當天的情況吧。不過那天出現在手術室的由美子，從內衣褲到外衣都一身雪白，就像迎接初夜的新娘一樣。

她躺在手術台上，裸露的下半身只蓋著一塊白布，然後靜靜地閉上眼睛。

注射器是我設計的，它細圓形的前端積滿了白色液體。我知道荒木田由美子會在指定時刻到達醫院，在那之前我進入教授專用的廁所，從自己身上採集所需的東西，一如年輕的捐精者所做的……

我一進入手術室，護士就退到隔壁房間；為了不讓患者產生不必要的羞恥感，我一向都這麼做。

「荒木田太太，那我們開始了。」

我的手已經觸碰過好幾百個女體，但是在掀開她身上白布的那一剎那，我的手居然有些顫抖。

「手術馬上就結束了，不會痛的。來，兩腳彎起來。放鬆妳的心情和大腿，沒錯，就是這樣，慢慢地把身體放輕鬆……」

我的聲音變得有些沙啞，眼前的肉體真是太美了。毫無瑕疵的雪白肌膚，緊實光滑的大腿內側，羞怯地點綴在私密處的黑色陰毛，裡面微微律動的淡粉紅色突起……

當我的手撥開那突起插入注射器時，她的嘴唇輕輕地發出了聲音。

我將注射器插的更深，將指頭壓在上端的推筒。白色液體，我的生命就這樣靜靜地注入她體內，幾億隻精子高聲歡呼地直奔她的子宮！

由美子的嘴唇微張，細長的眉毛皺在一起，看起來就像得到高潮的表情。奇妙的是，我自己也恍惚起來，直盯著她的臉發呆。

「手術結束了，荒木田太太。」

抽出注射器時，我的呼吸有些急促。

檢察官，對荒木田由美子所施行的人工授精，在一、兩分鐘內就結束了。然而從那一刻起，我也踏出了成為殺人犯的決定性第一步。

對我而言，這個結束是一切的開始。

# 第二部　現在之章

# 1

房間裡有一道無法開啟也無法關閉的鐵門，入口處有一小段狹窄的木頭地板，緊接著是兩張榻榻米大的空間，略髒的米色牆壁，黯淡的灰白色天花板，有限的視野前方是一大片天空，天空飄著雲，不知名的小鳥輕快地掠過眼前而去。

設置在地板角落的沖水式馬桶，小型流理台，堆放在牆邊的薄棉被和毛毯，掃把和畚斗，塑膠洗衣籃和垃圾筒，照亮這一切的二十燭光日光燈；不論白天黑夜都不會關掉的慘白燈光……

檢察官，你知道嗎？這就是我現在住的地方，東京拘留所的單人牢房。兩張榻榻米大的空間中央有個矮几，我就趴在低矮的桌面上寫這封信。

我現在因涉嫌殺害恩田系子遭到拘留，雖然還沒被正式起訴，但我已經承認罪行，所以是名副其實的兇手了。

儘管如此，檢察官，你卻到現在都還沒寫好起訴書；我大概知道理由為何，因為在檢察官每次的審問中，我們總是重複著同樣的對話。

「你是大學教授，又是知名學者，為什麼要承受強姦殺人這種可恥的罪名？你不顧一切想隱瞞的到底是什麼秘密？為什麼你就是不肯說出來？」

「我沒有秘密，我已經將所有真相都說出來了。」

「我不相信。」

「哪一點？」

「你犯案的動機。你並沒有侵犯恩田系子，但現場卻偽裝成好像你有侵犯過她一樣，你甚至還編出了粗糙的不在場證明，雖然這一連串證據都說明你就是兇手。」

「那樣就好了啊，我是因為殺人這個行為受到法律的制裁，又不是因為動機……」

「話不能這麼說，沒有查明動機就將兇手帶到法庭，到時該如何進行判決？在沒有充分了解你決定犯案前的心路歷程，就得不到令人滿意的結論。你可不可以告訴我動機是什麼？」

「我想，該說的我應該都說了。」

「嗯……」

接下來是漫長的沉默；你閉上眼睛，我則將茫然的視線投向窗外。

「毫無意義……不，該說是無力嗎……」經過長時間的沉默後，你如此低語；聲音低沉得不像是在說給我聽，而是在對自己說話。

「沒查明真相就將犯人帶到法庭，對犯人來說判決又算什麼？不過是可悲的儀式罷了。即使如此，檢察官還是必須進行起訴，難道法律到了某個界限也必須放棄嗎……」

「對不起。」我微微低頭，除此之外我不知該說什麼。

此時檢察官臉上浮現尷尬又難為情的笑容，就像惡作劇被抓到的小孩子一般。

（你真是好人。）我瞬間這麼想。

你和我們一般所認定的檢察官不同，是個誠懇實在的人；我原本就對你有一種說不出來的親近感，如今這種溫暖更在我心中擴散。

（如果是這個檢察官應該能了解我的苦衷，乾脆全告訴他吧！）

一時之間，我的心差點瓦解了。自從被逮捕之後，我就將自己的心封閉起來，但是如果就這樣被處死或病死獄中，就沒有人知道我的痛苦了。

我想告訴某個人，我希望有人聽我傾訴；只要一個人就好，只要他能真的理解我——檢察官，我希望那個人就是你，除你之外別無他人了。這就是我為什麼寫這封長信給你的原因……

檢察官。

你讀到這裡大概已經覺得很不耐煩了吧？

（你被逮捕是因為你是殺害恩田系子的兇手，但你卻對自己和她的關係隻字不提；我想知道的是真相和犯案動機，你卻一直避重就輕，不肯碰觸核心，寫這封信又有什麼意義？）

我似乎能聽見你的抱怨和斥責。

的確，到目前為止信的內容大半都是有關荒木田克次的描述。

那個害死千草姊的男人，我對他的憎恨與厭惡，我為了報復而利用人工授精術進行的卑劣計畫，身為醫生卻做出如此可恥、不道德的事……這些我都毫不隱瞞地寫出來了，一切都是真的。

這些都是久遠的往事了，至今已有二十年。被害人恩田系子只是個剛滿二十歲的年輕女性，和我跟荒木田之間的過節沒有任何瓜葛，處理這個案件的警方甚至可能連荒木田克次的名字也沒聽過。

但我長篇大論地描述這個男人是有理由的。沒錯，檢察官；如果沒有他，我就不會殺人了。為了讓你更了解我犯案的動機和心情，請容我再多加描述他的事，還有我對他妻子由美子施行的人工授精術——那個如今我一想起便羞恥得渾身發抖的行為，其結果我也應該跟你說明。

## 2

荒木田由美子之後再也沒有跟我連絡。

難道「那次」失敗了嗎？她那麼希望在我們醫院接受我的手術，應該不會因為一次失敗就放棄。

人工授精的年成功率平均為百分之四十五，這是正常的，因為有正常性生活的夫妻也可能兩三年都沒有懷孕。由美子對人工授精術的知識很豐富，她應該知道這一點。

她的生理週期準確得像時鐘，而且很順暢，她應該能從身體狀況的變化最先察覺手術是否成功。

已經過了將近兩個月，她卻完全沒有聯絡，我判斷手術大概是成功了，因為過去也曾有過幾次這樣的經驗。

來醫院施行人工授精的患者在成功之前會一直來找我，但是一旦出現懷孕徵狀後便整個人消聲匿跡；這些人全都去了別家醫院進行產檢，並轉由那裡的醫生照料自己的生產，如此就不必擔心自己孩子是人工授精兒的事會曝光。經過自然懷孕、正常分娩，她們最大的願望終於得以實現。

負責人工授精的醫生終究只是幕後功臣，一旦確定懷孕，大多數女性便像逃跑似地在我眼前消失，這一點也不奇怪。因此根據過去的經驗，我判斷由美子懷孕了。

當然荒木田克次之後也完全沒有聯絡。

由於年輕嬌妻的要求和自己罹患無精蟲症的愧疚，他心不甘情不願地出現在我面前；對他而言，那次屈辱的來訪需要相當的忍耐和毅力；但是忍耐有了代價，既然妻子已經懷孕，他再也不想跟我說話。

我很能理解他的心情和想法。

（好啊，隨便你們。）

我心想，我一點也不在乎。無論荒木田由美子在哪裡生產，他們總是要為孩子辦理出生登記，申報為自己的長子或長女，到時要調查就簡單了。

（好戲還在後頭呢。）

我利用授精手術破壞荒木田克次家庭的復仇計畫，終於要開始了。

當然計劃不會那麼快實現，那是十幾年後的事，時間還長得很。我一邊想著不知道那會是什麼時候；一邊又矛盾地希望那一天不要到來。真的，檢察官。

是我太過沉醉於自己的幻想了嗎？或是在我描繪虛幻的計畫時，便陷入復仇計劃已完成一半的錯覺，使得復仇的意念減輕了？

但好像又不是如此。我在由美子身上做了「那個手術」，我的親生孩子會出生；如果照我的計畫，總有一天我必須跟那孩子見面，那對我來說既痛苦又可怕，因為我對由美子或即將出生的小孩沒有絲毫恨意。檢察官，你知道嗎？我在下意識中似乎期望那天不要到來。

我就這樣過著十分不安穩的日子。

荒木田由美子絕對是懷孕了，她的預產期將在明年五月。她會生下什麼樣的小孩呢？我曾經幫許多女性施行過人工授精術，卻是第一次當捐精者，感覺有些奇妙。

我們醫院的捐精者幾乎都是醫學院學生，做一次就能拿到三千五百圓，當時大學剛畢業的人薪水也不過才一萬塊左右，只要一個月捐贈三次就能獲得相當於上班族的收入，算是不錯的兼差。

「你們對這個工作感覺如何？」

對於這個問題，他們的回答各不相同。

「沒什麼呀，就是一種打工吧，收入好工作又輕鬆，對生活很有幫助。」

這也許是真心話。

「比起賣血的人，我有種『施捨』的感覺，所以沒什麼抗拒。」

這也是一種想法。
「因為我是醫學院的學生，當然應該協助現代醫學的發展。」
很聰明的回答，這種學生日後開業當醫生會成功吧。
「感覺很刺激。那算是一種合法的強姦，或者該說是被認可的通姦，就好像我在好幾十個女人的陰道裡射精一樣。接受手術的女性應該也會想像在自己體內射精的男人是什麼樣的人吧？彼此在幻想中結合，這難道還不夠刺激嗎？」
我聽了只有苦笑，學者和宗教家就是因此才會反對人工授精，西德目前就將ＡＩＤ視為通姦，施行這種手術會受到處罰。我沒想到有捐精者會有這種想法。
儘管他們的想法彼此不同，卻有個唯一的共同點。
「將來你們結婚時，會告訴太太學生時代曾當過捐精者嗎？」
當我這麼一問，所有人都搖頭說：「不會。」
就算告訴自己這只是一種打工，但將自己的精子提供給其他女性這種行為，還是難免讓人有種陰濕不快的感覺。
不過他們既不認識受捐贈的女性，對她們也一無所知。一個姓名、長相、年齡、住址與職業都完全不明的女性，根本就是虛擬的存在，再怎麼胡思亂想也無法傷害到對方。
「我們是無形的父親。」一名捐精者如此表示。
同樣的，對方也是「無形的母親」，他們之間永遠也不會有任何交流及關聯。
但我的情形跟他們完全不一樣。

我將自己最恨的男人妻子叫到身邊，把精子注入這個全然相信我的女性體內；把懷有我心中惡意和怨恨的無數精子，深深地注入眼前這個輕聲喘息的女性裡面。

結果，荒木田由美子懷孕了；當時的我既不是捐精者也不是醫生，已經是個犯罪者了。而且檢察官，我還打算利用自己即將出生的小孩破壞荒木田一家人的生活！

如今想來，那個計畫實在愚蠢，根本就是個喪失理智的人在精神錯亂下產生的妄想。但我並沒有確認荒木田由美子是否真的懷孕了，在我想查證這件事之前，出現了意外的突發狀況。那件事造成的衝擊，已超越「命運的惡作劇」所能形容的了！

檢察官，荒木田克次居然自殺了。

那個荒木田克次呀！

## 3

深深凝視著蘋果

漸漸地自己也變成蘋果

檢察官，人的記憶真是奇妙。我一想起那天早晨，也就是得知荒木田克次自殺的那個早晨，我腦海裡首先浮現的竟是這首「深深凝視著蘋果……」。

這是山村暮鳥[註1]的詩，是過世的父親教我的。我還記得好像在五、六歲時，總之是上小學前，我就已經知道山村暮鳥這個詩人，還曾驕傲地背過這首詩給大家聽，看到對方一臉驚訝地讚美我時便沾沾自喜。

幼年時和父親相關的點滴我已不復記憶，只有這首詩仍充滿父親的味道，深藏在我心裡。

故鄉信州大杉村的老家的確有幾棵蘋果樹，這首詩大概也是在某個秋日採收結實纍纍的蘋果之餘，父親一時興起教我的吧。

年紀還小的我當然不知道詩為何物，只清楚記得自己為了確認「深深凝視著蘋果，漸漸地自己也變成蘋果」是否為真，曾站在瀰漫酸甜香味的樹下凝視著陽光中藏身枝頭的紅艷蘋果。

長大之後，就算是看到水果店頭堆積的蘋果，我也會突然想起這首詩，不覺脫口而出；這個習慣不知在何時也傳染給妻子和孩子們，只要家裡餐桌擺了蘋果，總會有人開玩笑地朗誦詩句，最後大家一起齊聲朗誦。

一時寫得興起，又提到了無謂的往事。我們言歸正傳吧。

那天早上我洗完臉後，像平日一樣跪坐在佛龕前雙手合十，大概是從小看到父親每天

註[1]山村暮鳥：1884-1924，群馬縣人。詩人，詩風充滿人道主義與牧歌情懷。著有詩集：《聖三稜鏡》、《風對草木低喃》等。

早上在佛龕前正襟危坐、點香鳴鐘的身影，我在耳濡目染之下自然也承襲了這個習慣。

我記得季節是十月中旬，佛龕前供著一盤日前故鄉友人寄來的蘋果，我一看到蘋果，便懷念得反覆吟誦著久違的暮鳥詩句。

就在那時，在餐廳準備早飯的妻子突然大聲呼喚。

「老公，你快看這個！」

我回過頭，妻子指著手上報紙的某處說：「你看，這上面有那個人的報導。」

「什麼啊，有誰的報導？」我走進餐廳問妻子。

「就是來過我們家的那個人呀，荒木田克次，跟你國中就認識的那個人……」

「荒木田怎麼了？」

「好像自殺了。」

「妳說什麼?!」我當場攤坐地上，急忙掃視著報紙。

那篇報導旁有他的照片，篇幅不大，但報上「不動產公司董事長自殺」的標題卻強烈地刺入我的眼中。

「人還真難說呀。上次看到那位荒木田先生時，還覺得他看來就像個厲害的企業家，一點都看不出來他會自殺。」

妻子說的沒錯，他是個殺也殺不死的傢伙。他跟千姊一起翻車時，只有他獲救；被送往南洋戰場時，他也毫髮無傷地歸國。所以我不能想像這個陰險、蠻橫、運氣超強的荒木田居然會自殺！

究竟發生了什麼事？什麼事把他逼上了絕路？

我急切地吞嚥著細小的文字，但報導的內容卻很簡單。

對這個以全國民眾為對象的報紙來說，發生在街頭一隅的自殺案根本就不值得追蹤。

從簡短報導中得知，荒木田是因為債務糾紛造成精神衰弱，由自縊的屍體上穿著睡衣判斷，他可能是在就寢後臨時起意，從外面回家的妻子發現後立即報警。

荒木田克次會精神衰弱？那個粗神經的男人？怎麼可能？太令人難以置信了！沒錯，檢察官，我實在無法接受。

那天早上我在車站買了各家報紙，但內容都大同小異，當中甚至有報紙連刊都沒刊登。

只有一家以東京都民為對象的小報《都民晚報》詳細地報導了那件自殺案，並刊登他妻子由美子的訪談。

那天晚上，也就是得知荒木田自殺消息的晚上，我剪下那篇報導供在佛龕前，跟父母、姊姊的牌位報告。

在這裡我要拜託檢察官讀一讀都民晚報的報導，在我家佛龕下有個小抽屜，裡面擺了好幾本放著我父母和姊姊照片的舊相簿，我記得剪報就夾在當中某一本。我不想丟掉，又不想被妻子看到，便把它夾在舊相簿裡……我想你一定能找得到。

為什麼我要大費周章地把剪報留下來？

這當然有原因，因為荒木田克次不是由於精神衰弱而自殺，更不曾為債務糾紛煩惱，他死亡的真相完全不是報上寫的那樣。

我現在敢如此斷言，因為我知道真相。沒錯，現在我知道那個自殺案背後隱藏著什麼秘密了。

只是太遲了。我直到進入拘留所後才發現了那個祕密，但事到如今也不能怎麼樣了。檢察官。

我們最害怕的其中一個疾病是癌症，大部份癌細胞都大小不一、奇形怪狀，一旦出現在人體某處，便會自發性地不斷分裂、增生，破壞周圍的正常組織，最後將人帶上死路。

犯罪者身上似乎也會出現相同症狀，我在牢裡常常這麼想。

某些小事，一些不值得注意的言行，一點小失誤……就算在他人看來是毫無意義的小事，一旦潛入人的心理深處，就會像癌細胞一樣不斷分裂、增生，最後侵蝕理智，使人變成犯罪者。

不知道你是否曾這麼想過呢？檢察官。

我之所以近乎嘮叨地詳述往事，就是希望你明白我殺害一名女性、並拼死隱瞞犯罪動機的心路歷程，也希望得到你真正的理解。

因此，請你一定要閱讀都民晚報那篇報導，並在記得當中的內容，好嗎？

不動產公司董事長自殺
不堪黑道暴力份子威脅
藥袋上留言「對不起、原諒我」

十八日晚上十點左右，住在東京都江東區扇橋四之三的新榮不動產董事長荒木田克次（42歲）於住家大樓兼公司的三樓寢室上吊自殺，外出歸來的妻子由美子（29歲）發現後立即報警。

荒木田自半年前因公出差至熱海溫泉，和一名女性過從甚密，最近似乎遭到自稱該女丈夫的男人威脅，白天在公司若無其事地指揮若定，回到家後每晚被電話騷擾造成精神衰弱，開始經常服用安眠藥。

當晚六點過後他喝了酒，帶著安眠藥進入臥室，但是睡不著，便叫妻子由美子將房屋設計圖裝入信封，說是客人急著要，交給她一張寫有對方地址的紙條後，要她立刻送去，他則在由美子出門後隨及自殺。

由美子按照紙條上的地址前去位在東中野站前商店街的明音堂鐘錶店，卻找不到該店，因此判斷荒木田是藉此支開妻子。

死者已死亡約兩小時，枕邊的安眠藥袋上用原子筆寫著「對不起，原諒我」等字句。

警方認為該案背後跟黑道暴力份子有關，已展開偵辦調查。

## 利用情婦設仙人跳

## 深夜來電「我是熱海老大」

由美子回答記者的詢問說：「寫在安眠藥袋上的『原諒我』，我覺得不是寫給我的，而是我先生對我們未出世的孩子表達的歉意。我們長久以來一直沒孩子，現在我終於懷孕了，如今已經三個月，我先生不知道有多期待孩子的出世。他連我們第一個孩子的面都沒見到就過世了，真是太可憐了……」

關於男女主嫌的線索，她表示毫無頭緒。

「我先生說對方不是夫妻，而是流氓和他的情婦。女人引誘他見過三、四次面，那男人就出現了；老套一點的說法，就是他遇上了仙人跳。我問他對方的名字和住址，他卻一臉驚恐地什麼都不肯告訴我，還說我不要知道比較好，萬一知道了，說不定也會被殺。他好像給過對方很多次錢，大概有三、四百萬吧，連定期都全部解約了，到最後已經沒錢可以再付給對方。

可是對方還是緊緊糾纏，每次都在半夜一點左右打電話來，問他是誰，他就回答我是熱海老大，一付瞧不起人的語氣。

在我先生可能已經自殺的八點左右，我正走在東中野站前的馬路，一個經過的親切路人還幫我一起找那家明音堂鐘錶店，沒想到那家店根本就不存在。那是我先生決定自殺後用來騙我出門的藉口……為什麼我沒有拒絕他，留在他身邊陪他呢？我現在真的很後悔……我先生個性好強，在外面總是裝作很開朗，勉強壓抑的痛苦最後終於讓他承受不下去了。

為了即將出生的小孩，我今後必須堅強地活下去，我衷心希望那些逼我先生走上絕路的罪犯能早日被警方逮捕……」

## 5

我為荒木田由美子做的人工授精術成功了，因為在都民晚報的報導中，她親口證實自己已經懷孕。

但如今荒木田克次自殺了，那麼「那次手術」又算什麼呢？我的感受就像拉緊弓箭鎖定目標準備放手一搏時，獵物卻突然從眼前消失了！

「我要親手殺了那傢伙！只要那個男人還活著，千草就死不瞑目！」這是父親生前常掛在嘴邊的話，我也有同樣的想法。對於已過世的父母和我來說，荒木田是我們一生的敵人和憎恨的對象。但如今他卻自殺了，我努力設計的復仇計畫、對他妻子所做的授精手術，全都變得毫無意義了。

那天晚上，我等妻子和孩子們都睡著後，一個人坐在父母和姊姊的牌位前報告荒木田克次自殺的消息。燈光熄滅的房間裡，我看著唯一點亮的一根燭火，回想和千姊共同度過的兒時種種，不禁淚流滿面。

我不是在哀悼荒木田的死去，但對他的憎恨和怒氣卻變得好遙遠，活在人世的無奈感和作為人類的虛無感，緊壓著我的胸口。身為一名醫生，我不知面對過多少次病患的死亡，卻從未有過這種感受。

不管怎麼說，荒木田自殺對我來說是一種解脫，更切斷了我和他之間的怨恨鎖鏈。那個男人在姊姊死後的十八年間一直像黑影般佔據我的心，為了報復他，我想出一個就算成為罪人也無所謂的報仇計畫。但是他自殺了，我沒必要弄髒自己的手了，我只覺得鬆了一口氣。

然而這一切並非就此結束，因為荒木田由美子懷孕了。

（為什麼我會做出那種事呢？）

她在都民晚報上對記者說，他們長久以來一直沒孩子，現在終於懷孕了，她過世的先生不知道有多期待這孩子的出生……但那卻是我親生的孩子！如果她現在懷孕三個月，從授精日就能很容易推算出來。

這個時期的胎兒身長約七到九公分，體重約二十公克，稍成人形，已能分辨性別。我身為婦產科醫生，對這些再清楚不過了。

在荒木田由美子腹內，在她膨起約拳頭般大的子宮裡，胎兒在羊膜的包覆下正穩定地發育著。

那個淡粉紅色的肉塊。

輕微的律動。

一個小生命的騷動。

強韌的生命象徵。

檢察官，那是我親生的孩子和我的生命呀！我該如何面對這個現實？

不到七個月，荒木田太太就會生下我的孩子；只要想到那一刻，我的心就難以承受。

這會不會像一名捐精者所說的，我其實是「侵犯」了她呢？即使那次手術在醫學上毫無瑕疵，但我卻無法承認動手術時自己的動機是純正的，對她的罪惡感在當時不斷困擾我。

（忘了吧，你必須忘掉。）

我不斷在心中告訴自己，除了遺忘，我已沒其他方法能擺脫這個煩惱。

（沒有人知道我是孩子的父親，只有我知道這個秘密，不是嗎？只要我不說，這孩子的父親就是荒木田克次，這也是身為母親的由美子所希望的，不是嗎？）

荒木田死了，當初打算利用授精兒的秘密來威脅他們的計畫已失去意義。即將出生的孩子跟我今後不會有任何關係，也沒有接觸的必要。

（對那孩子而言，我只是單純的捐精者。捐精者本來就無名無形，當精子和卵子結合那刻，他就消失了。

這就是所謂的人工授精，不是嗎？

對由美子和即將出生的小孩而言，已完成捐精者任務的我必須消失。換句話說，捐精者久保伸也已經不存在了。）

我開始這麼想；不，應該說我靠著這個想法壓抑自己的罪惡感與不安。雖然自私，但就人工授精術的角度來看卻不見得是錯誤的。

於是檢察官，那一年過了。到了隔年春天，逐漸接近由美子的預產期時，我心中當初懷抱的罪惡感和不安，變得像久遠的往事般淡然了。

（希望她平安生產，養育出一個乖巧健康的孩子。）

有時我會突然在心中這麼想，但那與其說是一個父親對孩子的情感，更應該說是負責手術的醫生正常的希望。

荒木田由美子之後再也沒有跟我連絡，就連她的存在也逐漸埋沒在茫然的過往中，沒多久便完全消失在我記憶中了。

檢察官，二十年的歲月就這樣毫無波瀾地過去了。

二十年——那是我人生中最充實、最充滿野心與榮耀的時光。我成為頗負盛名的學者，家庭生活也很美滿，我深信如此平順的日子將永遠持續，從沒想過有什麼能阻止我走向眼前的康莊大道。

但是檢察官，我卻正愚蠢無知地一腳踏上由無數虛線交錯而成的道路，在某天突然摔入腳邊洞穴，而那個洞穴卻深到我如何掙扎也爬不上去。

等我發覺那是個陷阱時已經太遲了，我拚命想要爬出洞穴，最後卻落到殺害恩田系子的下場。換句話說，她也是這個陷阱的犧牲者，她到臨死前都還不明白自己為什麼會被我殺害。

如此看來，在我們的日常生活中是否有一些無法預測的可怕陷阱，總是張著大口在等待我們跌入呢？

## 6

那個恩田系子是個什麼樣的女性？我又為什麼非得殺死她不可？

我面對警方偵訊時所「自白」的內容被整理成多達數十頁的筆錄，看到它放在檢察官桌上，我不禁有些懷念。

筆錄中我曾如此回答。

「我第一次看到恩田系子就被她吸引，她那天使臉孔惡魔身材的奇妙對比，正對我的味口。她在上夜大，我們之後曾在她學校附近巧遇，我邀她去咖啡廳，她很輕易就答應了。」

我的供述中還有以下的內容。

「她說短大畢業後想成為營養師，因此我答應安排她到我們大學醫院工作，當時我真心那麼想。」

「老實說，我確實有意利用介紹工作當藉口，製造跟系子見面的機會。」

「我告訴她研究室的直撥電話，幾天後她來電說想了解工作內容，當晚我們就去酒吧邊喝邊聊。」

「我是個老不修，居然對年紀跟自己女兒一樣的少女起了淫念。她不同於我平日接觸的患者，她嬌嫩的肉體讓我失去了理性與判斷。」

你能了解嗎，檢察官？我無恥地做出污蔑死者的供述。

「系子似乎很喜歡我帶她去的酒吧的氣氛，之後也經常打電話到研究室來。因為她出身農村，可能想藉我的帶領一窺華麗的夜晚世界吧。」

「說是幫她介紹工作，不過能帶著年輕女孩上俱樂部、餐廳，我也挺愉快的。她雖然住在老闆家幫傭，但條件是可以上夜校，因此她的時間相當自由。」

「喝了一些酒後，她說話的尺度大膽地令我驚訝。說什麼教授既然是醫生，應該知道我是不是處女吧？周刊雜誌上說女人身上有G點，對刺激最敏感，那是真的嗎？她露出誘人的笑容，問我G點到底在哪裡……」

檢察官，我在筆錄中如此說明與恩田系子認識的經過及她的為人，如果她還活著，看到筆錄中謊話連篇的內容，恐怕不只是生氣，甚至會氣炸了吧。

但死者是不會反駁的，我就是知道這一點，才老神在在地做出這些供述。

只是這篇虛構的故事也不是我一個人順利編出來的，完全要感謝負責偵訊的人提供我有用的暗示和引導。因為是憑空捏造，我常常說到一半便卡住或陷入思考，此時偵訊的人就會自言自語地說出想法，像是故意說給我聽似的，然後看著我說：「醫生的情況應該不是這樣吧……？」

我趕緊順著他的話說：「不，其實就跟您說的一樣。」

「哦，真的嗎？我就猜應該是這樣吧，那麼這一點就像我剛剛說的……」

對方連忙在紙上寫出長串文字，我只需呆呆地在一旁看著就行了。

對我而言，偵訊室就像沒有觀眾的舞台，筆錄是我和偵訊者之間的共同創作，也是我表演時的劇本。

——五十八歲的大學教授某天遇到一名剛從鄉下上來的女孩，他對女孩的肉體產生異常的慾望，企圖利用自己的地位接近女孩。

他的計畫成功了，兩人約會過幾次，原本以為女孩很容易到手，卻意外地發現她十分精明，甚至頗具心機。女孩巧妙地煽動男人的慾望又巧妙地逃脫，似乎很享受危險刺激的性遊戲。

於是那個晚上，控制不住慾望的男人在女孩家門口等待，準備帶她去飯店。

「不要，我討厭醫生這樣！」

「是妳說想躺在我懷裡盡情撒嬌的啊？」

「上年紀的人就是喜歡聽那種話嘛，我只是說來讓你高興的，你還當真呀？」

「當然，只要能抱妳，我什麼都願意。」

「像什麼？」

「像這樣！」

男人用手腕勒住女孩脖子，另一隻手塞住她嘴巴，女孩掙扎倒地，他便粗魯地壓到她身上，女孩似乎昏過去，沒有動靜，男人剝開她的衣服，裸露的下半身像白色波浪般上下起伏。

幾秒鐘之後，女孩嘴裡發出輕微呻吟，同時微微張開緊閉的眼睛，看見男人從下方嘲笑似地窺伺著她。

女孩沒有昏過去，也不是死了；她為了保護自己，只能靜靜等待男人的慾望消退。

頓時，恐懼襲上男人心頭。萬一女孩站起來將他的行為大聲公諸於世……

下一刻，男人用雙手勒住女孩脖子，將全身力量集中在十個指頭，用力勒緊女孩纖細的脖子……

檢察官。

那份「筆錄」就是如此記述我強姦恩田系子到勒殺她的過程，供述內容完全沒有受到刑警強迫或是刑求，甚至可說我的偵訊是在「友好」的氣氛下進行的。

「你能這樣老實認罪、誠實告白，對我們幫助很大。不愧是大學教授，跟一般人就是不一樣。」偵訊的刑警這麼說，我想那應該不是表面話。

只要警方認定我是姦殺恩田系子的兇手就行了，因此當偵訊的刑警在我面前朗讀寫好的筆錄後問我：「這些就是你供述的犯案經過，有沒有什麼需要補充的？」

我也只是回答：「沒有。」

「那麼你對這份供述報告沒有異議囉？」

「沒有。」

「這樣就請你簽名蓋手印吧。」

「是。」我毫不猶豫地聽從指示，那份文件之後就成了檢察官手邊的「筆錄」。

可是檢察官，你根本就不相信筆錄的內容。我和刑警苦心完成的殺人劇本，完全被你清晰理智的敏銳推理否定了。

你讓我充分體會到說謊有多困難，但是檢察官，我接下來要說的話沒有一絲虛偽與粉飾，只是要請你記住一件事。

就是荒木田克次在這件殺人案中的地位，如果他「沒有自殺」的話，我就不可能殺人了。

## 7

恩田系子出身於新潟縣和島村的農家，家中生了五個小孩都是女孩，她排行老二。

這些事是我從偵訊的刑警口中知道的；我看了案發隔天的報紙，才知道她姓「恩田」。

我在前面也提過了，我跟恩田系子只有一面之緣，兩人只交談過十來分鐘；說是交談，我只是「嗯」、「噢」地回應她不著邊際的閒聊，所以我不得不努力編出自己「強姦」到殺死她的過程與動機。

我會遇到恩田系子完全是偶然，會有這個機會，是次子正志的結婚問題。

我想你應該也調查過了，我有兩個兒子。

長子智明畢業於北海道大學醫學院，目前在研究所就讀，這孩子從小就決定了自己的志向，就是「要成為像爸爸一樣的醫生。」

他很用功，從小學到高中成績總是名列前矛。也許是父母的偏心，我深信這孩子考哪個大學都沒問題。

「決定志願了嗎？」智明升上高三時我問他。

「嗯，決定了。不過不是爸爸服務的明和醫大，讀那裡的話，一定會被人說是靠關係或走後門。」

我聽了只有苦笑。

「那你決定去哪裡？東大、慶應還是京都呢……」

「答錯了，正確答案是北海道大學醫學院。」

「什麼，北大？」

「沒錯，一方面舅舅就住在札幌，而且北海道的風光自然雄偉，有股令人難以抗拒的魅力。我在國中就決定去北海道念大學了，可以吧，爸爸？我決定只考北大。」

住在札幌的舅舅，就是妻子的哥哥，目前在札幌市經營大型超市，他每年暑假都會招待我們家小孩去北海道住一陣子，對智明而言，北海道是他熟悉的土地。

總之長子跟我一樣有志學醫，我覺得很滿足。

問題是次子正志，這孩子奔放的性格和言行常令我煩惱不已，可說是不肖子，但是檢察官，這樣的孩子才更讓父母疼愛呀。

身為哥哥的智明從小就老成持重，個性冷靜不太顯露感情，儘管我喜歡他這種個性，周遭的人卻不以為然。

就連妻子也不知如何跟這孩子相處，甚至困惑地說：「和那孩子單獨在一起，氣氛就變得很凝重，不管跟他說什麼都沒反應，上高中以後我甚至沒看過他大笑。就算他頭腦好，但要出人頭地恐怕是難囉。」

但次子正志的性格卻完全相反。他國小成績單上的評語永遠是「開朗活潑」，日常對話也充滿幽默，就算是惡作劇也叫人無法生氣，他就是這樣的孩子。比起沉默不愛應酬的長子，妻子比較疼愛開朗活潑、性格溫和的正志，她對他的溺愛助長了他奔放的性格。

正志從小學到高中的成績都是中下，但他仍毫不在意地整天讀著兒童文學全集及現代推理名作。

「反正我也不可能跟哥哥一樣讀一流大學當學者，我早就放棄了。高中大學讀什麼都好，反正學校根本沒用。」這是正志上國中後的口頭禪。

即使妻子苦口婆心地斥責他，要他上補習班接受升學考試，他仍然堅持己見：「我才不要去補習班，我是一匹不想喝水的馬。」

「什麼意思？」

「妳不懂嗎？有一匹馬，主人牽著韁繩帶牠到河邊想要牠喝水；主人是很好心，但馬就是不想喝，就算主人用力將馬的頭壓進水裡，牠仍不肯喝半滴，只能痛苦掙扎。妳說馬是不是很可憐？」

「所以，你就是那匹可憐的馬囉？」

「對啊。硬要逼我去讀補習班，只會增加我的痛苦而已，一點用也沒有。」

他根本沒當回事，還笑說：「與其讀大學，還不如到柏青哥店上班要容易些，一樣能賺錢過活嘛。」

他媽媽聽了只有嘆氣，我也只能失望地看著那孩子。

但是檢察官，正志那時似乎早已暗自立定自己的志向了。後來他勉強考上某私立高中，畢業後考上當時新成立的P大學文學院，是所無名的三流大學。以正志的成績來看，這應該算很幸運了，老實說我也鬆了一口氣，等將來他找工作時我再用關係從旁協助就好，或許他會變成我的負擔，但總比去柏青哥店上班來得強。我暫且放下心頭大石，但還是無法不操心他的未來。

但我的擔心是多餘的，因為正志正穩健地朝自己決定的道路邁進，我是在他上大二那年年底才發覺這一點。

檢察官，你知道「日本伊索獎」嗎？

這是以出版兒童文學書和學習雜誌聞名的「創風社」為了培育新人童話作家而設立的獎項，他們向大眾徵求童話作品，從來稿中選出最優秀的一篇做為當年的得獎人，是頗具權威的文學獎，可說是童話作家進入文壇的踏腳石。

當我和妻子接到創風社來電通知正志的投稿作品獲頒伊索獎時，都意外得說不出話來，只能面面相覷。

但他本人卻冷靜地說：「真的得獎了啊，我本來就蠻有把握的。獎座好像是艾索波士的銅像，我一直想要那個。」

「艾索波士？那是什麼？」

「人的名字呀。艾索波士用英語發音就是伊索，他是希臘人，據說身分是奴隸，不過也不知道是不是真的，畢竟是西元前六世紀左右的事了，只是他絕對是善於言談的人，據說《伊索寓言》就是他創作的故事，由後人整理成一本書，深受全世界小朋友的喜愛並閱讀，可說是童話之父。」

「嗯……我倒是第一次聽說，不過你是在哪裡學到這些的？」

「就是到處亂讀一通啊。我從小學開始拿到什麼書就讀什麼書，因此學業成績才會敬陪末座。」

「你從那時起就決定成為童話作家了嗎？」

「算是吧。上高中之後，我每年都偷偷投稿，每次都落選，但這次我很有信心，只要能獲得伊索獎，就能得到發表作品的機會。不過與其去當個作家，我比較想從事培育作家的工作。」正志說話時眼睛閃閃發亮。「國外除了伊索之外，還有很多知名的童話作家。像德國的格林兄弟，他們所合寫的《格林童話》就廣為人知。此外還有安徒生，他是丹麥人……」

正志熱情地述說著。就連老是抱怨他不成材，每次高中、大學聯考就讓家裡沒面子的妻子，都被正志首次展現的認真神情吸引；當然我也一樣，直到今天我都還能清楚回想數年前那晚的情景。

「安徒生是《安徒生童話》的作者，但我最早讀的是他的短篇集《沒有圖畫的書》，有人說近代童話文學是由安徒生確立的，他應該算是童話之王。伊索、格林、安徒生……他們的童話流傳至全世界，不知帶給幾億，不，是幾十億的孩子們夢想和希望。如今日本的兒童雜誌充斥太多色情與暴力，孩子們都是給什麼就讀什麼，他們是被動的讀者。作家和編輯們都誤解了青少年文學的意義，他們認為色情和暴力才受到孩子們歡迎，那全是大人卑劣的錯覺。我很想大聲疾呼，希望大家回歸伊索、回歸安徒生，從原點再次出發。因為我有這個想法，才想自己寫寫看，我並不想立刻就成為作家，光靠伊索獎是不能糊口的。但我的人生已經離不開童話和少年文學了，這麼說也許很做作，但我決定走自己的路。我或許沒辦法好好奉養你們，但也絕不會給你們添麻煩。可以嗎，爸爸？」

我沉默地用力點頭。

「太好了，小正！你想怎麼做就怎麼做吧。真的太好了，媽媽都不知道原來你是這麼認真地思考自己的人生……」妻子的聲音顫抖著。

我也很想說些什麼，卻一句話都說不出來。檢察官，你一定覺得很好笑吧？我們被孩子這番話感動了，看到已經長大成熟的正志，我們感到激動不已。正志不是劣等生，也不是不成材，這孩子以自己的方式決定了未來的方向，並穩健地走在那條路上。

他在榮獲伊索獎的隔年，應創風社的邀稿寫了幾篇童話，其中一篇幸運地入選日本童話作家協會新人獎。因為這兩項成績，他大學一畢業便進入創風社兒童雜誌的編輯部工作。

檢察官，我似乎提太多正志的事了，但我希望你能藉此多少了解正志的性格。不管是考高中、大學還是就業，他都是自己選擇，按自己的心意行事，從不跟我們夫妻或是他哥哥商量。他從小就是這種個性，一旦決定了就會勇往直前，有時因為太過莽撞冒失，結果帶給我們困擾。

他提出結婚的事時也是這樣。某一天他突然單方面地就說要結婚，根本不管我們答應與否，就自己決定了。

這是一個陷阱，但無關於誰的責任，也不是誰惡意設下的計謀。但此時，一個吞噬我所有人生的巨大洞穴，正張著血盆大口等著我掉進去。

## 8

那是今年夏天，應該是八月初的時候。

大學已經放暑假了。我一方面要指導留在研究室的助手們，一方面要診療住院的患者，但是不用上課的日子心情總是比較輕鬆。

那天忙完醫院的工作，我回到大學是下午四點左右，大家都回去了，研究室裡沒有其他人，我也準備回家，正點燃一根菸時，電話響了，聽筒那邊傳來妻子的聲音。

「老公？」

「嗯，什麼事？」

「今天工作結束後，早點回家。」

「我正準備回去……有什麼急事嗎？」

「也不是啦，正志剛打電話來，說要帶朋友回家吃飯，要我通知你一聲。」

「既然是他的朋友，就讓他自己招待就好啦，妳幫他們準備一些好吃的菜吧。」

「可是老公……」她在電話那頭壓低聲音，「那可不是普通的朋友呀，是女孩子，正志的女朋友。」

「女朋友?他也交得到女朋友?」

「當然啦，正志從國中開始就很有女孩子緣，他長的像我，自然很帥，個性又溫和。他高中時常收到情書，那孩子總是笑著跟我炫耀呢。」

「嗯……女朋友嗎?可是怪了，那傢伙從沒帶過女孩子回家吧?」

「就是啊，他說要跟我們一起吃飯，還要介紹給你認識，應該不是普通朋友，我想一定是正志的情人。」

「情人和女朋友不一樣嗎?」

「當然不一樣。請人家到家裡吃飯，又要介紹給父母認識，說不定他們兩人已經有什麼計劃了。」

「計劃……?喂，妳該不會是說……」

「沒錯，今晚的客人大概是正志的結婚對象……」

「開什麼玩笑！」我不禁慌張起來，但那孩子很可能會做出這種事。我開始不安起來，對方究竟是什麼樣的女性呢？

「妳有仔細問那個女孩的事嗎？」

「當然問啦，因為我也很擔心呀。可是他是打電話回來，旁邊好像又有同事，我沒辦法問得太詳細……」

「知不知道對方的名字和年紀？」

「名字叫大原久美子，聖泉女子大學英文系三年級……他說剩下的見面就知道，就把電話掛了。真是令人期待，不知道是什麼樣的女孩呢？總之你早點回家，我接下來還得忙著準備晚飯呢……」

我放回話筒時深深地嘆了一口氣。

正志要結婚了——我連想都沒想過。雖然他已經大學畢業，又在大出版社工作，是個社會人了；身為童話作家，他也受到一部份人的肯定，收入也比一般上班族要好，如果是養活他自己，生活絕對沒問題，但要組織「家庭」就不知能否過得去了。

況且對方才大學三年級，恐怕只是個剛過完成人禮的小女生。正志都二十五歲了，日常生活還需要媽媽幫他打理，在父母眼中他只是個不懂世事、愛撒嬌的孩子。這樣的兩個人要結婚？簡直就是在扮家家酒嘛。

不過也不必那麼急，又還沒確定他要結婚了。我為自己的想像苦笑，同時也想起日前正志跟他媽媽的對話。

「哥哥還是決定留在北海道生活了嗎？」

「大概是吧。他說不想開業當醫生，應該會跟你爸爸一樣留在大學，因此暫時是不會回來了。」

「哥哥要當大學教授嗎？那麼，你們的老後就令人擔心囉。」

「討厭，什麼老後不老後的，媽媽還很年輕呢。」

「可是人總是會老的呀，可能會變痴呆或是行動不便，但還是得繼續活下去，到時媽媽的老後就要由大學教授的媳婦來照顧了。」

「真討厭，要是真有那麼一天怎麼辦？我可沒辦法在北海道生活……我開始覺得不安了。」

「放心好了，到時還有我呀。反正我是上班族，如果從事跟童話相關的工作，將來也能在家裡做。」

「真的？小正願意照顧媽媽？真令人高興，太好了。老實說，你哥哥那種死板板的個性，連跟他說話都不能輕鬆。不過就怕你太太討厭老人家，那就糟了……」

「連這個都要擔心不就沒完沒了嗎？何況我也不會娶那種女人。」

「說的也是，真希望你能娶到好太太，媽媽可是只能依靠你了……」

他們當時為什麼會說到這個呢？正志該不會是為了介紹自己的結婚對象而預留這個伏

筆吧——我有點生氣地看著桌上的電話，剛剛在電話那頭跟我說話的妻子倒是很雀躍，這點也讓我很不愉快。

正志究竟是在哪裡認識那個女性的？他們的關係已經發展到什麼程度？就正志的性格來看，他只要找到自己喜歡的人應該就會一頭熱地栽進去。

這下可糟了，我心想。難道真如妻子剛剛在電話裡說的，他帶回家的是「結婚對象」？正志總是我行我素，然後硬要我們接受結果，他過去一直都是如此。

但這次可不是笑著說一句「真像那傢伙做的事」就算了，對方有父母，也有其他家人，像我們家一樣。還分不清現實的年輕人，將一時衝動誤認為是永遠的愛情而結合，等到激情一過，包圍在兩人身邊的夢幻光彩淡去，過去看不到或是不想面對的現實便會毫不留情地呈現出來。到時小倆口該如何應付呢？

我並非不贊成戀愛結婚，但我親眼看過太多婚姻破裂的例子，就是無視雙方家庭環境、日常習慣、成長經歷等而匆促結婚，我擔心正志會不會也走上那條危險的道路了。

我從安靜的研究室往外看，午後轉弱的陽光灑在絲柏和槐樹的綠葉上，兩名穿白襯衫及短褲、學生模樣的年輕人坐在樹蔭下聊天。我茫然望著這熟悉的景緻發呆了好一陣子。

## 9

等我回到位於保谷市雲雀丘的家，已是六點過後。

我趁著五年前所任職的明和醫大將校舍從東京都文京區遷移到保谷市時，毅然決然地在附近的雲雀丘買下土地，蓋了這間三十坪的房子。在年輕設計師的要求下，房屋設計得很有明治時期的洋房風格，我十分滿意這古典的外型。

因為正志喜歡車子，我在靠馬路那邊加蓋車庫，種了我喜歡的紫薇花，紅色小花接二連三地綻放，成串花朵壓得枝頭低垂晃動，這是日常的光景。

「我回來了。」

我有些緊張地推開大門，同時看見門口石板地上整齊排放的女鞋，一雙小號的高跟鞋，潔白閃亮的顏色有些刺目。

「爸，你回來了呀。」高大的正志站在我面前。

「嗯。」我簡短地回答。在我脫鞋之際，聽見廚房傳來女性明朗的笑聲，然後一個年輕女孩說著：「伯母，您看看這個。」

我故意裝做沒聽見，在走上二樓時說：「正志，你來一下。」

在自己家中可以聽見年輕女孩的笑聲……那種如音樂般輕快的聲響卻讓我沉重的心情更加低落。

書房裡充滿白天的熱氣，我打開冷氣後，還是決定邀正志到陽台。

「外面比較涼快。」我說。

天空還殘留著夕陽西下前的明亮，被樹叢包圍的附近人家窗口透出燈光。暮色逐漸降臨了。

「聽說今晚家裡有客人？」我們面對面坐上藤椅時，我問道。

「嗯，她已經到了。剛剛在廚房跟媽說話的女孩就是……」

「她是什麼人？」

「什麼意思？」

「她和你是什麼關係？你們交往很久了嗎？」

「嗯，大概有一年了吧。我們是在大學附近的網球俱樂部認識的，她是聖泉女子大英文系三年級的學生。」

「她是第一次來我們家吧？」

「嗯，她家常邀請我去吃飯，我想這次應該邀她來我們家才對。」

「嗯……你們已經那麼熟了呀？但我想沒必要連我都一起跟你朋友吃飯吧。我在場的話，那位年輕小姐說不定會不自在。」

「不會的啦。」正志有點生氣地說。「我已經見過她的父母，也覺得應該讓她了解我們家的狀況。」

「聽你這麼說，好像是要兩家正式來往？」

「是的，我就是這個意思。」

我慌張了。果然如妻子所說，正志打算將自己的結婚對象介紹給我們，這樣簡直就沒有把我這個父親放在眼裡。但我這時如果教訓起他的話，依照正志的個性肯定會反彈；我深知這一點，只好故作冷靜，若無其事地問道：「噢，那倒是很令人期待。那麼，我待會就會見到那位可能成為你太太的女孩囉？」

「是啊。」

「這樣我就有點擔心了，你該不是一廂情願吧？我的意思是說，對方的心裡怎麼想呢……」

「這沒問題，不然我今晚也不會請她來家裡了。」

「嗯……光是你們兩人說好，也不見萬事順利吧？雙方家庭環境不同，家人可能也會有意見……」

「爸爸，那些根本就無所謂，又不是整個家或全家人要結婚……」

他說的也沒錯。正志這個世代盛行的就是這種「論調」，加上憲法保障兩性婚姻的自由，更發揮推波助瀾的效果。身為父親，自己孩子的婚姻卻絲毫不能置喙，實在太可悲了。如果婚姻只是男女雙方同意就好，那跟在路上隨便交配的貓狗有什麼兩樣？牠們也是彼此同意後就能交媾。但人類的婚姻並非只以性為目的，還必須考慮婚姻對雙方家庭、家人及周遭人們帶來的影響。沒有人的婚姻生活能孤立於社會之外，憲法完全忽略了這些重要的事，這種法律不要也罷。在結婚這一方面，法律似乎在鼓吹年輕人我行我素，無視雙親和家人的存在。

只要是曾為孩子成長盡心盡力的父親，應該都會這麼想吧？身為法律專家的檢察官或許會苦笑……但我當時卻沒有勇氣將自己的想法說出口，反而堆起生硬的笑臉扮演明理的父親。

「你說那位小姐是大三的學生？那麼，結婚的事就還早囉。我看對方父母應該也捨不得女兒嫁人吧？她家裡兄弟姊妹多嗎？」

「沒有，只有一個弟弟，而且人在美國洛杉磯，住在日僑家裡，就是最近很流行的Home Stay，好像是今年春天一畢業就過去了，說是打算上一年的語言學校學英文。反正他們家也有錢讓他去……」

「他們家是做什麼的？」

「她爸爸是藥品公司的社長。爸應該也聽過，就是電視上常播的那個廣告：『吃了力健源，精力百倍生』，他們家就是製造力健源的大原健康製藥，其他還生產壯陽藥、美容食品等奇怪的商品，她父親是那家公司的社長也是負責人。」

「嗯……原來是那家公司呀……」

大原健康製藥，這名字我也很熟，聽說原本是一家賣中藥為主的小藥店，在最近十年迅速成長；該公司將中藥藥材中如高麗人蔘、枸杞、淫羊霍等傳說具壯陽功效的藥草加上抽取自鱉、蛇等精華製成滋養強壯藥，其他還有好幾種同類型的商品。

這種顆粒狀、小包裝、方便攜帶的力健源藥片和液體狀的力健源飲料會爆發性大賣，全拜新鮮的電視廣告所賜，我甚至聽過醫院護士嘴裡哼著偶像歌手唱的力健源廣告歌。

總之那是間成長快速、景氣很好的公司，一個社長千金和一個立志成為無法賺大錢的童話作家的男人，是多麼不搭配的組合呀。

大概這個有錢人家的千金大小姐，看上了有點帥氣、又是媒體寵兒的正志，於是主動接近他吧。

如果誤將對方玩玩的心態當作是愛情，而一頭栽進去的話，那可就危險了。我覺得最後受傷的人一定會是正志。

「原來是有錢人家的小姐呀，她應該過著很奢侈的生活吧。你是上班族，和她交往得來嗎？」

「你見過她就知道了，這就是為什麼我要請她來家裡嘛，就請爸爸準備開始面試吧，更重要的是我肚子也餓了。」正志開玩笑地這麼說時，書房門開了，妻子探頭進來說：

「你們在那裡幹什麼？晚飯準備好了，趕快下來吃吧。」

那一晚，我初次見到正志的情人大原久美。

# 10

檢察官。

我很快會詳細描述大原久美這名女性，但是在那之前，我想先請教你對她的印象。她的容貌、態度、遣詞用字、禮貌等任何方面都可以，我想知道檢察官第一次跟她接觸時的感想。

偵訊我的刑警告訴我，案發當晚檢察官就走在現場附近。也就是說，你人在回家的路上。現場是世田谷區代田二丁目，附近是幽靜的住宅區，就連白天也很少人車經過，到處可見圍著石牆和籬笆、建地廣闊的住家。不是很寬的馬路兩邊植栽著松樹、厚皮香樹、楓樹和青桐等，它們伸展著枝幹留下濃厚的陰影。

那天晚上，也就是案發當晚九點過後，街燈稀疏的馬路上只有冷風吹過。我想走在路上的人大概只有檢察官吧，那真是個寒冷的夜晚。

那條馬路中間有一條左岔的小路，轉角立著一個電話亭；當你經過時，從電話亭中衝出來的年輕女孩看到你當場嚇呆，肩膀劇烈地上下起伏，你看到她神情有異，便上前去詢問她。一名刑警在偵訊時告訴我那名女性就是大原久美，最早到達案發現場的是檢察官。

「地檢署的檢察官頭一個抵達現場，這是很少見的，因此你偽裝的現場才會被拆穿，檢察官的觀察力和推理真是驚人，不愧是地檢署的『剃刀檢察官』。遇到他辦案，只能說你很倒楣。」

總之所有辦案人員中最早遇到大原久美的，就是檢察官。

當時你的印象如何呢？她一定顯得很害怕，臉色蒼白、嘴唇失去血色，還因恐懼全身發抖。這也難怪，因為她才剛剛發現恩田系子的屍體。

你發現她神情不太對勁，於是開口叫她，同時我可以斷言你看到她那端正的臉孔和美麗清澄的大眼睛時，一定也傻住了吧？不論她當時如何被悲傷擊倒、如何恐懼顫抖，也絲毫無損她清純高貴的美麗。

我第一次見到大原久美時，最先被吸引的也是她的美貌。

「我是大原久美，今天承蒙正志招待來府上拜訪，今後請多多指教。」

她明亮清澄的眼睛正視著前方，有禮地跟我打完招呼後深深鞠躬，濃密的長髮柔順地滑落肩上，一股淡淡的芳香掠過我鼻頭。

「歡迎歡迎，請坐。」我將視線移開她的臉，連忙指著自己旁邊的座位。

餐桌上已排好各樣菜色。

「讓妳久等了，我們開動吧。」

妻子從廚房走出來，對著還站著的久美說：「來，久美也坐下呀。」

「我可以坐在伯父旁邊嗎？」

「當然啦，今天久美是客人嘛，這些菜都是久美做的，大家可要多吃一點。」

「哎呀，伯母，我只是在一旁幫忙而已。」

「好了，客氣話就說到這裡，我肚子餓了，總之先乾杯吧。久美，幫我倒啤酒！」正志一付熟稔的模樣。

「是，那就先從爸爸這邊開始。」

等她倒完所有人的啤酒，我們配合正志「乾杯」的吆喝，四個玻璃杯高高舉起，每個人眼中都充滿笑意，臉上散發光輝，那個愉快興奮的夏日夜晚，如今回想起來彷彿就像昨天一樣。

那一夜——她留下明朗的笑容和清新的笑聲回去了，對我們夫妻而言，那是我們第一次嚐到幸福的滋味。如果那是正志所謂的「面試」，我給的分數當然是「高分通過」。

我們大學也有幾十名鄉下有錢醫生的女兒，有不少人靠著家裡給的錢租高級公寓、開高級車上學；為了誇耀家中財力，她們也大多會穿金戴銀，戴著閃亮亮的伯爵、勞力士等高級手錶。

大原久美的父親也是大公司社長，但她卻絲毫沒有有錢人家獨生女常見的傲氣，服裝也很樸素，身穿白色洋裝的她全身更是散發一種清純的青春氣息。那種純潔秀麗的女性美，就像是開放在寒冬中的白梅一樣。

我和妻子跟她才見面兩、三個小時，就已經深深被她吸引。

久美用完餐後幫忙妻子收拾，之後拿起我泡的咖啡輕輕啜了一口說：「伯父泡的咖啡好香呀。」

看著她的笑臉，我幾乎忘了自己的年紀，整顆心都雀躍起來。

（就是她要成為正志的太太、嫁到我們家，今後一輩子都喊我爸爸，溫柔地照顧我啊……）

妻子心中應該也是這麼想吧。當正志開車載久美回去，她和我們道完「晚安」後，整間屋子突然變得空盪盪的。

「真是個好女孩。」回到客廳，妻子開始對久美讚不絕口。「看她在廚房幫我的樣子，就知道她媽媽應該很能幹。不管是做菜還是收拾善後，她的動作既熟練又俐落，如果是茶來伸手、飯來張口的千金大小姐絕對沒那種本事的。」

「嗯，她母親把她教得很好。」

「用字遣詞也很有禮貌。」

「的確。我們大學裡也有很多女學生，卻沒幾個會說話，問她們什麼，開口就是『所以啦』或是『這樣啊』，大概都是受到電視影響吧。但是久美不一樣，說起話來得體有禮貌，用字也很豐富。」

「感覺就是教養很好的女孩，那是天生的，她父母一定也是很好的人……」

妻子的感想就等於是我的看法。我身為醫生，對於靠賣壯陽劑、健康食品賺錢的公司，其實是懷有某種偏見的。但是像久美這樣的女孩應該不會是出身於只知賺錢、毫無良心的暴發戶。他們肯定是繼承了日本自古以來的優良傳統吧，我想。

「話又說回來，咱們正志是在哪裡認識這麼漂亮的女孩呢？」

「他說是在大學附近的網球俱樂部……」

「他倒也挺厲害的嘛。」

「是啊。好像已經交往一年了，聽他們兩人的對話簡直就跟老夫老妻一樣。那傢伙居然還直呼久美的名字，真是！」

「你該不會是嫉妒吧？」

「說什麼傻話。」我苦笑著，但事實上妻子是說中了。

用餐時，久美一直聽憑正志使喚，聽他說無聊笑話也笑得很燦爛，還總是忙著幫他倒啤酒、挾菜什麼的。看著久美做那些事，我內心的確感到嫉妒。

二十五歲和二十一歲，正活在青春年華的兩個人。我也曾經有過那樣的歲月呀！我出身貧苦的鄉下教師家庭，沒有什麼華麗的青春回憶，我和妻子是平凡的相親結婚。

但是請別誤會，就算我真的產生嫉妒，也不是針對自己的兒子，而是對他們的青春時光。

身為父親獲得的幸福，使我產生嫉妒之情——檢察官是否能理解這種情感呢？

「接下來可有得忙了，這可是我們家頭一次呀。」

「什麼頭一次？」

「還什麼頭一次，當然是正志他們的婚禮啦。結婚前總有很多事要準備吧？」

「結婚？不是還沒有決定嗎？對方和我們今晚才第一次見面耶。哪有人吃過一頓飯就說要結婚的？」

「他們兩人一年前就開始交往了，彼此的感情早就穩定了。」

「對方還是學生，而且才大三，時間還早吧？」

「這件事可不能拖，久美條件那麼好，上門提親的人肯定多到數不清。何況她讀的是聖泉女子大，連皇室都首先會在那裡選妃呀。正志唸的是三流大學，萬一有好的親事上門，說不定久美也會動心的，我們怎麼可以拖拖拉拉的呢？」

看到妻子認真的表情，連我都開始跟著緊張了。

「那我們該怎麼辦呢？」

「所以說呢，就算只是口頭約定，也要先定了再說。今晚久美會來我們家，應該也是對方父母想多少了解我們家的情況。我有預感這兩、三天內他們就會有連絡，不是打電話就是寄信……」

「對方會說什麼呢？」

「當然是有關兩人的婚事囉，我想應該會先打聲招呼吧。」

妻子的預感果然很準。

幾天後，大原太太來了電話。

「我猜的果然沒錯，大原太太打電話來打招呼了。」那天我從大學回來才剛踏進屋裡，妻子便迫不及待地報告說：「她說久美那天回家十分高興，看來對我們的評分是滿分。」

「滿分？那女孩在給我們打分數嗎？」

「不是，我是說她父母對我們的看法啦。他們一定會對久美問東問西的吧，聽完之後就同意讓女兒嫁到我們家……」

「對方提到婚事了嗎？」

「我們沒談那麼深入，但她說久美能認識像正志這麼好的人真是太幸運了，如果不嫌棄的話，今後也請多多指教……」

「那只是一般的客套話吧。」

畢竟對方是目前業績持續高度成長的製藥公司社長，怎麼可能將寶貝獨生女交給像正志這種身分地位差那麼多的上班族呢？

「但大原太太的語氣聽起來很誠懇，她說她和先生商量過，想親自跟我們見個面……」

「嗯……」

「對方似乎同意他們結婚，接下來就看我們意思如何了，這是我聽到的感覺。」

「事情發展得太快了吧，我想都沒想過正志結婚的事。」

「那孩子已經長大了。」

「然後要結婚了嗎？再過一兩年就會生下寶寶……那孩子也要當爸爸了呀。」

「我們也會有第一個孫子了。」

「這麼一來妳就是奶奶了。」

「那你就是爺爺囉。」

我和妻子相視大笑。這只是段閒聊，但我希望檢察官能了解，四個月前的我、我們家的生活就是如此。在媒體報導這件殺人案時，我被形容成「殘忍」、「無恥」、「凶狠殘暴」的兇手，但在我的日常生活中卻不存在任何殺意的陰影與血的味道。

我一直是個平凡的父親和丈夫，根本沒想過自己會在四個月後親手勒斃一名無辜的女孩，甚至當時我還完全不知道恩田系子的存在。

沒錯，檢察官，我和恩田系子的相遇完全是偶然。

## 11

那是八月下旬的一個好天氣，我記得是在和妻子談到正志婚事的五、六天後。

那天，我和今年四月猝死的明和醫大教授白川泰司的遺孀約好見面。

白川不只是我大學的同事，也是喜好寫俳句的同好，是二十幾年的好朋友。我們在學生的俳句同好會裡掛名當顧問，一年會有兩、三次去山中溫泉或離島旅行；說是吟詩之旅，其實只是去玩，這也算我們兩人私下的樂趣吧。坐在破舊的旅館房間裡——我們會故意選擇這樣的旅館裝成漂泊詩人——彼此模仿對方的詩風吟詠、批評詩句好壞，經常聊到忘了時間。

「我真希望能在有生之年出版自己的俳句集，而且是奢侈的豪華精裝版，到時你得幫我寫序啊。」這是白川生前的口頭禪。

告別式當天，我在他的靈前合十祭拜時，彷彿聽到他這麼笑著對我說。

——我們就這樣道別了……你生前一直希望能出版自己的俳句集，結果最終還是沒能如願……當時，我克制不住地不斷嗚咽。

可是檢察官，白川的葬禮過了兩個月後，大概是在六月中旬吧，他的妻子禮子來大學研究室找我。

「我在整理我先生的書房時，發現一個紙箱堆滿他從學生時代起寫的日記，我隨手一翻，裡面到處都寫著他想出版自己的俳句集、想親手感受捧著自己俳句集的喜悅等等的內容，裡面還寫著俳句集的序要請既是詩友也是好友的久保教授執筆……不知道我先生是否跟久保教授提過這件事呢？」

「嗯，這件事我聽他提過幾次，他一直就想出版一本裝禎豪華的俳句集。」

「我今天來拜訪教授就是為了這件事，我想請教授幫忙……」

白川太太表示希望在明年的週年忌於靈前供上丈夫的俳句集，她想親手完成丈夫生前的夢想，並認為這是對往生者最好的供養。

白川創作俳句的時間很長，作品的數量不少，除了他親手謄在筆記本上的之外，還有投稿作品的剪報及寫在日記裡的作品。白川太太為了幫丈夫製作一本最好的俳句集，想請我幫忙從遺作中挑選適合的作品。

「這個想法很好，我非常贊成，這對白川來說是最好的安慰了，我可以在俳句集的序文裡寫出對他的懷念。太好了。我似乎能看到白川欣慰的笑容；白川太太，我們明天就開始進行吧。」

我和白川的太太禮子就是為此見面。他們家在世田谷安靜的住宅區裡，從大學放暑假以來，為了整理白川的遺稿、討論應該收錄哪些俳句，我已經登門造訪多次。

說是遺孀，禮子不過是四十剛過的成熟女性，充滿沉靜穩重的美。我們經常一起並肩閱讀白川的日記、遺稿，選擇俳句、聊起有關該句的回憶。舊日記中，尤其是新婚當時的日記，不難發現許多俳句直接透露白川剛娶嬌妻時所洋溢的青春喜悅。

他將夫妻間的床笫密事直接寫在日記上，後面會添上幾句俳句。比方說：

「黎明時分，再度與禮子歡好，她第一次發出嬌聲。我毫不厭倦地看著她滿足的睡容，直到窗外泛白……」

後面則寫下如此的詩句。

一夜春曉情　微現柳眉梢

那一夜夫妻經過熱烈的魚水之歡，丈夫看著妻子激情後愉悅入眠的睡容……必須有過這樣的情景，才能感受到俳句中蘊藏的情感。但是站在禮子的立場，是無法讓這篇文章印刷成活字的。

「不要，這句不行，請別讀下去了。」她紅著臉，伸出修長的手指遮住日記簿。

「那可不行，白川太太，這首詩充滿了香豔之情，想來當年的白川一定對妳十分著迷。我得想想該怎麼處理這個句子……」我裝模作樣地說著，將禮子按住的日記拉向自己，我們的手指忽然碰觸在一起，禮子害羞地縮回手說：「隨便教授吧，之後的日記我是不讀了。」

她紅豔的臉上浮現笑容，輕輕瞪著我的動作中充滿女性嬌豔的性感，禮子就是如此迷人的女性。

請別誤會，檢察官。她是我好友的妻子，我絲毫沒有非分之想。但我很享受這樣的拜訪，她也能暢談對丈夫的回憶，這應該意味著她對我有相當的好感與信賴吧。

或許是我自作多情吧，但我是如此解讀禮子的心情，這也是為什麼之後我會讓她成為我不在場證明的證人。

那是我犯案後靈機一動的主意，並非事先想好的。但警方似乎認為我和禮子有男女關係，所以她才會幫我做假的不在場證明，這根本是子虛烏有的推測。我可以站在白川靈前發誓，她不是我的共犯，也不是我的情婦，禮子只是被我用來製造不在場證明的犧牲者而已！

一提到和恩田系子相遇前的事，不知不覺竟寫下太多支微末節。我還是回到主題吧。那天，也就是我和恩田系子第一次見面那天，我跟往常一樣到禮子家整理白川的遺稿和選句，之後離開她家應該是傍晚五點左右。

那時已是八月下旬，傍晚微弱的陽光和涼涼的晚風，讓人不禁感受到初秋的氣息。從禮子家走到小田急線的世田谷代田站約要三十分鐘，那天由於我另有目的地，便往不同方向走去。

因為當時我想起離開家時妻子跟我說的話。

「正志說大原家在世田谷的代田，就在一間大寺院前面，房子蓋得像高級料亭註[2]，一眼就能認出來。你沒看過嗎？」

「沒有，那附近高級的房子很多。」

「聽說他們家庭院很漂亮，而且只有他們家外面有樹籬，既然你今天要去世田谷，不妨去瞧瞧吧。哪天我們也得去拜訪人家才是……」

註[2]料亭：只提供高級日式料理的店。

「去看那種暴發戶的豪宅做什麼？」

「說不定我們會結成親家耶。」

「八字都還沒一撇呢。」我苦笑著，但內心其實是同意妻子的說法。反正回家順路嘛，今天不妨走不同的路看看。我在緩坡上漫步，視線不由自主地找著像寺院的建築。

寺院很容易便找到了。刻著玄光寺的石柱和架著銅板屋頂的山門斜對面，那棟房子靜靜地佇立在夕陽的暮色中。

## 12

佔地廣大的房子，與其說是妻子所形容的高級料亭，更像是充滿古老氣息的雅趣建築。

入口大門是兩根粗柱上搭載橫木的構造，就像拆掉門扇的木門，作風簡潔而開放。但最引人注目的仍是包圍在廣大建地外的美麗樹籬。

整齊修剪的龍柏樹展現層層的青翠綠意，形成高大厚重的濃綠屏障，將房屋整個重重圍住，只有往左邊延伸的小路前，樹籬有一處開口。利用薔薇樹編織而成的拱門，枝葉中點綴著鮮紅艷黃的花朵，華麗燦爛的色彩在綠色樹離的陪襯下更顯鮮活奪目，看來那道拱門是通往後門的入口吧。

那幅美麗的樹木藝術讓我不禁停下腳步看得入迷。

「不好意思，請問……」背後突然傳來女人的聲音。

我吃驚地回頭，眼前站著一位笑容滿面的美麗中年女性，不知道她是何時走過來的，因為事出突然，我不知道說些什麼好，只能傻傻地看著對方。

「哎呀，果然是醫生！您一點都沒變，我馬上就認出來了。我剛剛從鄰居家回來，看見有人站在門口，一看竟是久保醫生……真令人懷念，那麼久沒跟您聯絡，真不好意思。」

「哪裡，我才是……」儘管我嘴裡如此應對，卻想不起對方是誰。我平常接觸太多女性患者，就算對方知道我，我對她們卻印象模糊，畢竟患者成百上千，我不可能記住每個人的長相和姓名。

我本想趁著自己還沒出糗前告辭離開，她卻彎腰邀請我說：「醫生，請進我家坐坐吧。」她似乎是這戶人家的女主人。

「不好意思，請問妳是……」

「我都忘了自我介紹了，我是大原的妻子，日前小女承蒙府上招待，真的非常謝謝。我也跟我先生提過應該找一天到府上登門道謝，結果卻……」

「哪裡哪裡，倒是我們正志承蒙府上諸多照顧……」

「醫生，有話請裡面說；來，請進。」

我看著她往前輕移的白色裙擺與修長雙腳，心知此時已不能打退堂鼓，只能順勢而行。檢察官，那一刻起我便踏上了悲劇的道路。

我被帶到一間充滿復古風味、佛若明治時期的洋房裡，房間中央鋪著厚重地毯，並擺設著頗具歷史價值的圓桌和椅子；頭頂是粗竹和木頭巧妙組合的格子天花板，牆上鑲著行燈[註3]狀的燈具，精雕細琢的櫃子中展示著手繪盤和陶壺，黃銅鐘擺緩慢地在八角掛鐘裡刻劃著時間，所有的一切都訴說著屋主的懷舊品味。只有放在角落矮架上的電話，是最新式的按鍵電話……

「好漂亮的房子呀。」我坐在皮沙發上環視整個房間，先對女主人讚美了一番。突然拜訪人家，我連該說什麼客套話都沒想到。萬一對方問到正志的婚事，我該怎麼回答？我身為男方父親，是否該主動拜託他們讓久美嫁到我們家呢？大原夫婦又是如何看待正志和久美的關係？

我一時找不到適當話語，只能再次將視線投向房裡的展示櫃，此時大原太太突然慎重地開口：「醫生，今天非常感謝您專程來訪，本來應該是我們夫妻先上門向兩位打招呼才對……」

「哪裡，請別在意。我們家正志那麼受你們照顧，我正擔心是否給府上添麻煩了呢。」

「哪裡，久美能認識像正志這麼好的對象，我們都很高興。」

「久美才真是討人喜歡呢；別說是正志了，連我們都完全喜歡上久美了。」

「謝謝您的誇獎。看來在您和您太太眼中，我們家久美算是及格囉？」

「當然，而且是一百分滿分。我說很羨慕正志那傢伙，我太太就取笑我是不是在吃醋。」

「哎呀。」

一旦聊開了就沒什麼好緊張，隨著交談逐漸熱絡，正志他們的婚事似乎就在雙方家長的默認中定案了，我也總算有餘裕端起進門時年輕女佣送上的咖啡啜飲。

「簡直就像做夢一樣。」跟我一起端起咖啡的大原太太笑著說。「這或許就是緣分吧，幸好當時下定決心請醫生幫忙，今天才能這麼幸福。醫生，當年真的很謝謝您，我應該早點跟您報告結果並向您致謝的，但因為發生許多事，最後還是跟您失去聯絡。長久以來我一直掛在心上，請您原諒……」她說完後便在我面前深深鞠躬。

大原太太這番意味深長的話，讓我丈二金剛摸不著頭腦。她說的「當時」，究竟是指什麼時候呢？

我只好詢問她：「真不好意思，大原太太和我是什麼時候見過面呢？」

「這也難怪，都是二十年前的事了。」

「二十年前？是在哪裡呢？」

「在明和醫大醫院。」

「原來妳是我的患者呀。但妳的名字……」

註[3]行燈：日本古時候的照明工具，用木條或竹片編成骨架再鋪上和紙，中央有油台以供點火。

「醫生果然還是把我忘了。我和現在的丈夫結婚前，是醫生國中時的好友荒木田的妻子。」

「什麼？荒木田？妳是說荒木田克次?!」

「是，我和醫生見面時還是荒木田由美子。」

時間頓時發出聲響開始倒轉。

荒木田克次！

一聽到那個被我長時間淡忘的名字，他刻劃在我記憶深處的臉孔又突然從眼底浮現；他的臉孔像泛黃的老照片般斑駁模糊，但我對他憎恨的記憶卻絲毫沒有褪色。千姊的死、母親的哀嚎、父親痛哭失聲地用力捶打醫院堅硬的病床……我們一家人的憤怒和悲傷，永遠和荒木田克次這個名字糾纏在一起！

那個男人的妻子就坐在我面前，她如今的身分竟是大原製藥的社長夫人，也是久美的母親。居然是她！是她呀，檢察官！怎麼會有這種事？我當時只能木然地看著對方。

「二十多年前發生了許多事，您還記得荒木田曾到府上拜訪過您嗎？」

「………」

「那天他見到了功成名就的醫生，很高興地回到家……不久他就過世了，我想您或許也聽說了……」

她倒是沒有明說荒木田是自殺的，自己的丈夫和來路不明的女人亂搞，結果被對方的情夫威脅，最後錢財散盡上吊自殺——前夫死得那麼慘，她當然不想提。我能理解她的心情，只輕聲地應了一聲「嗯……」。

「那時荒木田經營一家小型不動產公司，他去世之後，我為了處理善後可說費盡千辛萬苦……最後還是委託律師和會計師幫我處理掉原來住的房子和土地，搬到公寓一個人生活，那段時間實在是分身乏術，即使想跟醫生道謝也始終……」

「跟我道謝？」

「是的，當時拜託醫生做的手術一次就成功了，難道您不記得了嗎？」

我搖搖頭。我怎麼可能忘記「那次」的人工授精術呢！

眼前的臉孔和二十年前的荒木田由美子重疊在一起，過去的情景如閃電般掠過我的腦海——醫院的手術台，靜靜地橫躺其上的女體。我站在她身邊取下覆蓋在下腹部的布片，內心無比悸動；白淨無暇、光滑嬌嫩的大腿，細緻柔膩的皮膚觸感，縫裡濃黑茂密的……

當天一幕幕的情景，與其說是回想起來，不如說是更真實地在我的眼前重現。我對這個女人做了「那種事」，我將自己的精子植入了她的子宮。

我現在正被迫面對自己可恥的過去。

「我真慶幸當年去拜託了醫生，託您的福，我才能生下那麼可愛的孩子。」

「所以說……久美不是大原社長的親生女兒了……」

「是的，我是帶著那孩子跟大原再婚的。我們之後又生了個男孩，現在人在美國讀書。我先生從久美一歲起便細心照顧她，久美也一直認為他是自己的親生父親，所以她一直過得開朗又快樂……只有我知道她是人工授精兒。」

一打開話匣子，由美子便饒舌了起來，或許由於我是幫她做手術的醫生，她感到安心吧。看著她探出身子綿綿訴說，我只想掩住耳朵、奪門而逃，但她的話語卻像黏液般流入我耳裡，纏繞我全身。

她毫不厭倦地不停描述久美的身體狀況、性格、容貌、智力——小學六年從不遲到缺席；中學參加過書法展和繪畫展，每次都贏得無數獎狀；考上知名私立女中後擔任網球社社長，被選為學生會會長在校慶和運動會各項活動中活躍；甚至在大二校慶中被選為校園皇后……

換句話說，她不斷地在誇耀女兒的光榮事蹟，但我聽了又能怎樣？我只想大叫，夠了！不要再說了！這些我都知道，因為久美是我的女兒呀！

但我不能說出口，我根本沒有置喙的餘地，當時的驚愕與錯亂，如今回想都令我感到呼吸困難。

「您或許會覺得是我這個母親在自誇，但能生出久美這樣的女兒，我真的覺得很幸福，這一切都要感謝醫生的幫忙，從選擇捐精者到安排手術……醫生，真的很謝謝您。」

「哪裡，其實久美完全是遺傳了母親的優點……」我好不容易才擠出這段話。

我當年的所作所為幾乎可說是犯罪，她卻發自內心地感謝我那違背醫師倫理的行為。她說的一字一句就像柔軟的皮鞭打穿我的皮膚，刺入我的筋骨，尖銳的刺痛貫穿全身。

「當我知道正志的父親是久保醫生時，真是大吃一驚。緣分真是奇妙呀，久美會愛上正志簡直就像前世約好的一樣……請永遠好好照顧那孩子吧。」這已經是母親嫁女兒時所說的話了吧。本來我應該正襟危坐，滿臉笑容地回答她：「我們才是，我家那不成材的兒子就麻煩你們多多照顧了。」

但這種話要我如何說出口？正志和久美要結婚……他們可是我的親生孩子呀！不行！不能讓他們踏上違逆人倫的歧途。但我該用什麼理由、什麼方式告訴對方呢？

「大原太太。」我試圖開朗地回答她，音調卻變得高亢，甚至連自己也聽得出有些顫抖，感覺十分難堪。「正志才二十五歲，還是個薪水不高的上班族，府上的久美不也還是學生嗎？兩個人既然認識了，當成談得來的朋友交往一下倒無妨，我們做家長的不用想太多。」

「是嗎？但在我看來他們並非玩玩而已，也不只是單純的朋友關係，而是認真嚴肅地在交往，久美曾親口告訴我正志是她生命中最重要的人。」

「這沒什麼吧？像初戀一樣淡淡的情懷，青春時代的感傷，每個人戀愛時說的話都像詩一樣缺乏現實，只想盡情沉醉在年少輕狂中。然而一旦清醒，大家還不是都若無其事地轉而和其他人過著平凡的結婚生活……」

「那麼，正志也是用這種心情向久美求婚的嗎？」

「求婚？我們家正志向久美求婚了？」

「是的，正志說結婚後要和你們住在一起，久美很高興地答應了。」

「噢，這我倒是第一次聽說。正志這孩子從小就是冒失鬼，經常衝動行事造成周遭困擾，而且我們壓根也還沒考慮那孩子的婚事……」

「所以說府上是不答應他們兩人的婚事囉……」

「不，不是這個意思。只是突然提到婚事，我總得先跟我太太和正志商量一下……」

我被逼得無路可逃，對方的話語重重地壓在我胸口；正志和久美要結婚這個兄妹亂倫的悲劇變成了一個重擔。

這件事對他們兩人、甚至是雙方家庭來說都是命運交關的危機。知道真相的人只有我，也只有我能知道真相，這個秘密必須永久封存在黑暗的最深處。

「醫生，」趁著對話中斷我正打算告別時，由美子竟又開口說，「醫生，您不喜歡我們家久美嗎？剛剛您還誇說那孩子是滿分一百分……」

「沒錯，她個性開朗、溫柔大方，又很有氣質，是個很有魅力的女孩。」

「謝謝，但醫生只針對久美的外表打分數；難道您對久美的內在有疑慮嗎？」

「妳怎麼這麼說呢？」

「久美的外表雖然無可挑剔，但要娶回家當媳婦就另當別論了……」

「另當別論？這是什麼意思？」

「也許是我想太多，我覺得醫生心裡其實是嫌棄久美的，才會阻止她和正志結婚。其理由……」由美子說到一半停頓下來，調整一下呼吸後接著說，「其理由只有醫生知道，大原久美是人工授精兒，所以你反對他們結婚……我說得沒錯吧？」

「沒這回事！大原太太，妳誤會了，完全不是那麼一回事。我身為醫生，終生致力於人工授精的研究，對於這個創造新生命的工作一向覺得很自豪，怎麼可能會嫌棄人工授精兒呢？」

「若是其他人或許如此，但久美的捐精者是不是有什麼缺陷？像遺傳性的惡疾，而醫生之後發現了這件事。也就是說，久美未來可能有病發的危險，或是她的孩子會隔代遺傳，因此醫生打算拆散久美和正志，我說的沒錯吧？」

由美子直視著我的眼睛閃閃發光，就像尖銳的刀鋒。屋裡瞬間寂靜無聲，我們動也不動地注視著彼此的眼睛。

在火光閃現的視線往來中，由美子唇邊浮現一抹微笑。她居然笑了，檢察官，我頓時鬆了口氣。

「這點妳不必擔心，大原太太。明和醫大的捐精者都是千挑百選的優秀人才，這點從久美身上就能獲得明證，不是嗎？」

「是嗎，看來是我杞人憂天了。捐精者都是醫大的學生嗎？」

「我不能告訴妳，這是規定……」

「我知道。可是……我真想見見對方一面……」她低語著。

我起身看了一下手錶說：「哎呀，糟糕，我打擾府上太久了……」

「多坐一會兒有什麼關係呢？我先生馬上就回來了。」

「不過我跟別人約好傍晚在大學見面……」

「那我幫您叫車吧？」

「不用了，我自己去外面攔計程車……」我只想盡快逃離他們家。「請代我跟大原先生問好，也請跟久美說有空常來我家玩，我太太很歡迎她。」

我說的是真心話，我想再見她一面。那個如花般美麗、如風般清新的久美，我想再見她一面！所有的事以後再想，現在急於避開久美只會加深由美子的疑惑。

由美子打開客廳的門呼喊：「系子！」

客廳外是一間鋪著木頭地板的大廳，另一頭似乎跟廚房相連。由美子一呼喚，一名女孩便探頭說：「來了。」

女孩看見我站在一旁，立刻脫下圍裙輕輕對我點頭致意，她就是剛剛送咖啡進來的女孩。

「系子，妳帶客人到坂下醫院前的馬路，那裡應該比較容易攔車。對了，這位是久保醫生，正志的父親。」

「您好，歡迎光臨。」她臉上浮現害羞的笑容，有禮地鞠躬行禮。豐潤的臉頰上有著兩個像是手指點出來的酒窩，長髮及肩——我對她的容貌只有這些印象。

檢察官。

這就是我和恩田系子的初遇，如果真有支配人類命運的上帝，祂是用什麼眼神看著四個月後即將變成殺人犯和被害者的兩人，一起走出大原家大門呢？

## 14

我和系子沿著樹籬走下緩坡。那是八月底的黃昏，初秋微涼的晚風吹著我們，並戲弄著走在前方的系子的長髮。

「那裡是小姐的車庫。」

稍微走下坡道可看到右邊有條小巷，巷口是一間小型精品店，系子指的是小店旁邊的空地。說是車庫，其實只是利用店家屋簷做出來的空間。

「雖然庭院很大，但老爺反對在家裡蓋車庫，說那樣就太對不起園丁精心設計的庭園了……不過老爺其他事都很聽小姐的。」

在我們走到容易攔車的大馬路前短短的十二、三分鐘，系子始終滔滔不絕地說著話。她說話速度很快，少女清澄美麗的嗓音緩和了我沉悶的心情，她的閒談幾乎都在讚美大原家和久美。

——世田谷這一帶雖然有不少漂亮房子，可是像那麼大的豪宅還是很少見，聽說是跟以前的大地主直接買下來的。

——我去年四月才到這裡工作，是高三那天正月在女性週刊上看到徵人啟事，說是要找佣人，晚上可以通學，上面還說是社長宅邸。我因為想唸短大夜校，將來當營養師，就立刻寫信去應徵，結果就收到錄取的來信……到他們家後，哇——沒想到房子那麼大，我真是嚇了一跳。我們在鄉下根本沒看過這種豪宅……

——大原健康製藥不是很有名嗎？既然是那種大公司的社長，當然是住在這種豪宅。去年我來東京的時候，我爸爸還擔心說，就算是社長，也不知道開的是什麼公司。社會上有很多那種先生當社長、太太當副社長的小公司，妳可不要被騙了。現在他看到電視廣告居然還會感動地流淚說，能夠被那麼大間公司的社長愛護，妳真是太幸運了……

——大原家每個人都很好、很親切，尤其是小姐，她對我就像對朋友一樣。我考試的時候，她還親手做消夜給我吃呢……

——醫生，您應該見過小姐了吧？她很棒吧？不但漂亮又聰明，還很溫柔。我很尊敬小姐，因此常模仿她的髮型、穿她給我的衣服，偷偷地在鏡子前面學她走路，聽起來就算漫畫裡的故事吧？其實我怎麼學也不像。哎呀，糟糕，我怎麼跟您胡說這些。醫生，剛剛那些話請別跟小姐說。我覺得好丟臉呀……

系子步履輕快地走在前面，雀躍的聲音隱沒在風中，她說話的聲音就像小鳥歌唱般可愛。

「醫生，請在這裡等一下。」

當我們走出住宅區的小巷子，來到連接大馬路的T字型路口時，系子停下腳步指著斜前方說：「那裡就是坂下醫院。到這裡就比較容易攔到計程車了。」

可是偏偏那一天就是看不到計程車經過。

「奇怪了？平常車子很多的呀。」系子自責地左右尋找著，然後用剛才閒聊時的語氣輕鬆地問我說：「醫生，你們已經決定好日期了嗎？」

「日期？什麼日期？」我故意裝蒜。
「就是小姐和正志先生的婚禮呀，醫生今天來不就是為了這件事嗎？」
「不是的。」
「是嗎？我一看到醫生，就知道您是正志先生的父親，你們長得很像。所以我還以為你是來商量結婚日期的……」
連一個在大原家幫佣的女孩都知道正志和久美準備結婚，身為父親的我卻被矇在鼓裡，只能默默地看著婚事水到渠成嗎？
「是誰告訴妳他們要結婚的呢？」我問。我想確定正志和久美的關係究竟發展到什麼程度了。
「因為他們一直都在談結婚的事呀。昨天正志先生也有來，我送咖啡到小姐房間時，就聽到正志先生說，學生就不能結婚嗎？總比先有後婚好吧？所以今天看到醫生來，就以為您是來商量親事的……」
「結果卻出乎妳的意料嗎？不過別人的婚事跟妳沒關係吧。」
「是啊，只是我也會去參加他們的婚禮，是小姐邀我的，正志先生也答應了，可是我沒有禮服可以參加婚宴，就想說等日期確定了再拜託鄉下的媽媽把姊姊的和服寄來借我，所以才……」說到這裡，系子猛然將身體探向車道說，「醫生，車子來了！」
她用力招手，攔下經過的計程車。
檢察官，我回想著自己和恩田系子相遇的經過，以及當天交談的內容。

系子一邊踩著如跳舞般輕快的腳步一邊跟我說話，她清澄美麗、惹人愛憐的聲音似乎還留在耳畔。

她對著迎面而來的計程車招手，一邊向我露出可愛的笑容。她細長的脖子、瘦削的肩膀，充滿稚嫩少女未成熟的純潔感，一如含苞待放的蓓蕾般清新可人……

我憑藉著記憶向你描述對系子的印象，眼眶卻禁不住濕潤了起來。這個真心為正志和久美結婚高興的女孩，期待能穿姊姊的和服出席婚宴的女孩。

她哪一點可以引發我的殺意呢？檢察官，你應該早就知道了；沒有，完全沒有，我沒有任何殺害系子的理由和動機。

但我卻殺死了她。我用盡全身力量掐著她瘦弱的脖子將她勒死，我用我的雙手扼殺了她的生命！我的十根手指深深地在她白皙柔嫩的皮膚上留下青紫色的瘀痕。

## 15

我搭上計程車後要司機開到「明和醫大」，我沒有必要去學校，只是不想直接回家。

夜色降臨了，坐在無人的研究室椅子上，我閉上眼睛用力吐了一口氣。

大原久美，那個如花般美麗、如風般清新的久美，她是我的女兒。

如果久美不是正志的未婚妻，這種和自己親生女兒重逢的舞台劇情節，我會很高興地接受。久美是人工授精兒，我是她母親的捐精者；當精子和卵子結合的那一刻，捐精者就不存在了，我和久美之間也沒有任何關係，這就是人工授精術。

只有我知道其中的秘密，全地球、全世界只有我一個人知道真相，就像童話故事一樣。對我來說，久美就像是從宇宙的未知星球旅行二十多年，突然出現在我眼前的天使，我絲毫不用覺得不安和痛苦，可以像欣賞美麗香花般對她表達我的慈愛；有時悄悄懷抱著身為父親的驕傲與愛憐，不著痕跡地關心她。

但現實卻充滿了諷刺與惡意。

正志和久美是同父異母的兄妹，我不知道他們是在何時何地相遇，但一定只是偶然；而這個偶然竟將他們結合在一起，甚至在不久之後，我更將眼睜睜地看著他們結婚！一段不被允許的愛情、無法被認同的婚姻。為什麼他們不能相愛？為什麼兩人的婚事無法被認同？我卻不能說出原因，那是我一輩子的秘密，我絕不能說出口！

正志和久美要結婚——一想到他們兄妹躺在床上相擁，進行夫妻間的床事、交歡——近親相姦！光是想到這光景就令我既恐懼又噁心不安。

身為一名醫生，我曾經從優生學的觀點學習過血族結婚、近親相姦的意義。近親相姦的英文incest是從拉丁語的incestum衍生而來，原意是「低劣的」、「污穢的」。換句話說，古人很單純地將近親之間的性行為當成低劣的動物性行為，進而避諱、將之視為一種禁忌。這不存在於動物之間，而是人類發展出來的文化型態。

這種避諱亂倫的禁忌，幾乎可說是所有民族的共通點。儘管歷史上古埃及王朝為了維持血統純正有過幾世代「兄妹通婚」的事，就連史上有名的埃及艷后克麗佩脫拉也是近親通婚的結晶，她也曾兩度跟不同的弟弟結婚。這個傳說用毒蛇來自殺的悲劇女王，之後就靠近親通婚的禁忌維持托勒密王朝近三百年的歷史。

這種例子也可見於十六世紀前半曾建立繁盛文明的印加帝國，印加王子們數世代都奉行兄妹通婚，但調查報告或文獻資料卻顯示，他們的骨骼和肉體都沒有產生障礙與退化。

如此看來，將近親通婚視為禁忌未必是因為優生學或遺傳學的理論而來的。甚至有些沒有高度知識與經驗的未開化、野蠻民族，反而嚴格存在著近親相姦的禁忌……

正志和久美即將觸犯這項禁忌，但他們根本不知道彼此是同父異母的兄妹，他們為了愛情結婚是很自然的，世人當然也會給予祝福。

（久美端正美麗的臉龐將浮現新婚妻子嬌羞的笑容，然後出現在我面前。正志希望久美和我們同住，久美也答應了，所以他們即將在我們家開始新婚生活。他們的臥室應該就是正志的房間，隔著一條走廊，就在我書房正對面。

新婚的兩人睡在一張床上，享受幸福的滋味；兩人恩愛地纏綿，相愛的肉體與心靈融合為一，久美白皙的肌膚泛起紅潮，正志雙手緊握著她豐滿的乳房，一頭長髮披散在雪白的床單上，久美的身體被愛的泉水濡濕，追逐著快樂的波濤，並沉溺在陶醉的深淵中不斷地嬌喘、狂亂地呻吟、呼吸急促，柔弱的四肢緊緊地抱住正志……）

「住手！」我被自己突然發出的叫聲驚嚇，連忙環視周遭。黑暗的房間裡沒有其他人，窗外早已夜色深沉了。

我坐上研究室的椅子之後，連燈也忘了開，只不斷在腦海中幻想一個畫面——正志和久美相擁的畫面，兩人裸體相擁的畫面。我咬牙切齒地凝視著那幅畫面，不禁高聲大喊「住手」！

為什麼我會大喊「住手」呢？因為正志和久美是兄妹，那是自己孩子間的性行為，儘管是想像，我仍產生了本能的厭惡感。

近親相姦會自遠古未開化的時代開始就成為大部分民族的禁忌，其理由就在此吧？我有種茅塞頓開的感覺。

本能的厭惡感。檢察官，那是一種本能呀。無論是理論、學問還是法律，遇到本能都只能舉手投降，完全無法與之抗衡。這種厭惡感中還潛藏著狂暴的怒氣，甚至還潛藏著嫉妒和慾望。我咬牙切齒對著想像的畫面高喊「住手」，既是對正志爆發我的怒氣，也是對久美顯露我的慾望。

像久美那麼清純的女性，我的女兒，怎麼能讓正志為所欲為？這時正志已經不是我的兒子了，而是在我面前準備踐踏久美肉體的一個男人！這是男人與男人之間的戰鬥，他是我的敵人！我被嫉妒沖昏頭，在狂亂的怒氣中怒目看著自己兒子。檢察官，你能否理解我的心理？那個我本能地厭惡正志和久美結婚的理由？

——這樣是不行的。

我再度發出低喃。再怎麼分析我的心理也已於事無補，目前該思考的是如何阻止正志和久美結婚，這才是首當其衝的問題。有什麼對策或方法呢……

從走廊傳來的腳步突然停住，房門被打開，有人打開電燈，警衛的老先生站在明亮的光線下。

「哎呀，您還在工作嗎？因為很暗，我還以為沒有人在……」

「我在想些事情。」

「是嗎，真是不好意思。」

門關上，他的腳步聲慢慢遠去了。

儘管心中想著該回家了，我還是神情恍忽地看著窗外。我害怕回家，或許我是在延遲回家面對正志的時刻。我的手幾乎是無意識地拿起桌上電話，按下家裡的號碼。

## 16

「是你呀，你現在人在哪裡？這麼晚了還在幹嘛？」妻子像連珠炮似地追問。

「嗯，我去了醫院一趟，在那裡遇到大學同學，他現在在福岡開業當醫生，因為很久不見，所以說好一起喝酒，現在正要出發。」

「那你不回家吃晚飯囉？」

「嗯，我會晚點回家，妳先睡吧。鑰匙就放在固定的位置吧。」

「知道了，不要喝太多呀。對了，大原家怎麼樣？你過去看了嗎？」

她果然還記得這件事。我根本不想觸碰這個話題，但是今天的造訪肯定會從久美口中傳進正志耳裡。

「去了，還偶然地遇到對方母親。」

「是嗎？結果呢？他們家怎麼樣？你們都說了些什麼？」

「還不都在誇耀她女兒嗎。」

「那也難怪，畢竟久美那麼優秀嘛。還有呢？」

「就這些了。總之對方是豪宅的千金小姐，和這種人交往負擔太重了。」

「你怎麼……你不也是很喜歡久美的嗎？你可千萬不要潑正志的冷水，如果我們反對，還不知道那孩子會做出什麼事呢。」

「我知道。」

我掛上電話。雖然跟妻子說了會晚點回家，但我其實根本沒地方去，只好漫無目的地踏入夜晚的街頭。

我不停地走著。時間已過八點，因為是夏天，夜晚才正要開始。許多人越過我而去，有散步的人，趕路回家的人，有牽手併肩、笑聲愉悅的情侶們。在那群神采奕奕的行人中，只有我低頭看著自己的腳不停走著。那是一種孤獨的徬徨。

在我內心深處似乎有一種想法，希望就此遠走、逃離自己的家。

路上我進去了好幾家酒店，我口渴得厲害，所以貪婪地灌著啤酒，點威士忌，然後彷彿被店內的卡拉ＯＫ噪音追趕似地逃出店內。為了買醉，我又搖搖晃晃地推開另一家酒店大門，等到回過神來，我已走到雲雀丘車站附近。

從那個車站走到明和醫大只要十五分鐘，我家就位在車站西側的社區裡。看來剛剛離開學校的我，只是以車站為中心不停地打轉。家就近在眼前，我卻不想回去。

因為喝醉了，我感覺血液似乎在粗大的血管中嘩嘩地流動著。我用力舒了一口氣，故意背對自己的家踉蹌地跨出步伐。粗大的樹木伸展著枝葉，帶著綠意的涼風溫柔地包覆著爛醉的我，那股舒服的感覺讓我停下腳步。

我不知不覺來到被稱為「學園大道」的路上，這附近種植了許多松樹、櫸樹、絲柏和杉樹。我猛然停下腳步的地方，旁邊就是一個小公園，裡面也是綠樹濃蔭，厚重的枝葉層層疊疊，在夜色中投下整片陰影。

這條路的盡頭就是自由學園，寬闊的校園白天對外開放，就像公園一樣讓人們自由散步，這也是我最喜歡的散步路徑，或許是日常習慣使然，爛醉的我才會走到這條學園大道。

「媽媽！」耳邊突然傳來小女孩的說話聲。「那隻螢火蟲已經不見了。好可惜喲，是人家拿來這個公園放生的。」

「是啊。夏天一結束，螢火蟲就死了。」

那是一個四、五歲的小女孩和她母親的對話。

「好可憐喲。媽媽，我們明年還要買螢火蟲哦。」

「好呀，然後再拿來公園放生。」

小女孩的白色裙子和母親的白色高跟鞋走過我面前，又消失在夜色中。

「螢火蟲嗎……」

我不禁環視四周。已經八月底了，不可能會還有螢火蟲。我忽然輕聲朗誦起「不知人殺意，螢蟲仍亂飛」的詩句。

不知人殺意，螢蟲仍亂飛

這是前田普羅[註1]的俳句。大正初期，他投稿至高濱虛子[註2]主辦的《杜鵑》詩刊，自此受到注意，與飯田蛇笏[註3]、村上鬼城[註4]並列虛子門下的俊秀俳人。我對俳句產生興趣後讀過不少詩集，但第一次看到這本《普羅句集》的衝擊與感動至今仍然難忘。

普羅即便身處強調確實描寫眼中所見自然、寫生與寫實的虛子一門之中，他的詩句依然大放異彩。他的詩句詠出了現代人的煩惱，他的視線關注到人們曲折的內心深處。比起寫實的風格，他充滿人情味的詩風更深得我心。

註[1]前田普羅：1884-1954，富山縣人，詩人。著有：《普羅句集》、《能登青翠》等詩集。
註[2]高濱虛子：1874-1958，愛媛人。詩人、小說家。著有詩集：《虛子句集》、《五百句》等。
註[3]飯田蛇笏：1885-1962，山梨縣人。詩人。著有：《山廬集》、《白獄》等詩集。
註[4]村上鬼城：1865-1938，生於東京，後移居高崎。詩人。

可是檢察官，我並非只是為了表達那一夜的感傷才寫下這些。當時我低喃「不知人殺意……」時，意識深處其實早已悄悄地種下了日後的殺意了。為了阻止正志和久美結婚，我必須殺掉一個人才行，必須要有人死才行。那是正志還是久美？抑或是我……？

我又繼續走下去，漫無目的地繼續走下去。我只想不斷走著，走到哪裡都好，即便是天涯海角。

如果那晚的散步（像夢一樣）可以無止盡地走下去——如果我拋棄家庭、拋棄妻子、拋棄孩子、拋棄自己的身分地位，前往無人看見的土地旅行，也許就會病死在漫長的旅途中，隨便被埋葬土裡，然後永久消失在大地之中吧。

然而那是不可能的。四個月後，便發生了檢察官也知道的那個事件。十二月上旬，在空氣凍結的深夜街頭，我走在路上，你也走在路上。

我正邁向殺人之路，而你也開始走入事件之中。

# 第三部　事件之章

# 1

穿過收票口，走出車站時，冷風迎面吹來。東京地檢署檢察官千草泰輔不禁縮起脖子，豎起外套的衣領，結凍的夜路上皮鞋聲噠噠地響起。

從小田急線的世田谷代田車站走到檢察官家需要二十五分鐘，但平常要是不急，他不會搭乘辦公室的座車或是計程車；這已經是長年的習慣了。

檢察官出生在東北地方的山村，從小就對自己的腳力有信心。他上小學時每天要走四公里山路，刮風雪的日子則由高年級同學帶隊上學，一到學校，每個人的臉都紅通通地冒著熱氣。比起當年，現在這段迎著冷風回家的二十五分鐘路程根本不算什麼。

經過站前馬路，從代田二丁目轉往代澤，就進入安靜的住宅區，狹小的巷道兩側並列著高牆或樹籬包圍的人家，這裡連白天也很少有人經過，檢察官愉快地聽著自己的腳步聲在詳和幽靜的夜路上響起。

小路變成了緩緩上升的坡道，前方突然傳來另一個腳步聲，聲音不是逐漸靠近，而像是從有人從家中突然衝出來。

零星的街燈映照著飛奔的人影，是個年輕女孩，她奔跑時一頭長髮在肩膀附近飄揚，看不見她的表情。

無人走動的夜路上，女孩長髮紛飛地奔跑，這個畫面顯得十分不尋常，似乎發生了什麼大事。

（有人在追她嗎？）

檢察官凝視著她的背影，女孩停下腳步，十幾公尺前方立著一座電話亭，她用力推開門，將自己擠近亭內。

也難怪千草檢察官當時會湧起好奇心，他一邊注視電話亭裡的女孩，一邊慢慢經過旁邊，他耳裡聽見女孩近乎尖叫的說話聲。

「沒錯，有人被殺了！是我發現的，請快派人過來！」

檢察官驚訝地停下腳步，剛剛這個年輕女孩在電話中說自己發現了被殺的屍體，她通知的人應該是警方吧。

女孩為何不在自己家裡打電話呢？還刻意跑到路邊的電話亭，她是在路邊發現屍體的嗎？

「是的，是個女人，她是我們家的幫佣，好像被強暴過。地點嗎……是，直接上來……就在玄光寺斜對面……大原，廣大的平原……我會在這裡。我好怕……請你們快來！」

她說到最後已經開始啜泣，但當她把話筒放回去後，終於稍微安心似地用手順了順長髮，並看了一下周遭，這才發現站在電話亭旁的檢察官。

「讓你久等了，請用。」她輕輕點頭，語氣顯得很鎮定，絲毫不見驚慌失措。

「不，我不是在等電話，而是剛剛經過時聽見妳說話的內容……」檢察官面帶微笑地說明。

年輕女孩不發一語，端正美麗的臉上浮現緊張的神情，眼睛直視著檢察官。

「妳們家幫佣被殺了，妳發現了屍體。是嗎？」

女孩沒有回答，她面對檢察官的姿勢充滿防備，顯得僵直又緊繃。

「妳可以告訴我嗎？啊，對不起，這是我的身分。」檢察官拉開大衣的襟口，露出別在西裝衣領上的胸章。那個模仿冰霜結晶的胸章，中央的紅色圓形代表太陽，意味著秋霜烈日，代表檢察官面對犯罪時的凜然氣魄，但眼前的女孩看了卻沒有任何反應。

檢察官趕緊又從口袋掏出名片交給對方說：「這是我的職業，因此才很介意妳說的事。」

「你是檢察官？……可是為什麼……？」

「噢，我剛從辦公室回家，我家就在前面的代澤，所以每天早晚都會經過這條路。」

檢察官沉穩的說話方式似乎緩和了她的警戒心，她放鬆僵直緊繃的表情，深深吐出一口氣。

「妳家就在這附近嗎？」

「是的，就在前面，走路約三分鐘。」

「妳的名字是？」

「我姓大原，我父親是大原泰久，我叫做久美。地址是代田二丁目……」

「就在玄光寺的斜對面。」

「您知道我家嗎？」

「不，我是剛剛聽妳在電話中提到的。我知道玄光寺，妳說斜對面，就是那間圍著樹籬的豪宅囉？」

「是的。」

因為是常走的路，檢察官多少有些印象。玄光寺入口的大門造型簡單，門頂上只搭著銅板，粗大的門柱和橫木上貼滿各地參拜信徒的千社紙〔註1〕。由於貼紙上的文字和圖案十分特別有趣，檢察官常被吸引而駐足觀賞。

「剛剛妳是打給一一〇嗎？」

「是的。」

「為什麼不用家裡的電話呢？」

「我不敢走進家裡。」

「那麼屍體是在屋外被發現的囉？」

「對，就倒在庭院石燈籠的旁邊，我從外面回來時看到的，本來想立刻打一一〇報警，可是今晚家裡沒有人，我父母都去福岡了……」

「原來如此，所以妳才不敢回家？」

「我一想到兇手可能還躲在附近，就害怕地跑出來了，然後就看到那座電話亭……」

「我懂了。警車應該馬上就到了，我想先看一下現場，妳可以帶路嗎？」

檢察官一邊催促叫久美的女孩一邊往前走去。

## 2

穿過大原家樹籬包圍的大門時，檢察官不禁發出了「噢」的感嘆聲。

路上街燈流瀉進來的光線和房屋玄關的燈光，映照著這個由怪石奇樹妝點而成的日式庭院。庭園非常寬闊，在雄偉的景觀後面，流線型的屋頂浮現在夜空之中，古老的日式傳統民宅顯得莊重典雅，從門口到房屋大約有二十四、五公尺的距離。

「就在那裡……」久美指著左邊離門口兩、三公尺的雪見燈籠註[2]，修剪成圓形的吊鐘花樹在旁邊投下陰影。

「嗯？在哪裡？」檢察官定睛細看，卻什麼也沒看到。

「就在那個燈籠旁邊……」久美的聲音顫抖。

檢察官走上前繞到吊鐘花樹叢後面。

此處雖在寬廣庭院的角落，卻仍有些許燈光照射過來，那具屍體就靜靜地躺在微亮的幽暗中，裸露的下半身和一雙腿淒涼地攤在乾枯的草地上。

註[1]千社紙：江戶時代盛行巡迴各寺廟神社進行參拜祈願的活動，稱為「千社詣」；這些參拜的信徒們為記念自己參拜過此處，會印刷一種很漂亮的貼紙，上面寫上名字及地址等，貼在寺廟神社的柱子上，此習俗後流傳至今。

註[2]雪見燈籠：石燈籠的一種，常放置在水塘邊，是庭園造景專用燈。

「被害者是妳們家幫佣嗎？」

「是的，她叫系子，恩田系子；她是新瀉人，去年才來我們家工作。」

「嗯，不過她倒在這麼陰暗的樹叢下，妳竟然還會發現她。妳一回到家就發現屍體了嗎？」

「因為這條項鍊……」久美將掛在雪見燈籠上的項鍊拿給檢察官，「這條十八K金的金鍊子中間有心型吊飾，上面嵌著像鑽石的寶石，是我用零用錢買的，不是很貴，我把它送給系子當生日禮物，她非常高興，經常戴在脖子上，但這條項鍊卻掉在吊鐘花樹前面。大概是光線照到了寶石，我一進門就看見有東西閃爍，走近一看竟是系子的項鍊。我正準備蹲下去撿項鍊時，就看到系子……」

「嗯，妳一定嚇壞了吧。妳有碰觸屍體嗎？」

「有，我喊著系子的名字，不斷地搖晃她；當我發現她已經死了，突然害怕起來，就慌張地跑到外面……」

「原來如此。」

檢察官蹲在原地，從口袋中掏出打火機點燃，小小的火光照亮仰躺在地上的死者臉龐。

「還這麼年輕，真可憐……」檢察官低喃著。

此時久美突然嗚咽起來，大概是她剛才拼命壓抑著情緒，一聽到檢察官這句話，悲傷便一口氣湧上心頭了吧。

死者穿著紅色短外套，胸前敞開，裡面的白色毛衣被拉至胸口，雙手放在胸前正好遮住裸露的乳房；披散的長髮遮住大半的臉，微張的嘴角、圓潤的臉頰還留有少女的稚嫩，眼睛則是閉著。

檢察官試著舉起死者的一隻手，還沒發生死後僵硬，根據皮膚的觸感判斷，死亡時間尚未經過很久。

檢察官將打火機從屍體移向周遭地面，發現掉落在乾枯草地上的菸蒂。

「嗯……」檢察官檢起菸蒂。

「是MILD SEVEN？」檢察官將微弱的火光靠近濾嘴確認上面的文字，低喃一聲：「這就怪了……」後再次盯著菸蒂。

屍體附近共散落著四根菸蒂，檢察官確認完之後便詢問在一旁不斷抽泣的久美：「府上有人吸菸嗎？」

「不，沒有……」久美話說到一半又轉成嗚咽。

檢察官拿著打火機的手指開始發燙，將火熄掉後，他習慣黑暗的眼睛捕捉到棄置在死者腳下的牛仔褲，褲腳左右張開地丟在一旁。

被強脫下來的褲襪則壓在牛仔褲下面，就像在乾枯草地上四處爬行的生物般左右伸長，它上面則掉落著一隻翻倒的鞋子。

檢察官重新點燃打火機，在被鞋子壓住的褲襪下面瞄到白色物體，他用手翻開褲襪，發現那是一塊小圓點的白布。

在打火機微弱的光線中，檢察官只能確認這麼多。

「真是奇怪啊，不過……」

檢察官關掉打火機站起身，正好聽見遠方傳來警笛的鳴聲。

「啊，總算來了。偵辦行動馬上會開始，妳暫時還是先進屋裡吧。」

站在一旁的久美輕聲問檢察官說：「請問……我可以打電話嗎？」

「妳要打去哪裡？」

「打到系子家……我想早點通知她在新瀉的父母，我真不知道該怎麼告訴他們，覺得好心痛……」

「這也是。妳剛剛說妳父母目前在福岡，不如先打電話問問他們的意見，或是請妳父親直接打電話到新瀉通知他們吧。妳覺得怎麼樣？」

「是啊，太好了，我就這麼做。」

「妳一個人可以進屋子嗎？」

「可以，我已經沒事了。」

久美臉上終於浮現一點笑容，當她往家裡走去時，兩輛警車已停在門口。

# 3

照相機的閃光燈和探照燈此起彼落地劃破寬廣庭院的暗夜，黑色人影忙碌地穿梭其中，有人跑到門口拉起禁止入內的封鎖線，有人接著跑進屋內。馬路上擠滿媒體的採訪車，電視台的燈光貪婪地舔舐著周遭情景。

轄區北澤警署的刑事課長增田警部首先趕到現場，警視廳偵查一課方面，千草檢察官熟識的大川警部晚一點將帶著部屬抵達。在兩位警部的指揮下，偵辦行動順利展開。

檢察官站在大原家的玄關，雙手插入大衣口袋凝視著眼前光景。

刑事訴訟法規定檢察官和司法警察人員必須互相協助偵查，但那畢竟只是表面文章，刑警們依然只聽從頂頭上司大川警部和增田警部的命令，檢察官沒必要干涉這群專業人員進行辦案，最聰明的方式就是默默地在一旁守護。

剛剛進行的驗屍，檢察官也在一旁見證。

屍體下半身裸露，雙腳微張地躺在乾枯的草地上，顯得十分淒涼。

鑑識人員將遮掩胸口的雙手打開，在手電筒的照射下，掀起的胸罩下露出形狀美好的小巧乳房和腹部。

「她身上竟完全沒有抵抗的痕跡，連一點擦傷都沒有……又不是洋娃娃，不可能讓兇手為所欲為吧？」增田警部說。

「她會不會被兇手用刀子威脅，只能乖乖聽從對方呢？」鑑識人員將覆蓋在死者臉上的長髮撥開。

「死因是什麼？」增田警部蹲下來注視著屍體。

「勒斃。」

手電筒照向死者頸部。

「就是這裡。」鑑識人員指著細瘦脖子的喉嚨部分說明。「頸部有皮下出血的痕跡，而且是兩處，兇手的兩根拇指壓在那裡，側頸部也有手指壓過的痕跡。兇手大概是騎在被害人身上，用身體壓住將她勒死。」

一旁的檢察官立刻便理解鑑識人員的說明。

雙手的四根指頭圈著脖子，拇指則用力壓住所謂喉結的甲狀軟骨，這是勒殺的典型手法，勒痕還明顯留在死者頸部。

「對了，關於死亡時間……死者剛去世沒多久吧？」

「嗯，死後應該沒超過一小時。」

「嗯……也就是說……」增田警部正盯著手錶看時，一名負責搜索遺物的刑警走上前。

「課長，」他說，「現場發現這項物品。」

刑警遞出來的是週刊大小的紙袋。

「哦，裡面是什麼？」

「錄音帶。」

「錄音帶？錄音用的卡帶嗎？」

「沒錯，還裝在盒子裡沒拆封，是全新的，而且有兩捲。」

「在哪裡找到的？」

「那塊石頭後面。」

距屍體約兩公尺處有塊裝飾用的大石頭，刑警指著石頭說：「可能是遭到侵犯時被害人扔向兇手或掉在那裡的，紙袋上印著丸富代田店。」

「丸富，不就是今年春天在站前新開的店嗎？就是二十四小時營業，叫便利什麼的……」

「便利商店啦，區內已經開五、六家連鎖店了。」

「好，你拿錄音帶去丸富查證，如果真的是恩田系子買的，就問清楚她來店和離店的時間，另外確認有沒有人跟在她後面進出店內，順便找人測量從那家店走到現場需要花幾分鐘，順利的話就能鎖定犯案時間。動作快點，再用無線電連絡吧。」

「是！」

兩名刑警離開後，一名穿著制服的警察站到增田警部前面。

「警部，我發現一張紙片……」警察將手上的小紙片遞出來。

「這是什麼？」

「應該是便條紙吧，它被揉成一團丟在門口的柱子邊，也可能是被風從外面馬路吹進來的……」

「嗯……」

警部看著滿是皺摺的小紙片說：「這應該是便條紙，下面還印著『烏托邦』……是公司名增田還是商品名呢？看紙張的大小，應該是公司內部用的便條紙吧。」

增田警部一邊說，一邊詢問周遭：「喂！有沒有人聽過名字叫烏托邦的公司或產品？」

沒有人回答。

「警部，紙上有鉛筆字，已經快褪掉了，字跡不是很清楚……」

「嗯。」增田警部將紙片拉近眼前。「這裡嗎？我看看……神崎老師來電，訂於星期四下午來訪……」

「也可能是從馬路上吹過來的，那就跟這件案子無關了……」

「沒關係，現場本來就該徹底搜查，把它帶回署裡繼續調查吧。對了，鑑識人員……」增田警部對著蹲在屍體旁邊的男人說話，「幫我查看一下被害人大衣口袋裡有沒有錢包或是類似收據的東西？」

「沒有，裡面只有一條手帕。」

「好吧。各位！」增田警部環視周遭大聲呼喚。「死者買過東西，身上應該會有錢包或手提包，大家幫忙找找！」

話才一說完，增田警部便打了一個響亮的噴嚏。

「可惡！不知道誰又在背後說我壞話了。」

黑暗中傳來兩、三人的低笑。

幾分鐘之後，一名身材修長的刑警穿過封鎖線衝進來。

「課長，丸富那邊有消息進來！」

「嗯，所以死者，也就是恩田系子今晚曾去丸富買錄音帶囉？」

「是的，據說系子是在八點半左右到丸富。」

「店員認識系子嗎？確定是她？」

「系子是丸富開店以來的常客，店員跟她很熟，加上她人長得漂亮，頗受到年輕店員歡迎，所以刑警一問今晚是否有女客人買錄音帶，對方立刻回答是恩田小姐吧，店員也知道她在大原家幫佣。」

「嗯，她只買了錄音帶嗎？」

「好像是。她在八點半左右出現，隨手翻了一下漫畫和雜誌，便拿了兩捲錄音帶去結帳。店員問她，又要錄關東ＦＭ嗎？她很高興地笑著說，對呀，我每集都會錄……」

「嗯……是嗎？」

「關東ＦＭ每個星期都會播一個叫今夜之音的音樂節目，從晚上十點開始一個小時，系子似乎每次都會錄下來，還曾得意地跟店員提過這件事。因此店員把錄音帶遞給她時，才會問她是不是又要錄關東ＦＭ，她已經在丸富買了超過二十捲的空白錄音帶了。」

「原來如此，她離開商店的時間呢？」

「大概是八點五十分。」

「未免太精確了吧。」

「因為系子付錢時瞄了一下掛在收銀台上的時鐘，低聲喊了一句，哎呀，這麼晚了，今晚得早點回去才行，便拿著東西快步離去了。店員自然也跟著看了一下時鐘，才知道是八點五十分。」

「情況越來越清楚了。接下來是從丸富走到這裡的時間，有誰知道？」始終沉默聽著兩人對話的千草檢察官，這時才開口回答：「用一般速度從車站走過來，大約需要十五分鐘。」

「啊……」

增田警部聽到整個搜證過程中都不發一語的檢察官突然開口，頓時有些錯愕：「檢察官怎麼知道……」

「因為我每天都走這條路上下班呀。」

「原來是這樣呀，那就沒問題了，謝謝。」

增田警部輕輕點頭致謝後，轉過頭大喊：「各位，請注意！」

等刑警們聚過來後，增田警部接著說：「我們已經確定被害人曾在站前的丸富買東西，離開商店是八點五十分，推估回到這裡是十五分鐘後的九點五分左右，之後便發生強姦殺人案，案發時間應該在九點十分前後。大家就以此時間點為中心進行調查吧。」

刑警們開始行動了。

「課長，可以搬運屍體了嗎？」鑑識人員問道。

「不，再等一下。總廳應該也會派人……」增田警部說到一半，便聽見遠處傳來警笛聲。

「看來他們也到了。」

增田警部站在門口的封鎖線前點燃一根菸，當他吐出一口煙時，警車正好停下來。

警視廳偵查一課的大川警部挪著肥胖的身軀走下車，後面緊跟著三名部屬。

「喲，增田。」大川正準備跟眼前的增田刑事課長打招呼時，卻發現站在一旁的千草檢察官，不禁驚訝地說：「這不是檢察官嗎？你怎麼會在這裡……你已經接到通知了嗎？」

「沒有，我只是剛好在回家時經過這裡……」

「嗯……剛好嗎？你的運氣還真好呀。」

「運氣好？怎麼說……」

「這件事以後再說……增田，先讓我看看死者吧。」

「嗯，就在那裡。」

兩人往屍體所在的位置移動時，檢察官則緩慢地走向大原家的玄關。

整個搜證工作已經結束，就這樣直接回家也無所謂，但檢察官卻不想就這樣離開現場。

案子開始朝強姦殺人案的方向偵辦，根據屍體的狀況來判斷，也不能說辦案方向有誤。

可是……

（這件案子真的是姦殺案嗎？）

他隨同大原久美目睹到屍體那刻，心頭便掠過一些疑問，其中有些仍在思緒中徘徊不去，讓檢察官無法平靜。

(不知道告訴大川他會怎麼說?)

無論如何還是得聽聽大川警部的意見，沒必要趕著回家。檢察官慢慢移動腳步穿越大原家寬闊的庭院，往玄關走去。

## 4

隨著屍體運走、刑警們各自離去後，媒體的採訪車也跟著一哄而散。

剩下一個人的大川警部，朝著獨自站在玄關前的千草檢察官那裡走去。

「總算結束了，我看今晚就暫時到此為止吧。」

警部叼著手上的菸，用力點燃打火機，開始吞雲吐霧起來。

「話說回來，」檢察官也跟著掏出口袋裡的香菸說，「媒體還來了真多人。」

「因為對方是財神嘛。」

「財神?那個被害人嗎?」

「不是，是這棟房子的主人，大原泰久。」

「他是什麼大人物嗎?」

「他是大原健康製藥的社長，就是那個靠『力健源』提神劑快速成長的公司。檢察官應該也聽過力健源吧……」

「啊，就是電視上那個廣告嗎?」

「那可是現在最暢銷的產品了，成分有蛇和鱉，加上人參、淫羊藿等藥草精華，連我們的年輕刑警都要喝過才肯熬夜跟監呀。」

「真的有效嗎？不會是被廣告宣傳影響，不知不覺就以為有效吧？」

「你說的沒錯，這種產品就像是新興宗教，不相信就沒效果；換句話說，它的信徒就會變成忠實客戶。為了增加信徒，最重要的就是加強宣傳，除了公車、電車廣告外，從遊樂園到運動場，只要有人聚集的地方都看得到力健源的海報和大型看板，還有平面廣告、電視廣告，而金主就是大原泰久。」

「原來如此。」檢察官笑著點頭。「對報社、電視台而言，肯花大錢買廣告的金主就跟財神一樣了。」

「現在這個財神家中發生殺人案，他們當然會臉色大變地趕來採訪了。這個轄區的增田刑事課長是我學弟，他接下來還要召開記者會，聽說也是媒體的要求，拒絕不了。剛剛聽他滿腹牢騷地離開，明天的晨間新聞應該就能看到那傢伙一臉嚴肅的出現吧。」

「媒體們應該很煩惱該怎麼處理這個案子吧？」

「最大的問題是怎麼在力健源的商品形象和強姦殺人案中取得平衡，不過這跟我們無關就是了。」

「所以說，」檢察官直視著大川警部，「記者會上也會公佈這是一起強姦殺人案囉？」

「當然，尤其是我們沒發現被害人的手提包和錢包，很可能是兇手拿走了，但劫財只是其次，兇手的目標從頭到尾就是強姦，殺人是之後發生的，大概是被害人看到他的臉或大喊大叫，他為了保護自己只好下手，不過這是我的看法啦。」
「嗯，可是那個屍體……」
「有什麼可疑之處嗎？」
「嗯，那真的是強姦嗎……」
「也難怪，屍體幾乎沒有反抗的痕跡；應該不能說是強姦，而是和姦才對。兇手也沒料到自己會犯下殺人案……你是這個意思嗎？」
「不，也不是。我的意思是……」檢察官說到一半，玄關的大門開了，大原久美探出頭來說：「請進來裡面說吧，外面很冷。」
燈光下，久美的神色已不見剛才的恐懼與悲傷，滑嫩的肌膚呈現年輕的光澤。
「大家都已經回去了嗎？我本來想泡個熱茶給各位驅寒，沒想到……如果方便的話，請檢察官們進來吧。」
「謝謝，不用招呼我們了。倒是晚上只有妳一個人在家，沒問題吧？」
「是的。剛剛隔壁的媽媽要我去她家住，我應該會去打擾吧。」
「是嗎，那很好。我們也該告辭了……」檢察官對大川警部使個眼色，表示該離去了。
警部卻對久美說：「大原小姐，既然妳茶都泡好了，我們就打擾一下，不好意思。」
「是，請進。」
「我們還有些事想請教妳，放心，不會花太多時間的。還有……」警部踏進玄關時回頭問道，「檢察官也進來吧？剛才的話還沒說完，我也想在今晚聽聽你的意見，反正我回去之後還是得通宵開偵查會議呀。」

## 5

兩人被帶到一間七、八坪大的客廳，站在水晶燈燦爛的燈光下，警部發出了奇怪的讚嘆：「哦，簡直就像鹿鳴館嘛。」

檢察官很能體會他的心情。

鹿鳴館在明治初期建於東京內幸町，檢察官對那棟仿西歐風格的建築認識不多，只記得好像在電影中看過。那是各國大使、公使和來自各地的貴族、紳士淑女們聚集的社交場所，夜夜舉辦著華麗的舞會。

大原家的客廳跟檢察官想像中的鹿鳴館有著相同的氣息、色彩和雰圍，從房屋的造型和裝潢來看，所有的擺設、飾品都是奇妙又協調地融合了日本和西方的風格，同時也展現出屋主典雅的情趣與雄厚的財力。

屋子裡溫暖宜人，檢察官脫下大衣坐在中央圍著圓桌的沙發椅上。

「檢察官，你看那個時鐘，好棒啊。」

警部指著一座靠在牆邊的美麗老爺鐘。

有著木頭外殼的鐘高約兩公尺，算是大型鐘，材質應該是桃花心木，表面的紅色紋路充滿光澤，上面做成拱門狀，整體雕工精美，鐘盤描繪成幾何圖紋，金色鐘擺的鍊子上鑲著裝飾品。這座厚重的老爺鐘一邊滴答作響，一邊沉穩地刻劃著時間，與其說是鐘，更像是精巧細緻的藝術品。

「我從來沒看過這麼大的時鐘。」警部的讚嘆聲引發了檢察官的微笑。

「大川，這可不是什麼時鐘，而是老爺鐘。」

「反正就是鐘嘛。應該不是日本製的吧？」警部說到這裡，久美端著茶壺正好走進來，桌上已備好茶具，紅色漆器的點心盒裡放著日式甜點。

「大原小姐，」警部問久美，「那個時鐘是外國製的嗎？」

「是的。我聽說是烏哥斯（Urgos），德國一家專門製作老爺鐘的公司做的。」

「我猜的果然沒錯。應該很高吧？」

「連下面的底座好像是一百八十公分……」

「我是說價錢應該很高吧？一百萬，不，至少要兩百萬吧？」

「嗯……這是我父親上個月買的，不是新的，聽說好像是歷史上第一批渡日的進口古董……」

「嗯，這個鐘會響嗎？」

「會，每隔十五分鐘響一次，可是我母親嫌它太吵，所以把曲子關掉了。」

「曲子？不是噹噹噹地響嗎？」

檢察官聽了大笑，久美嘴上也浮出微笑。

「這個鐘會演奏西敏寺的鐘聲……」
「什麼是西敏寺？」
「大川，」檢察官邊笑邊說，「那是倫敦有名的教堂。這個鐘會演奏跟西敏寺一樣的鐘聲，我們一般稱為『大笨鐘鐘聲』，不會噹噹響啦。」
「越說我越糊塗了。」警部一副不感興趣地說。「反正這個鐘只是用來裝飾囉，你們看，大概是鐘擺動得太慢，連指針都慢吞吞的，時間都慢了十三分鐘。」
聽到這番話，久美趕緊看了一下自己的手錶。
「哎呀，真的耶。怎麼回事？它一向都很準的呀。這個鐘每隔八天要上一次發條，昨天我才上過，時間也調整好了。以前是每八天會慢一分鐘，現在居然慢了十三分鐘……」
「那還真奇怪。」警部突然口氣一變。「我想請教一下，被害的恩田系子曾經趁你們不在家時讓外人進屋子裡來嗎？」
「沒有，」久美搖頭，「她從沒做過那種事。」
「她有沒有男朋友或是情人之類的？」
「應該沒有，系子什麼事都會跟我說，我沒聽說她有跟男性交往。」
「她在短大夜間部讀書吧？」
「是的，系子的夢想是取得營養師的執照，將來跟老公經營民宿。」
「她今晚沒有上課嗎？」
「是的，因為我爸媽不在家。我父親的公司最近在福岡市開了分公司，為了慶祝公司開幕，他們就順便過去招待客戶跟致意，因此我和系子都沒去上課，留下來看家。」

「以前也有過這種情形嗎？」

「是，像是公司的員工旅遊，如果我爸媽一起參加的話……大概有過兩次吧。」久美一邊回答警部的詢問，一邊倒茶、將點心從盒裡移到碟子上，遞送到兩人面前。

「謝謝。」

警部發出聲音大口喝茶，檢察官也跟著拿起冒著熱氣的茶杯。

屋內一時陷入沉默，只有老爺鐘的大鐘擺悠悠地發出聲音，規律而反覆的滴答聲在安靜的房間裡迴響著。

「對了，」警部看著眼光低垂、靜靜坐在椅子上的久美說，「聽說妳是回家時發現恩田系子的屍體的？」

「是的。」

「妳是去哪裡呢？」

「我去拜訪住在雲雀丘的久保醫生，也就是明和醫科大學的久保伸也教授。因為剛好有人送東西給我們，我拿一些去分送他們，接著又繞到鶯谷的叔叔家。」

「妳是幾點出門的？」

「應該是傍晚六點之前。」

「嗯……妳發現系子的屍體，打一一〇報警是九點四十九分；如果妳六點前就出門，便有將近四小時不在家。那麼妳特地跟學校請假留在家裡看家，不就失去意義了嗎？這段時間就只剩系子一個人了，為什麼？」

「是的，我原本也沒打算離開那麼久。」

「妳能說得更詳細嗎？」警部打開小型記事本。

久美點點頭，做了以下的說明。

——那是今天中午的事。

大原家收到快遞送來的東西，寄件人是父親大學時期的好友，住在香川縣丸龜市的秋本先生。秋本先生是該縣電視台及報社的高級主管，因為很喜歡看歌舞伎，每個月都會上東京看一次戲，來的時候都會到大原家或是約父親吃飯，有時也會住在家裡。四、五天前他又來拜訪，除了父親之外，母親和久美也陪他一起吃飯。

秋本先生大概是為了回禮而寄東西過來吧，久美如此判斷，於是打開包裹。

「我嚇了一跳，紙箱裡塞滿了裝在塑膠袋裡的烏龍麵，上面寫著『名產讚岐手工烏龍麵，兩百公克裝』，一共有二十四袋，另外還有五瓶瓶裝醬汁，我和系子都忍不住相視大笑。說明書寫著：因為是新鮮製作，常溫下只能保存九十天。我們家才四個人，總不能每天都吃烏龍麵吧，因此根本吃不完，我和系子商量之後，她提議不如送一半到雲雀丘，我便趕緊出門了。」

那是明和醫科大學教授久保伸也的家。

他們家的次子正志和久美正準備結婚，換句話說，久保家是她未來的婆家。

「我開自己的車過去，之前我也曾拜訪過幾次，應該一個小時就能來回。這段期間我雖然不在家裡，但系子說她一個人沒問題，我便安心出門了。」

來到久保家，教授出來應門。

「久保醫生很親切地招呼我，然後說因為太太有點感冒，所以他提早回家，並要我趕快進屋裡，外面很冷。」

教授告訴久美，正志正好從昨天起就出差了，這一點久美也知道。正志在出版社上班，之前他曾經打電話來說因為雜誌的工作，要到沖繩收集當地的民間故事，並拍攝相關的風土照片，預定明天下午回來。

躺在床上的久保太太一聽見久美的聲音便突然恢復精神，馬上高興地下床，三個人聊得很愉快，像一家人的和睦氣氛讓久美愉快得忘了時間。

「這時有電話找我，是系子打來的，要我立刻到鶯谷的叔叔家一趟。她說今天是那邊小少爺的生日，他說久美姊姊答應要送他腳踏車，現在正大哭大鬧地搞得大家不得安寧。」

住在鶯谷的叔叔是父親最小的弟弟，於都立高中任教，他的大兒子今年六歲，算是久美的堂弟。久美完全忘了今天是那孩子的生日，但記得曾經答應要送他腳踏車當生日禮物的事。

「我顧不得好好道別，一走出雲雀丘的久保宅便直奔鶯谷，還好路上不塞，到叔叔家是八點左右。」

久美隨即帶著久候的堂弟到附近的腳踏車行買了一台兒童專用腳踏車，儘管堂弟要她試騎新車，並要求今晚住他們家，她還是婉拒並離開了叔叔家。

「我有些心急，所以速度開得比平常快很多。我家附近租有一個停車位，我將車子停好時，鬆口氣看了一下手錶，那時是九點四十分。」

「原來如此。」警部用力點頭後，一口喝乾冷掉的茶，深深吐了一口氣。

「這樣我們就很清楚妳在發現屍體前的行動了。問題是妳不在家的這段期間，也就是那空白的四個小時了；不曉得兇手是知道這段時間妳不在，才襲擊系子的呢？還是兇手正好在這時闖入，結果遇到系子……」

此時久美突然發出嗚咽，開始哭泣：「都是我的錯！如果我沒有離開家，就不會發生這種事了！對不起，系子，對不起！」

久美裹在白色毛衣裡的胸部上下振動，她俯身痛哭不已。

「大原小姐，」警部說，「妳不要太自責，要怪就要怪兇手。來，妳去那裡打電話給鄰居，我們再過十分鐘就告辭了。」

「是……好的。」

久美邊啜泣邊起身，深深地鞠躬致意，一頭長髮在肩頭流瀉。

看著她靜靜走出客廳帶上房門，警部才轉頭向檢察官問道：「好吧，檢察官，我倒要聽聽你剛才沒說完的話。你說恩田系子的屍體上有你想不透的疑點，換句話說，你認為兇手雖然殺了人，卻沒有強姦她囉？」

「嗯。」

「這我就不懂了。在這個大冷天裡，胸部整個露出、下半身也裸露的年輕女性躺在地上，為什麼你不認為她遭到強姦呢？我倒要聽聽你的理由。」

幹了一輩子刑警的大川警部，眼光銳利地注視著檢察官。

## 6

「嗯，關於這一點……」

檢察官沒有迴避也沒有回應警部的視線，只是茫然地看著對方，語氣悠悠地說明：

「屍體身邊掉落一些菸蒂，是MILD SEVEN，一共有四根，而根據剛剛那個女孩大原久美的說法，這個家裡沒有人吸菸。這是怎麼一回事呢？」

「應該是兇手吸的吧。在犯案現場為了安定情緒而吸起菸，這是常有的事。」

「話是沒錯，但兇手是什麼時候吸的菸呢？他強暴並殺了系子，再在屍體前面悠閒地吸了四根香菸嗎？在這種情況下，一般人應該都會想儘快逃離現場吧。」

「說的也是，那就是在犯案前吸的囉？」

「犯案前？那就是說，是在等待系子去站前便利商店買完東西回來前吸的？」

「嗯，應該是吧。」

「系子去買空白錄音帶，應該不是事先計畫好的行動，而是臨時想到的。就算兇手看到她出門，也不會知道她是立刻回來，還是出去好幾個小時才回來，如果他躲在庭院裡吸著菸等，不是有點不合理嗎？」

「說的也是。在系子回家之前，有可能這個家的主人或家人就先回來了，甚至可能有其他訪客。就算躲在樹叢裡，但吸著菸等不但容易被發現，也很冒險。嗯……這問題真麻煩。」

警部邊說邊掏出菸用打火機點燃。

「麻煩的問題還有呢。」檢察官笑著繼續說明。「你好像也是吸MILD SEVEN吧，它的每根香菸上都印著四個數字。我猜你現在吸的香菸開頭數字應該是0……」

警部將手上夾的香菸湊近一看，在靠近濾嘴的下方果然印著四個數字。

「確實有耶，上面是0149。你怎麼會知道？」

「過去有個案子就是靠菸蒂破了兇手的不在場證明，這是我當時學到的知識。今晚我在現場撿到菸蒂，自然會看一下那些數字。在打火機的火光中，我看到第一根菸蒂上的數字是1058；搜證期間我又檢查一次，同樣數字的菸蒂有兩根，也就是1058有兩根，剩下兩根都是01開頭的……」

「那有什麼意義嗎？」

「這四個數字裡，前兩個代表製造工廠，後兩個是機器編號。東京都的香菸多半都是01或03開頭，這個分配是依照總公司的指示；而0開頭的工廠全部都在關東，大概是東京、宇都宮或高崎一帶吧。」

「嗯……你的記憶力真是驚人。」

「我是老菸槍，很會記跟菸有關的事。但掉落現場的菸蒂竟有兩根10開頭的，10是北海道，我記得是函館工廠的編號，當然這一點還要詳查，但不管怎麼說，可以確定那是關東以外的工廠製造的。」

「原來如此，那狀況就複雜了。」

「與其說是複雜，應該說是不合理。」

「啊……？」

「現場不可能還有另一個人，那些菸蒂都是吸了約三分之一便被捺熄，捺熄方式相同，四根菸蒂的長度也幾乎一樣。兇手帶著北海道製作的**MILD SEVEN**和東京都內購買的**MILD SEVEN**到現場，並各自從兩個菸盒中拿出菸來吸，你不覺得很奇怪嗎？」

警部沒有回答，只長長嘆了一口氣，將正在吸的菸捺熄在菸灰缸裡，並整理思緒，之後他緩緩地說：「這也不是完全不可能，比方說兇手最近曾去北海道旅行，當時買的香菸還剩下幾根，或是兇手不經意地將來自北海道的人留下的菸放進自己口袋……這很常見吧，像我就常將出差時買的菸跟東京買的一起塞在口袋裡。」

「嗯，這種情形也不是沒有，若是那樣就沒什麼好奇怪了。可是大川，現場還有一個不合理的地方。」

「什麼，還有呀？」警部發出不耐煩的聲音。或許是屋內暖氣太強了，他粗肥的脖子微微沁著汗水。

「只有一處不合理多少還有辦法解釋，但若再加上一個疑點，就不能等閒視之了，那裡可能隱藏著案件的真相或兇手的動機。」

「我不太懂你要說什麼，兇手的動機很明確，他就是想要女人啊！究竟有什麼地方不合理？」

「屍體。不，應該說屍體所在的整個現場狀況都讓我感到很不合理。」

檢察官喝了一口冷茶後繼續說：「這戶人家的小姐大原久美把我帶到現場時，死者是下半身裸露地仰躺在地上。我過去也看過幾次被姦殺的屍體，上面總會清晰留下兇手施暴的痕跡，有時甚至聽得到兇手粗暴的呼吸聲，或死者口中發出的尖叫，景象悽慘得令人不忍卒睹，但這次卻完全不同……」

「因為屍體沒有傷痕嗎？」

「沒錯。」

「死者確實毫髮無傷，看不到乳房被搓揉、性器被蹧蹋的跡象；因為兇手只想趕快插入體內，他看到女孩內褲扯下、露出雪白大腿的樣子，便忍不住立刻插入並射精。年輕男孩常發生這種事，更何況地點是在別人家庭院，誰有心情慢慢欣賞女人肉體、又是吸吮又是把弄呢？等事情一結束，那傢伙立刻感到寒風刺骨，肯定是渾身發抖地逃離現場，就算屍體毫無損傷也沒什麼好奇怪的。」

警部的語氣充滿挑戰。今晚的千草檢察官頭腦是不是有問題？明明是起單純的強姦殺人案，他卻非要將這個平常的案件複雜化，甚至像陶醉在推理遊戲中。但辦案並非兒戲，對被追或追捕的人來說，都是一場攸關生死的戰鬥。就在此刻，兇手說不定又遠離了警方一步！

警部有些焦躁地問道：「不合理的地方到此結束了嗎？」

「不，還有。」檢察官笑著搖頭。「根據你的說法，兇手是完全無法控制自己地推倒女孩扯下內褲埋頭猛幹囉？」

「當然，兇手對女人十分飢渴，一定立刻猴急地壓在女人身上。」

「既然如此，為什麼兇手在脫掉系子的牛仔褲和內褲時，卻又顯得很平靜？」

「你怎麼知道？」

「如果兇手很急，在脫下牛仔褲時應該會連內褲、褲襪一起扯下來，內褲就會捲成一團或是被扯爛。但實際上呢？」

「……」

「死者的牛仔褲和內褲都分別被整齊地脫下，沒捲成一團或翻到背面。」

「那是被害人沒有抵抗吧，說不定她因為恐懼過度昏了過去。在我受理過的案子中，也有案例是女人自己脫光衣服的。有些人想得比較乾脆，與其抵抗弄傷自己，不如早點完事，便慢慢地脫下衣服整齊地放在旁邊，然後說請吧；結果反而嚇到歹徒，他一邊碰觸女人身體，嘴裡居然還說不好意思，麻煩妳了。這可不是我瞎掰的，是來報案的女人自己說的。」

「你認為系子的情況也一樣嗎？」

「不，衣服應該是兇手動手脫的，因為牛仔褲和褲襪散放在屍體周圍。」

「就是這一點，兇手棄置衣服的方式實在很不自然。」

「啊？」警部口中發出既非回答也非嘆息的聲音，他連忙用手遮住正要打出來的哈欠。

檢察官笑說：「看來我讓你覺得很無趣呀，不過這是最後一個了。」

警部苦笑著點頭：「沒關係，我洗耳恭聽。到底有什麼疑點？」

「首先兇手必須自毫不抵抗的系子身上脫掉牛仔褲、褲襪，最後是圓點小內褲；他應該會照著脫下的順序把衣物丟到一邊，對嗎？」

「沒錯。」

「但實際情形呢？我們最先看到褲腳左右分開的牛仔褲被棄置在旁，下面壓著褲襪，也是左右分開地丟在那裡；褲襪上放著一隻翻過來的鞋子，圓點小內褲則壓在鞋子下的褲襪裡，露出一點邊……」

「嗯……」

「整個擺放順序是顛倒的；如果內褲在最下面，就表示兇手直接略過牛仔褲和褲襪先脫下內褲囉？那可是神乎其技，只有魔術師才辦得到吧。」

「……」

「而且這個魔術師不用脫下牛仔褲就能脫掉裡面的褲襪，最後才將牛仔褲脫掉，因此牛仔褲才會放在最上面。」

「………」

「而且褲襪上還壓著一隻鞋，意思是說，系子還穿著鞋子時，兇手就先脫掉她的褲襪，之後才將鞋子丟上去。這不是很不合理嗎？」

「是有點怪。穿著褲子時當然不可能脫下內褲，兇手應該是以正常方式脫下衣物，再在臨走前用力踢散，因此衣服鞋子的順序才會排得如此奇怪。應該是這樣吧？」警部說完後，還對自己的說法「嗯」地用力點著頭，彷彿如此便完全回答了檢察官的疑問。

「這我實在不能接受。」

「啊……？」

「系子是被勒斃的，這是既定事實，但是我不認為她曾遭到強姦；在這件案子上，我實在沒辦法將強姦和殺人連在一起，我覺得強姦似乎是刻意加在殺人案之上的。」

「你的意見的確很富哲理，總之解剖報告明天就會出爐，那麼就……」

當警部看向手錶時，有人前來敲門，大原久美打開門探頭說：「不好意思……隔壁的媽媽已經來接我了，兩位還要……」

「我們已經說完了。」警部大聲回答後，趕緊起身催促檢察官。

「我們立刻告辭，不好意思打擾到這麼晚。」

# 7

當千草檢察官隔天一早上班，一推開辦公室大門，山岸事務官便迫不及待地開口問道：「早安。昨晚弄得那麼晚，辛苦了。應該很累吧？」
「怎麼，你已經知道了呀？」
「剛剛聽說的，野本刑警來了電話。」
「噢，野本嗎。這麼說來，昨晚倒是沒看到他露面呀。」
檢察官邊說邊坐在椅子上點了一根菸。看來只有到辦公室上班，走進自己房間，坐在桌前悠然享受第一根菸的滋味最特別，不但可以放鬆心情，菸香更沁入到每根神經的末梢。
最近即便在辦公室開會也無法隨意點菸，有年輕檢察官會面露難色，甚至做出揮手撥開煙霧的舉動，一副拒吸二手菸的姿態，愛菸人士只能低頭沉默；就連火車站月台也能隨處看到禁菸標語，等公車時若有人掏出香菸，旁邊的女性就會投來鄙夷的眼光，像看到傳染病患者或罪犯一樣，叫人實在定不下心好好抽根菸。
可是來到辦公室，只要走進自己房間就不需要顧慮別人。在這裡，千草檢察官也算是一國君主，拿出同樣是愛菸人士的山岸事務官為他準備的大菸灰缸，就能隨心所欲地享受早晨吞雲吐霧的時光。
事務官端著熱茶進來，坐在檢察官旁邊說：「聽說是強姦殺人，我早上出門前看了一下新聞報導……」
「嗯，現場是知名公司的社長宅邸，被害人是他們家幫佣。媒體這次也真是卯足了勁呀。」

「聽說您是在回家途中遇到的？」

「是啊，真倒楣。雖然還沒跟副檢察官報告，不過這個案子最後還是會派給我吧。誰叫我除了遇到，連搜證也參與了，偏偏又是個難纏的案子。原則上說是強姦殺人，但有些疑點我就是無法認同……」

檢察官喝了一口事務官幫他泡的熱茶後，便將昨夜遇見大原久美的情況、被害人恩田系子當晚的行動、現場搜證結果等都依序告訴事務官。

「總之，」檢察官說到一個段落後，看著山岸事務官說，「我就是不能接受強姦殺人的判斷，總覺得哪裡怪怪的。我在現場完全感受不到男人像野獸般侵犯、攻擊女人的氣息，我無法將殺人和強姦連在一起。為什麼？」

「檢察官認為殺人和強姦是兩個不同的人犯下的案子嗎？」

「不，也不是。恩田系子是被勒斃的，這點很確定，但強姦這部分感覺就像兇手在故佈疑陣。」

「那就怪了。將勒殺的屍體偽裝成自殺我還能理解，可是偽裝成遭到強姦有什麼意義？」

「嗯。」

「對兇手來說這樣完全沒好處，強姦殺人不同於單純殺人，是會被判極刑的，兇手也應該知道這一點吧。他為什麼要做出這種加重自己刑責的事呢？」

「如果他被逮捕才會有這個問題吧？」

「話是沒錯……」
「兇手會不會對自己的犯行很有把握呢？」
「既然如此，就沒必須偽裝成強姦殺人了吧？」
「當然有。」
「怎麼說？」
「為了隱藏動機。就殺人案來說，犯案動機是破案的關鍵，說不定兇嫌就是害怕這一點。如果警方開始調查恩田系子周遭的人際關係，就會查出誰因她的死受益或對她懷有殺意，自然就可能鎖定嫌犯。兇手擔心這點，因此必須把這件案子偽裝成系子是遭到強姦後被滅口，如此警方就不會尋找其他動機，辦案方向也會被誤導；換句話說，這是那位『強姦犯』提供的動機，真正的動機另在別處。這是我的想法……」
「嗯……可是誰會做這麼複雜的……」事務官話說到一半，桌上電話響了。
「是偵查總部的大川警部來電。」
話筒裡傳出警部粗厚的話聲：「早啊，鑑識組已經開始解剖昨晚的被害人……」
「噢，這次動作倒是很快嘛。」
「詳細報告還要等一下，不過有些先出來的結果我想通知你一聲。」
「嗯，什麼？」
「說起來對檢察官很不好意思……」
「不好意思？」

「是的。昨晚你對被害人是否遭到強姦似乎有些懷疑，我就請他們先做這方面的調查。」

「結果呢？」

「恩田系子的陰道裡驗出了大量精液，檢察官，這絕對是一件強姦殺人案。」

「嗯……絕對是嗎……」

「可以這麼說吧。畢竟將女人剝光卻碰都不碰才不合理吧？這是一件單純的強姦殺人案。還有關於菸蒂……」

「嗯，查到什麼了嗎？」

「關於製造工廠就如檢察官所說，四根菸蒂中有兩根是宇都宮工廠製造，另外兩根是函館工廠製造。這些產品的銷售區域會因時期、品牌和銷售情況有所不同，是依菸草總公司的指示來進行分配。」

「原來如此。」

「另外好像有些柏青哥店會透過不同管道進貨，詳情如何還不清楚，因此東京都內的柏青哥店有可能會送給客人函館製的香菸……」

「嗯……有這種事嗎。不過就捺熄香菸的方式來看，那四根菸蒂確定是同一人的，但是……」檢察官說到這裡，視線落到桌上的菸灰缸，裡面已經有三根菸蒂。檢察官停止說話，耳邊傳來大川警部「喂，喂！」的呼喚。

「不好意思，我剛剛在想那些菸蒂……」

「什麼？」

「就是香菸被捺熄的方式。兇手隨手將正在吸的香菸扔到地上，還在燃燒的菸蒂掉在乾枯的草坪會將之引燃，因此一般在丟棄的同時會用腳踩熄，這是很自然的動作，但那四根菸蒂完全沒有踩過的痕跡，燃燒的那頭好像被什麼東西壓過，痕跡十分整齊……」

「我說啊，」警部的語調顯得有些不耐煩，「現場既然有許多庭院造景石和樹木，兇手大概是在那些東西上捺熄香菸，才順手一丟吧？」

「原來如此，你是說兇手很有防火觀念，也很遵守吸菸的禮儀囉？」

「總之，當務之急就是先從精液和菸蒂中驗出血型；另外死者幾乎沒有任何外傷，死因應可斷定是勒斃了。那就待會兒再……」

電話就此結束。

檢察官放回話筒後用力呼了一口氣。

「看來我的強姦偽裝說被推翻了，他們從被害人體內驗出精液了。」

「是嗎？果然還是……」

「聽說屍體完全沒有外傷，兇手幾乎可說是小心翼翼地對待她的身體。女孩陳屍在乾枯的草坪上，長髮雖然纏住她大半張臉，卻既不濕黏也不雜亂，乾爽的髮絲上沒附著任何草屑……」

「沒有掙扎的跡象嗎？」

「嗯。大川警部和鑑識人員都認為是被害人完全沒抵抗，屍體才毫無損傷。果真如此嗎？若被害人沒有抵抗，兇手應該就能恣意對她年輕的肉體為所欲為了，但我觀察現場時卻沒有那種感覺，只覺得下半身裸露的屍體像是被兇手靜靜地放在草地上而已。」

檢察官茫然地望著窗外，似乎在努力回想昨晚的情況，卻又立刻回頭呼喚事務官：

「山岸，剛剛你說野本打過電話是嗎？」

「是，他說昨晚在現場找到一張掉落的便條紙。」

「嗯，上面印著烏托邦，好像是公司名吧。是不是查到了什麼？」

「烏托邦是雜誌的名稱，昨晚在偵查會議中曾提到這張便條紙，但沒人知道烏托邦是什麼，電話簿裡也沒登錄。可是到了早上，來上班的女警聽說後表示她曾在雜誌裡看過烏托邦這個名字，她就住在北澤警署附近，便立刻回家把雜誌拿到辦公室。」

她拿來的雜誌是《年輕媽媽》，顧名思義是以年輕母親為對象發行的雜誌，內容有幼兒教育、家庭食譜、時裝、化妝等包羅萬象。

「烏托邦的廣告果然出現在該雜誌上，連頁對開的版面上寫著：『日本第一本融合知性冒險、專為少年少女發行的綜合性藝文雜誌即將上市』等宣傳文案，創刊號預定明年三月推出，所以書店還沒販賣，出版社是創風社。檢察官應該也聽過吧？」

「嗯，他們主要出版以小朋友為對象的雜誌和學習參考書，好像是個很用心的出版社。」

「沒錯，幾乎每個學校和圖書館都有他們的書。」

「偵查總部已經確認過那張便條紙是創風社的嗎？」

「他們立刻就打電話去問了。對方說，烏托邦雜誌早在半年前就決定創刊，為了宣傳也製作了印有新雜誌名的便條紙。」

「野本來電就只有報告這一點嗎？」

事務官聽了檢察官這句話，不禁搖頭苦笑。

「什麼啊，他還說了別的嗎？」

「他說了很多檢察官的壞話。」

「我的壞話？」

「是呀。聽說昨晚的案子，總廳也派了大川警部那組出動，但野本刑警卻無法前往現場……」

「他身體不舒服嗎？」

「聽說他太太的父親過世了，昨天舉行葬禮，他太太娘家在八王子，野本也請了一天假過去幫忙。」

「原來如此。」

「他昨晚回到家後才知道有這件案子，今天一早便到偵查總部露面，結果卻聽說千草檢察官也去過現場，他便問同事說檢察官有沒有提起他，同樣的問題也問了大川警部，但大家都回答沒聽見檢察官提到野本，也沒問起他為什麼沒來……」

「那還用說！在死者面前我怎麼可能聊起野本的事呢？」

「可是站在野本的立場，他心裡很不是滋味。他認為自己過去和檢察官、大川警部共同解決了許多難題，千草、大川、野本號稱是鐵三角組合，連總廳都有人形容你們是閉幕儀式時上場跺地表演的相撲選手呢。這可是他刑警生涯中最驕傲、最自豪的事呀。」

「真的嗎？他這麼說？」

「他可是認真的哦，還一直說檢察官在昨晚那種現場為什麼沒想到問身邊的刑警野本怎麼了，為什麼沒來；還抱怨說檢察官心裡是不是根本就沒有野本利三郎的存在。」

「那傢伙真令人傷腦筋。」

「但不令人討厭吧。他大概是在跟檢察官撒嬌，我倒是蠻喜歡他的，他為人固執又熱情，只要認定了就拚命苦幹。在剛剛的電話裡，他說接著要趕到神田的創風社去……」

檢察官點頭苦笑地聽著事務官的報告。

「要接聽這種電話，也真是辛苦你了。」

警視廳偵查一課的刑警野本利三郎和檢察官已經是老交情了，兩人或許就是投緣，常拋開檢察官和刑警的立場交杯談心，這時喝醉的刑警肯定會唱著一首小調。

檢察官百歲，我九十九

我們要一起活到白髮蒼蒼

雖然叫他老刑警似乎還太早，但野本刑警近來白髮明顯變多了，這個不久即將退休的男人現在正移動肥胖的身軀前往位於神田的創風社。

我是檢察官的雙腳，這也是他喝酒時的口頭禪。以身為檢察官雙腳而自豪的男人，野本利三郎。

現代社會的罪案日益複雜化，有時甚至必須借助科學或機械的力量，但是仍然只有人的眼睛能看穿犯罪真相；只有活生生的雙腳，這雙確實踩在大地上的人類雙腳才能接近兇手！

而這雙腳目前正朝向神田的創風社大步邁進。

## 8

當天傍晚，野本刑警臭著一張臉推開千草檢察官的辦公室大門，窗外天色已暗，街頭全隱沒在華燈初上的霓虹燈影中。

「嗯。」檢察官對著推門進來的野本刑警打招呼。

「打擾了。」

野本慢吞吞地走進來，拉過事務官桌旁的椅子，故意側坐避開檢察官的視線。

「聽說昨晚你太太娘家有喪事，辛苦你了。」

「哪裡，也還好啦。」

「不是你丈人過世了嗎？你太太應該很難過吧……」

「也還好啦。我丈人一向健康開朗，過世前一晚還跟平常一樣喝酒，對著孫媳婦大唱軍歌，洗完澡後便睡了。隔天早上要叫他起來吃飯時，他在被窩裡已經沒有溫度。九十一歲了，生活沒什麼不滿足，算是壽終正寢……」

「真令人羨慕，真希望也能仿傚那種老人家……」

「大家也都這麼說。說是葬禮，卻沒有任何人哭泣，所有親戚難得聚在一起，都說是拜我丈人的功德所賜，原本該吃素齋的，卻變成了飲酒大會，連負責接待的我也跟著多喝了幾杯，難怪會受到懲罰！」

「受到懲罰？」

「是呀，因為那時檢察官可是在殺人現場呀。」

「那完全只是巧合。」

「哦？平時細心的人果然就不一樣，像我幾十年來粗枝大葉的，這種好運的巧合怎麼就碰不上？如果昨天在現場的某人能夠問一聲：野本怎麼了？跟野本聯絡一下吧？我就會立刻趕到現場的。我老婆娘家在八王子，又不是天涯海角，到世田谷只不過一小段距離……真是遺憾，在這緊要關頭居然沒人理我……」

「野本！」檢察官嚴厲地打斷他的話。「你是專程來我這裡抱怨的嗎？還是昨晚喝的酒沒醒？」

「沒有，我才沒醉。」

「只有喝醉的人才會囉囉嗦嗦、拚命抱怨，我可沒閒功夫應付你的宿醉！」

「檢察官，你怎麼……我只是……」

「夠了，你不是去調查掉在現場的便條紙嗎？我記得是創風社吧？」
「是。」
「那就跟我說說調查的結果啊。」
「是。剛剛跟你說了些有的沒的，現在開始正式報告。」
野本刑警取出小型記事本，挺直腰桿轉身面對檢察官。山岸事務官在旁失笑地看著他，因為他就像被老師斥責的學生一樣，聲音和表情突然變得一本正經。
創風社位在神田司町。那棟創風社大樓共有六層，一到四樓是出版社使用，五樓以上租給其他公司行號，因此一樓門口的牆面會看到名牌上寫著法律事務所及和服教室。
一走進門內，正面就是創風社的接待櫃檯，裡面坐著年輕女孩。野本刑警立刻上前詢問：「請問烏托邦是你們的雜誌嗎？」
「是的。那本雜誌還在企劃中，預定明年三月推出創刊號。」
「請問這本烏托邦的負責人是哪位？」
「負責人……你是說總編嗎？」
「沒錯。就是完全了解烏托邦這本雜誌的人，我可以跟他見個面嗎？」
「請問您是哪位？」
「我是警視廳的野本。」刑警出示警察手冊。
櫃檯小姐隨手拿起電話，卻又立刻放回去說：「請稍等一下。」然後起身離席。

她回來時表情僵硬地說：「不好意思，可以給我您的名片嗎？」

「可以。」野本取出名片。

「請搭左手邊的電梯到三樓，我們總編會在電梯外等候。」

「噢，還有專人迎接呀，謝謝。」

一聽說是警方，大家都會變得戒慎恐懼，並開始擔心周遭耳目。烏托邦的總編大概想自己一個人偷偷接見這個不速之客吧，刑警如此判斷，並按照指示按下電梯。

一到三樓，電梯外便站著一名三十五、六歲，身材高挑的男子。

「請問您是警方的人嗎？」

「是的。」

「這邊請。」

野本刑警被帶到一間像是小會議室的房間，約有十張椅子圍著長方形的桌子。

兩人面對面坐下。

「我是烏托邦的負責人，名叫小倉，也是創風社的總編輯……」男子一遞上名片便迫不及待地解釋道，「烏托邦目前還在企劃階段，創刊號尚未推出，但已經跟書店各通路大致說明過新雜誌的編輯方針、內容和宣傳方法，應該沒有需要警方注意的地方才對。我們的目的是要對抗現今那些以少年為讀者群的限制級漫畫雜誌或漫畫雜誌中充滿低俗粗鄙、情色的內容，並提供知性的少年少女一本有深度的文學讀物……」

「請等一下。」刑警舉起雙手阻止對方。

「我不是來聽這些的。其實是……」野本將那張便條紙放在桌上，「這是你們公司的吧？」

「是的……有什麼問題嗎？」

「紙上寫著『神崎老師來電』的文字……請問神崎老師是什麼人？」

「啊，你是說神崎俊文老師嗎？他是兒童雜誌、出版品的蒐集家，是很有名的老師。」

「噢……」

「現在到舊書店也很難看到的舊雜誌——像少年俱樂部、少女俱樂部或少年世界、少女世界之類的，還有明治時期出版的《少年》或大正時期的《少女》等珍貴雜誌，老師家裡全部蒐集齊全；還有明治時期博文館發行的《少年文集》共三十九冊的投稿雜誌，現在就算拿出幾十萬也買不到了；另外明治三十九年由坪內消遙[註1]、竹久夢二[註2]、小川未明[註3]等一流文人畫家協助出版的《少年文庫》，是本最後只出版一期便告中斷的貴重品，刑警先生你知道當時定價多少嗎？」

註[1]坪內消遙：1859-1935，岐阜縣人。評論家、小說家、劇作家。為日本近代文學的先驅，著有：《桐一葉》、《役行者》等書。

註[2]竹久夢二：1884-1934，岡山縣人。詩人、畫家。著有：《一隻眼睛》、《櫻花盛開的小島》等書。

註[3]小川未明：1882-1961，新潟縣人。日本兒童文學之父。著有：《紅色蠟燭與人魚》、《野玫瑰》等書。

「這個嘛……我實在是……」
「二十分錢。那本雜誌對醉心少年文藝的人來說，簡直是垂涎三尺的夢幻珍品，神崎老師的蒐藏中也有這一本。如今正值烏托邦創刊之際，我腦中首先浮現的就是神崎老師的名字，目前我們正邀請老師擔任烏托邦的編輯顧問，為我們提供協助。」
「原來如此，你知道在這張便條紙上記下留言的是誰嗎？」
對方看了一眼便條紙上的字便用力點頭說：「知道，這是小愛的字。」
「小愛？」
「嗯，是我們的編輯北野愛子，只有她會寫這種右斜的圓形字體。」
「我可以跟她見個面嗎？」
「為什麼？」
「我想跟她確認一下，可以找她過來嗎？」
「當然。」
小倉總編走出房間，隨及帶著那位編輯進來，她年約二十五、六歲，是個眼睛圓滾滾的高大女性。
她一看到桌上的便條紙，便神情緊張地表示：「是的，這是我寫的……」
「妳是昨天接到電話記下留言的嗎？」
「不，是上星期。」
「噢，上星期幾呢？」

面對野本刑警的詢問，她稍微思考了一下後回答：「我記得好像是星期三，那天我去治療蛀牙，比較晚到出版社，那時剛好午休，辦公室沒有人。」

「原來如此，那妳將這張便條紙交給誰了呢？」

「我沒有當面交給本人，而是放在久保桌上。」

「久保？」

「久保是……」小倉總編插進來說明，「我的屬下，目前是烏托邦的副總編，名叫久保正志。他是神崎老師的聯絡窗口，所以小愛才會將便條紙放在他桌上。」

「我能見見這位久保先生嗎？」

「他不在，他前天和我們攝影師一起出差到沖繩收集資料了，應該是今天下午三點左右回來……」

「嗯……」

事情有些眉目了，但仍不清楚這張便條紙為什麼會掉在殺人現場，也就是世田谷區的大原家。

案子發生在昨天的星期二晚上，便條紙放在久保桌上是上個星期三；這一個星期間，這張便條紙究竟是怎麼從神田移動到世田谷的呢？而且收到這張便條紙的人案發當晚還遠在沖繩。

「對了，再請教妳一點。」野本刑警轉頭看著年輕的女編輯問。「當時久保先生不在辦公室裡吧？那他是什麼時候看到這張便條紙的？」

「在那之後不久，久保吃過飯後就回座位了，他總是習慣兩手拍著肚子走進辦公室。他拿起桌上的便條紙後便轉向我說，這是小愛寫的吧，謝啦，然後還一邊揮著紙條一邊說，星期四嗎？那就是明天囉。」

「那張便條紙之後怎麼了？我是說，他對著妳揮著紙條後，是不是就隨手一扔了……」

「怎麼可能！」女編輯嘟著嘴否定了野本刑警的話。「久保的神經才不會那麼大條呢。他很純真，又很細心……是不會在我面前將我寫的便條紙給扔掉的，他才不會那麼沒禮貌……」

「哦？那他怎麼處理？」

「這種小事我怎麼知道。」

在一旁的小倉總編又忍不住插話：「應該是放進口袋了吧，那傢伙就是有這種習慣。我們之前在小酒館喝酒時，他從口袋裡掏出手帕，結果掉出好幾張揉成一團的紙片；仔細一看，一堆百貨公司收據中還摻雜著計程車收據。那傢伙居然高興地說，總編，這張收據麻煩幫我拿給會計報帳吧，還是兩個星期前的計程車收據呢。這張便條紙應該也是……」

「沒錯，一定是的；我想他當時應該是塞進口袋了。只是為什麼現在會在刑警先生手上呢？」

「因為它掉在某個地方。」

「是跟什麼案子有關嗎？」

「沒錯。」

「我知道了！」由於女編輯突然大喊一聲，野本刑警和小倉總編都嚇了一跳，直盯著她圓潤的臉。

「刑警先生，」她說，「你說的是今天報上登的那個案子吧？地點是世田谷，大原健康製藥社長的家……」

「唔嗯，妳怎麼知道？」

「很簡單呀。我們久保和大原家小姐是情侶，不對，他們已經論及婚嫁了吧，所以他當然會到大原家拜訪，這張便條紙一定是那時掉出來的。因為紙張很小，平常根本不會有人注意，可是一旦出事了，警方就會搜遍地面各個小角落，於是就找到這張小紙片……」

「原來如此，這樣倒能說得通。」

「不過刑警先生，久保不可能是兇手的，他昨晚人在沖繩，擁有完美的不在場證明……」

野本刑警失望地看著對方滔滔不絕，對於自己也不得不認同這個小女生的推理感到有些懊惱。

不過創風社的員工和大原家小姐論及婚嫁，這倒是初次聽說，如果一開始就知道這點的話，他也會做出跟這小女生一樣的結論。

然而，這個久保是在何時遺失這張便條紙的呢？況且現在還不清楚他上星期三之後是否曾拜訪過大原家，另外也有必要調查案發當晚他是否人在沖繩。

野本刑警從小倉總編口中問出久保和同行攝影師在沖繩所住的飯店後，便決定先回偵查總部。

# 9

野本刑警話說到一個段落，山岸事務官便將沖好的茶放在桌上。

他迫不及待地伸手拿起茶杯。

「山岸，」野本說：「這是高級的玉露茶吧？」

「噢，喝得出來嗎？野本刑警還真不是蓋的。」

「別小看我，我對茶算是很挑剔的。公家機關的茶不管到哪裡都很難喝，味道及香氣都毫無個性。比較起來，你們這裡的茶就很有風味了。」

「野本，」檢察官笑著說，「以後再聽你對日本茶的評論，我們還是回歸正題。你剛說的是上午的調查吧？依你的個性，你下午一定會再去一趟創風社。」

「當然囉。」刑警面露喜色地說。「不過，在那之前我先拜託那霸警方調查了久保的不在場證明，他和叫玉川的攝影師昨晚一起住在那霸市的陽光飯店，並在那裡設宴答謝協助蒐集資料的當地記者、市政府教育委員和鄉土研究家等人。根據飯店的證詞，宴會廳是從晚上六點訂到九點，之後久保和攝影師在飯店地下室酒吧喝到將近十一點，這是酒保和服務生的證詞。換句話說，久保昨晚都沒離開過那霸的飯店。」

「是嗎，那他的不在場證明算很完整了。」

「等到查清這一點，我才前往創風社，大概是四點前不久，久保也才剛回來。」

野本刑警表示，久保確實是個很不錯的青年，長相端正，卻不是小白臉型的，運動鍛鍊出來的結實體魄和修長的身材，讓矮胖型的刑警不禁咋舌稱羨。

當野本刑警再次詢問關於那張便條紙的事時，久保的說法和同事北野愛子一樣，但他完全不記得之後是怎麼處置手上那張便條紙。他不甚確定地說，照當時的情況看來，我可能像總編說的將便條紙塞進口袋，之後如果又是在大原家的庭院發現的，就一定是我掉在那裡……

刑警接著又問，你上星期三去過大原家嗎？

他回答說，沒有，我是星期五去的。星期三有童話作家協會的聚會必須出席，在新橋的第一飯店；星期四去神崎老師家拜訪，在那裡用過晚餐才回家，因此星期五才去拜訪大原家。

是去見未婚妻嗎？刑警問道。是的，我在久美房中聊了兩小時左右。隔天星期六也去了嗎？沒有，久美星期六、日不在家，說要和大學同學去旅行。

那麼，你在上個星期三之後，只有星期五那次到過大原家囉？刑警問。沒錯。你們是在院子裡散步聊天嗎？不，是在久美的房間裡。但是，刑警不死心地追問，這張便條紙是掉在院子裡的呀。那麼說不定是那時候掉的，我要離開時久美送我到門口，我們站在那裡說了一下話；沒錯，刑警先生，應該是在那時掉出來的，久保肯定地說。

「就是這麼一回事。」刑警咕嚕咕嚕地喝完杯中的茶水。「我認為整個說明還算合理。」

「應該是吧，辛苦你了。」檢察官慰勞對方。

「野本刑警，要不要再來一杯玉露呢？」

聽到事務官的話，刑警連忙揮手起身說：「不了，這麼高級的茶不應該牛飲的。我得先回總部一趟才行，說不定出去問訊的同事帶回什麼新線索了……」

刑警似乎已經忘了走進門時的臭臉，精神抖擻地走出辦公室。

同時山岸事務官放聲大笑。

「怎麼了，什麼事那麼好笑？」檢察官吃驚地看著事務官。

「野本刑警居然說這是玉露茶！」

「難道不是嗎？」

「這是下面餐廳用的便宜茶葉。我只是泡得比平常濃一點而已。」

「但是對野本而言，那就是玉露的滋味了。」

「真不知道那個人平常在家喝的是什麼茶呀？」

檢察官噗嗤一笑，事務官也跟著笑了起來。

好久沒一起吃飯了，走吧？三十分鐘之後，千草檢察官邀事務官一起離開辦公室。

兩人漫無目的地從櫻田路往虎門方向走去，想找間能夠簡單用餐，又能喝個小酒的店。

檢察官邊走邊問事務官：「山岸，你總是隨身帶著傘嗎？」

「啊，你是說這個嗎？」事務官晃了晃紙袋裡的折傘。「這是我忘記帶回家的，不是隨時帶著。」

「忘記帶回家？」

「嗯，上星期六有些公事，我中午過後便來加班，那天一早就下起雨，我才會帶傘出門，結果回家時雨停了，我就把傘給忘在辦公室了。剛剛離開時正好看到，就順手帶了出來，誰叫我老婆囉唆，老是說我忘東忘西，下次應該把雨傘綁在手上……我又不是小孩子，她幹嘛老那麼愛唸呢……」

檢察官突然停下腳步，愣愣地直盯著半空中，似乎已經忘記事務官的存在。

「怎麼了？」事務官擔心地詢問。

「雨啊，山岸，是雨啊！」

「沒有下雨啊……」

「不是，你剛剛說星期六下過雨，我真是糊塗了。你聽好，創風社的久保正志去找大原久美是上個星期五，假如那張便條紙是在那時掉出來的……」

「就應該會被隔天下的雨淋濕。」

「而且就算乾了也會留下痕跡。我得立刻連絡總部要他們確認，電話呢……」

「那裡就有，這是十塊錢。」

檢察官接過事務官迅速提供的十元硬幣，趕緊衝向公共電話亭。

# 10

掉在案發現場的烏托邦便條紙，上面有雨水淋過的痕跡嗎？

千草檢察官用路邊的公共電話聯絡偵查總部做紙張鑑定時，並沒想過那對破案有幫助。不過便條紙若有被雨淋過的痕跡，就能證明它是在上星期六前掉在大原家的庭院，也能證明便條紙跟案子並無直接關係，檢察官只是想確認這一點。

鑑定結果很快就出爐了。隔天中午過後，偵查總部的大川警部打電話到地檢署跟檢察官報告結果。

「我們鑑定過那張便條紙後，確定上面完全沒有雨水淋過的痕跡。由於這也跟當天的雨量有關，為了謹慎起見，我們也詢問過氣象廳。」

「是嗎？」

「上個星期六，整個東京都內的下雨狀況幾乎差不多，大概是上午九點開始飄雨，中午十二點到一點左右開始變大，之後雨勢轉小，三點半便停了。那之後到今天都是連續的晴天，當天的總雨量是四毫米。」

「嗯……」

「四毫米的雨量都是集中在午後那一小時裡，雨勢相當大，掉在庭院的便條紙應該會被淋得溼透才對，但是那張紙卻完全沒那種痕跡。這是怎麼回事呢？」

「根據野本的調查，創風社的久保是在上星期五晚上到大原家，如果這是事實，把便條紙掉在那裡的就不是他了。」

「所以我才覺得奇怪。總部為了確認久保正志的證詞，今天早上已經派人到大原家偵訊過久美和她父母，他們表示久保的證詞毫無問題……」

「嗯……所以問題是誰把便條紙掉在那裡囉？」

「我們一致認為是案發當晚兇手掉在那兒的，總之有必要繼續追蹤，看看誰有機會拿到那張便條紙，像是創風社的編輯，和久保交情不錯的同事，他們應該能從他口中多少聽到一些大原家的情形，自然也會知道恩田系子這個女孩。那張便條紙會留在現場，或許是為了嫁禍給久保……」

「是這樣嗎？同事們應該事前就知道久保會到沖繩出差，案發當天他有不在場證明，難道兇手沒注意到這點嗎？」

「這很難說啊……倒是野本現在的著眼點是洗衣店。」

「哦，那是怎麼回事？」

「久保正志在上星期三拿到那張便條紙，他會不會把紙條塞在衣服口袋裡就直接送洗了呢？洗衣店在清洗前會先檢查口袋，便條紙就被利用在這起殺人案上——這是他的想法。野本為了確定這一點，剛剛又出發去創風社找久保正志。」

「我覺得這想法太過牽強。」

「但那張便條紙肯定到過久保正志之外的人手上，那個人還是正志身邊的人，就連他的父親也不能例外……」

「可是，大川……」

警部粗重的聲音打斷了檢察官：「我知道，你要說這個想法同樣也天馬行空吧。我們並沒將久保正志的父親列入嫌疑，但也無法否認那張便條紙有轉移到他父親手上的可能，畢竟他們是父子，案發現場又是在他兒子未婚妻的家，身為男方父親，他到女方家一點也不奇怪。總之得先確定是誰把紙條掉在那裡，就是這樣。」

「這樣的話，我也贊成。」

「對了，正志的父親，那個叫久保伸也的可是個不得了的人物。他是明和醫大的教授，五十八歲，婦產科醫生，在人工授精方面的研究算是國內頂尖。」

「嗯……這麼一說，我好像也在報章雜誌上看過他的名字。」

「應該是吧。他可是經常名列厚生省、文部省等相關委員會的人物，恐怕不太好對付，但也不能因此放他一馬。」

「總之要慎重處理。」

「那就先這樣。」

「我等你們的好消息。」

這通頗長的電話就此結束。

看檢察官掛上話筒，事務官立刻詢問：「有關那張便條紙，知道什麼了嗎？」

「情況變得更奇怪了。」

檢察官說明完剛剛電話裡的內容後，開玩笑地說：「看來你忘了帶傘回家也能立下功勞呢。」

「是兇手把便條紙掉在那裡的嗎？」

「還不能斷定，但已經確定不是久保正志掉的，而是正志身邊的某個人；這個人應該知道正志星期一去沖繩的事，所以不是打算用那張紙來陷害正志。」

「所以便條紙會掉在那裡不是故意的，而是偶然囉？」

「總之這個案子很難辦，而且關於被害人遭到強姦的事，我仍然有些無法釋然。」

## 11

掉在案發現場的一張小紙片，似乎開始擁有相當重大的意義，出去問訊的刑警們也被指示腦海中必須隨時記得那張紙片。

這張紙片不可能從神田司町的創風社隨風飄到世田谷區的大原家庭院，當中絕對有人的作為。只要追蹤這張便條紙移動的過程，或許就能掌握破案關鍵。

大川警部的這個想法似乎是正確的，因為在案發後第四天，就成功地找到涉嫌重大的嫌犯了。

不過，千草檢察官本人並未直接參與該案的偵辦。固然根據刑事訴訟法，檢察官可以偵辦任何罪案；但在現實情況下，仍由站在最前線保護市民的警察負責偵辦工作。一般來說，警方將案子移送檢察署之後，檢察官只需確保偵查所得證據足以提起公訴即可，不過近來檢察官的業務也實在是太過繁忙了。

日本檢察署的組織架構是：頂端為最高檢察署，下面有全國八處的高等檢察署，再下面是各都道府縣的地方檢察署，地檢署下面還有區檢署，而在裡面工作的檢察官人數不到一千兩百人，加上九百人的副檢察官和檢察事務官，人員總數僅一萬一千餘人。

另一方面，犯罪件數年間約有兩百萬件，其中警方抓到嫌犯的約有一百五十萬件，換句話說，破案率是百分之七十五。

當然這一百五十萬件案子並非全都送往檢察署，若犯罪事實顯著輕微、不需要追究刑事責任，警察便可自行判斷處理，亦即所謂「微罪處分」。此外，家庭法院負責的少年案件約有二十萬件，這也跟檢察官沒有直接關係。

不過警方所移送的嫌犯每年約有一百萬人，不論罪行輕重及手續簡繁，能應對的檢方人力就只有這一萬一千餘人，怎麼說都顯得人力不足。

而且這一萬一千人並非全部負責殺人、強姦等重大犯罪，千草檢察官所屬的東京地檢署算是全國最大的單位，其檢察官、副檢察官的總數也不過是一百多人，署內細分為總務、刑事、公審、公安、特搜等部門，各司其職。所以一個檢察官手上同時有好幾個案子是很正常的，千草檢察官當然也不例外。

千草檢察官目前手上的案件，有的尚在偵訊嫌犯，有的已進入草擬起訴書的階段；但檢察官之所以對恩田系子被殺這件案子抱有強烈關心，並非只因為該案是他所負責。檢察官是第一時間到達案發現場的人，他從半裸的屍體上隱約感覺到真正的犯行應該不是刑警們所斷定的「強姦殺人」。

解剖結果驗出了精液，可是為什麼那白皙纖瘦、稚氣未脫的肉體感受不到兇手殘忍凌辱的身影呢？這不是單純的強姦殺人，這個案子的背後到底隱藏了什麼難解的謎題？他想挑戰這個謎題！如果時間允許的話，檢察官更想成為辦案人員，直接跳入案件的漩渦中。

這是任職這份工作以來就堅持親自偵辦的千草泰輔一向執著的理念。

偵查總部的大川警部和野本刑警也很清楚他的個性，畢竟都是多年的老交情了，因此許多資訊都已經送到檢察官眼前。

一、屍體陰道內驗出的精液是AB型。

二、掉落在現場的菸蒂也驗出是AB型。

三、被害人恩田系子於案發當晚前往丸富便利商店時所攜帶的小型手提包尚未尋獲。

四、根據大原久美的證詞，該手提包是今年春天她到香港旅行時買來送給系子的禮物，又名范倫鐵諾包，茶褐色，材質是鋪綿的塑膠皮，中間有一個金色的V字。

五、同樣是大原久美的證詞，皮包裡應該裝有紅色錢包、學生證、月票、後門鑰匙、粉餅、手帕等東西。另外根據系子日記簿中紀錄的金錢收支明細，推測錢包裡應有現金一萬七、八千圓。

六、創風社的久保正志是如此說明自己收到同事北野愛子的便條紙時所穿衣物：

「那天我穿的衣服和今天幾乎一樣，就是牛仔褲加這件運動夾克。這件夾克是羊皮做的，很輕、不影響行動，裡面是羊毛，所以很保暖。我從十一月底起就一直穿著，整個冬天都不曾送洗，它算是我僅有的工作服，大概只有到作家家裡拿稿子時，我才會換穿西裝吧。」

那件運動夾克是黑色的，兩邊各有一個大口袋，看來他說便條紙可能是塞進口袋的說法頗為可信。

檢察官將總部於偵辦過程中附給他的報告，快速地記在「恩田系子案件偵辦備忘錄」中，另外也會將聽取報告時突然浮現的想法、疑問也記在裡面。根據經驗，檢察官知道這本筆記對自己日後檢討警方送來的嫌犯調查報告、筆錄等內容時會有很大幫助。

基於大川警部的指示，案發後第四天終於開始對正志的父親久保伸也進行調查。由於對方是知名的大學教授，警方進行問訊前肯定有許多顧慮，但大川警部最後還是下定決心。

「你聽好，我們只想知道烏托邦的便條紙是誰掉的。正志和伸也是父子，有可能因為一些狀況，那張便條紙便從兒子那裡轉移到父親手中，現場又是兒子未婚妻的家，就算他前去拜訪也不足為奇，只要說清楚這一點就行了。」

警部邊說邊對著奉命前去問訊的野本刑警咧嘴一笑：「我想你應該能明白我的心情吧。這就像是便秘的人蹲在馬桶上奮鬥一樣，就算是再小的謎題，只要不能解決，心裡頭就是不快活。還有也順便調查一下久保伸也的不在場證明，就算他是個大學教授，也還是男人吧；何況知道那晚大原家只有系子一個人的就只有久保伸也了。」

但調查一開始，卻有了意外發展。之後迅速展開的辦案進度和偵查總部的興奮之情，從檢察官記在備忘錄中的文字就能窺見一斑。

七、野本刑警和另一名刑警於明和醫大的咖啡廳對久保伸也進行第一次問訊。

久保表示自己於今年八月下旬曾拜訪過大原家，之後就沒有再去過。

他說案發當天傍晚，大原久美送來了讚岐烏龍麵，不久之後負責看家的恩田系子來電要她去住在鶯谷的叔叔家，時間大概是六點半。

關於之後的行動，久保供述如下：

「我太太從兩、三天前便開始出現感冒症狀，因而臥病在床。久美回去後，我看她似乎很累，就立刻讓她休息了。我量了一下她的體溫，溫度超過三十八度，而且她一早起來就肌肉酸痛、喉嚨痛，症狀一直未消退。我讓她漱口、吃下大學藥局配的藥，暫時觀察一下情況。這時她說想睡了，開始發出小聲的鼻息。我看她睡了，便回到自己書房，一直看書看到半夜一點左右，所以那天晚上我始終待在家裡沒有離開過。」

檢察官是直接在電話中聽取野本刑警的報告。

「這麼一來，久保伸也不是掉落那張便條紙的人囉？」

「大概吧，可是之後他又表現得有些奇怪。」

「哦？」

「我們離開醫院後坐在大門旁的長椅上，想說吸一根菸再回去，這時聽見後面有人叫我們，原來是久保趕過來了。」

他一邊喘氣一邊說自己忘了說明一件事。他說剛才自己表示案發當晚沒有出門，其實他曾離開過五分鐘，他怕之後我們發現會誤會他說謊，所以想先說清楚。

「他說明了離開家的理由嗎？」當時檢察官問道。

「他說原本是打算去大學醫院的藥局一趟。他看到妻子有喉頭炎的症狀，想出門幫她拿藥，但一走出去便發現外面實在太冷了，萬一連自己都感冒了豈不糟糕，於是又打了退堂鼓。」

「嗯……」

「我問了當時的時間，他說不確定，可能是晚上十點半到十一點之間吧。還說自己走到門口時，住在附近的木村家小朋友應該有看到他。說是小朋友，其實已經是重考生了。」

「總之案發時間是九點前後，應該沒什麼關聯吧。」

「或許吧。但是只為了說明五分鐘不在家的事就跑來追我們，這點倒是讓我有些在意，我現在就打算去找那個叫木村的重考生。」

八、重考生木村佳一的調查結果。

他們家是久保家左邊數來第二間的一般住宅，面對野本刑警的詢問，他的回答如下。

a、他在星期二晚上快十一點時騎腳踏車出門（為了到雲雀丘車站前的自動販賣機買泡麵。）

b、當時看見久保教授站在自己家大門前的背影，教授好像正把鑰匙插進鑰匙孔。

c、他對著教授的背影打招呼說「晚安」，教授大概也回頭應了聲「你好」吧；因為他直接騎車離去，不知其後情形。

重考生木村佳一在案發當晚看見久保伸也站在自家大門前的背影，但他究竟是從外面剛回來？還是如久保說的正準備前往醫院的藥局呢？這點無法斷定。

野本刑警不厭其煩地追究這一點，卻讓木村說出了意外的證詞。

「我騎腳踏車時只是稍微瞄了一下，所以不知道久保醫生是從外面回來正要開門，還是準備出去正在鎖門。只是看到醫生的樣子，總覺得他好像剛去滑雪回來。」

「他身上做什麼打扮？」刑警問。

「醫生平常總是穿著正式西裝，畢竟他是大學教授又是醫生嘛。但那天晚上他卻戴著像滑雪帽一樣的東西，身上穿著像是要去雪山的人穿的外套……」

刑警頓時腦中好像閃過什麼。

「教授身上穿的該不會是運動夾克吧？」

「哦？刑警先生對衣服也很講究嘛。原來那種叫運動夾克呀，不過不管叫外套還是夾克都一樣啦。」

「什麼材質呢？看起來像不像真皮的？」

「這我就不清楚了，因為有的假皮革做得就像真的……」

「顏色呢？」

「嗯……應該是黑色的吧。」

「我知道了，謝謝你。」

## 12

依據野本刑警的調查，偵查總部自然將偵辦的箭頭指向久保伸也。

他肯定是穿著兒子的皮夾克出門，烏托邦的便條紙就是從那件皮夾克的口袋掉出來的。案發當晚他曾出現在世田谷代田的大原家，大川警部所說「就算他是個大學教授，也還是男人吧；何況知道那晚大原家只有系子一個人的就只有久保伸也了」的話活生生地在刑警們的耳邊響起。

總部從當天起便開始調查久保伸也，同時野本刑警也對他做第二次問訊，問訊結果也在當天報告給檢察官。

檢察官將該內容以問答方式紀錄在「恩田案件偵辦備忘錄」中。

九、久保伸也的第二次問訊，於明和醫大會客室（野本刑警）。

問：「你是否有皮製的夾克或外套呢？」

答：「沒有。」

問：「你兒子呢？」

答：「應該有吧。」

問：「大原家發生殺人案那晚十一點左右，重考生木村的確有看到你，當時你身上穿的夾克是你兒子的嗎？」

答：「……」

問：「你頭上戴的滑雪帽應該也是你兒子的吧？」

答：「……」

問：「木村告訴我們當時他看到的情況，你不回答是因為有什麼難以啟齒的原因嗎？」

答：「我不太記得了……總之那天晚上很冷，風也很強，我可能看到兒子的夾克和帽子，隨手抓來就穿出門了。」

問：「你穿了那麼厚重的衣服、從頭到腳都做好禦寒準備，結果哪裡都沒去，那又是為什麼？」

答：「之前我也說過了，我走到外面發現實在太冷，擔心自己也感冒，便放棄去醫院的念頭。」

問：「那麼當晚九點到十一點之間，你人在哪裡？」

答：「你問過好幾次了。我不是說過除了十一點左右我曾走出門口約五分鐘外，其餘時間都沒離開家中一步嗎！」

問：「九點到十一點之間你人在家裡的事，有誰能做證嗎？」

答：「怎麼可能會有？我太太因為感冒早就回臥室休息了，我兒子前一天起便到沖繩出差，我們家只有三個人。」

問：「那段時間也沒有訪客上門嗎？」

答：「沒有。如果沒有事先約好，我通常拒絕晚上的訪客，我不希望讀書時間受到干擾，只要是我身邊的人都知道我這個習慣。」

問：「也沒人打電話進來嗎？」

答：「不，電話倒是有。」

問：「是誰？又是什麼時候打來的？」

答：「她叫白川禮子，是我今年春天過世的同事白川教授的妻子，時間應該是九點半吧。因為白川太太一開頭就致歉說這麼晚還來電打擾真不好意思，所以我瞄了一眼手錶，便回答說她太客氣了，不過才九點半而已。」

問：「那通電話你們談了多久？」

答：「那天的電話是要商量將白川教授生前所做俳句集結成書的事，我之前已經和白川太太談過幾次了；那天晚上我們就書名討論了十到十二、三分鐘。」

久保伸也於案發當晚九點半在家中接到名為白川禮子的女性來電……

結果這次的問訊使偵查總部大失所望，如果久保說的是真的，他的不在場證明便算成立。總部已推定被害人恩田系子和兇手接觸的時間是晚上九點十分左右，這是詳細調查過她離開站前的丸富便利商店回到大原家的行蹤做出的推論。

從兇手強姦系子、將她勒斃到逃離現場，至少也需要十二、三分鐘的時間，換句話說，兇手犯案後到九點二十二、三分之間，應該還留在大原家的庭院裡。

久保伸也的家位於保谷市雲雀丘，從案發現場的世田谷代田區到雲雀丘，全速行駛也要三十分鐘以上；而且根據總部的調查已確知久保不會開車。當然他也可能利用計程車，但現場附近並不容易攔到計程車，一定得走到世田谷代田車站附近才行，這也需要花費十五分鐘到二十分鐘。

久保伸也不可能在犯案後於九點三十分前回到家。

「看樣子這條線也不行了……」大川警部聽了野本刑警的報告後放棄地說，「野本，看來得放棄這個教授了。他在家裡接到白川太太的電話應該是事實吧，他總不可能說出一查就知道結果的謊話。」

「那麼，那張便條紙是誰掉的呢？九點三十分接到電話不過是久保單方面的說法，如果他事先跟對方套好，也可能偽裝不在場證明呀，總之我要先去找白川太太問清楚。」

「也好。那你順便將目前的調查結果報告檢察官，我會立刻派人查白川太太的住址。對了，為了謹慎起見，還得調查久保的血型……」

# 13

案發後第七天下午。

千草檢察官一從外面回到辦公室，已坐在裡面等的野本刑警便開口迎接說：「你回來了呀。」

野本刑警和山岸事務官面前擺著兩個茶杯。

「噢，看來你等了很久嘛。是久保伸也的事嗎？」

「沒錯，我是來報告的，只不過沒有好消息。」

檢察官一坐下便呼喚事務官：「山岸，我也要一杯玉露茶。」

「知道了。」事務官笑著起身時，刑警將自己的椅子移到檢察官面前。

「看來久保說的是事實，他今年春天過世的同事白川教授的太太禮子，我去見過她了，是個很端莊的女性，聽她訴說對先生的回憶，連我都被感動，她看起來不像是會說謊的人……」

白川禮子的家在世田谷代澤的安靜住宅區裡，這棟有著切妻式屋頂的兩層樓建築雖然不大，仍漂亮地座落在寬廣的土地中央，白色外牆與鋁門窗沐浴在朝陽下，在野本刑警眼中十分耀眼。

野本刑警按下大門門鈴，對講機傳來女人的聲音：「請問是哪位？」

「我是刑警，有些事想請教白川太太。」

「我知道了，請稍等一下。」

門開了，一名四十五、六歲、穿著和服的女人站在那裡；她五官端正、脂粉未施，但雪白的和服領襟內仍飄散著女性溫潤的柔美。

「我是警視廳的野本，請問是白川禮子女士嗎？」

「是的。請問……您是要問有關大原家發生的事嗎？」

野本刑警嚇了一跳。為什麼白川禮子會知道呢？

「是的，沒錯……」

「辛苦您了，請進來坐。」

白川禮子在前面領著野本刑警到接待客人的西式客廳。

兩人面對面坐下後，刑警便提出剛才的疑問：「白川太太，關於上星期發生在大原家的案子，妳似乎已經知道警方會前來調查？」

「是的，因為昨晚明和醫大的久保教授打電話告訴我……」

「久保教授說了什麼？」

「他說上星期二晚上大原家的幫佣在家裡被殺死了，警方正在調查出入過大原家的人的不在場證明。」

「原來如此，所以他說自己也正在接受調查嗎？」

「教授笑說他的次子正志跟大原家小姐關係密切，所以他也算是案子的關係人。」

「嗯……」

「因此他自然也會受到調查，然後他說警方可能會來確認案發當晚九點半我打電話到他家聊了一下的事，他說只是形式上的程序，我只要照實說就行了，不會給我添任何麻煩，說完他便掛上電話。」

動作果然很快，野本刑警有些驚訝，同時也懷疑兩人是否透過這通電話彼此套好話了。

「我知道了，久保教授說的沒錯。那麼我再請問一次，上星期二晚上妳有打電話到久保教授家嗎？」

「有的。」

「妳是第一次打電話給他嗎？」

「不是，我先生在世時，我也常代替他打電話過去。」

禮子雙手擺在腿上，始終正襟危坐，說話語氣沉穩溫和。

「妳是什麼時候打那通電話的呢？」

「應該是九點半吧。」

「哦？確定是九點半嗎？這是妳記得的時間，還是久保教授說的？」

「這是什麼意思……」

「我是說，久保教授是否在電話中提醒過妳，上星期二晚上九點半妳曾打電話來，到時刑警會來確認此事，希望妳能親口跟刑警說妳來電的時間是九點半，還有兩人的談話內容？」

「沒有，那晚我有事找教授商量，想打電話過去，但我擔心時間太晚他們已經睡了，會給人家添麻煩，所以看了一下時鐘，時間是九點半；我想這時間應該還好，便拿起電話，也因此才記住時間了。」

「嗯……是這樣嗎……」

禮子的語氣和表情沒有任何變化與動搖，她說的是真話。久保的不在場證明果真牢不可破嗎？刑警心中的失望越來越大。

「白川太太打那通電話是要跟久保教授商量什麼事呢？方便的話，能否告訴我……」

「好的。我過世的先生和久保教授是創作俳句的詩友，他們不只是詩友，更是最好的朋友。我先生生前常說想要出版自己的俳句集，就算是一本也好，在他遺留下來的日記中也充滿這個夢想……」

白川太太想親手幫丈夫實現生前未能實現的願望，便去找明和醫大的久保教授商量。教授非常支持她的想法，也表示他願意盡全力幫忙出版這本書以慰好友在天之靈。

「我請教授幫忙選俳句，由我重新謄寫，目前整個作業已經接近尾聲，開始進入決定書本尺寸、外觀設計等階段，我是外行人，因此完全沒概念；上星期二我姪女來找我，看到好久不見的姪女，我突然想到教授曾說要幫我介紹出版公司……」

對了，這孩子是美術大學畢業，現在在廣告公司服務，對書本的裝訂和出版流程應該很清楚吧？

禮子跟姪女提起這件事，結果她說既然是叔叔的作品集，書本裝訂一定要讓她設計，當然是不收分文，她也認識一些不錯的印刷、裝訂業者，所以一切包在她身上就行了。這對禮子來說是再好不過，姪女吃完晚飯離去後，禮子便立刻坐到電話前打算跟久保教授商量此事。

「當時是九點半。」

「是嗎？只是這樣的話，應該兩、三分鐘就能結束電話，久保教授只需回答知道了，那就這麼做吧，即可結束通話。我想請教一個奇怪的問題，妳確定接電話的人是久保伸也本人嗎？」

「當然，聽完我的話後，教授也說正好有事要跟我商量，所以我們才會講那麼久……」

「他跟妳商量什麼？」

「是俳句集的書名，我先生的詩號是酒醉亂步的醉步，一聽就知道是喜歡喝酒的人，因此我原想將這本書命名為《白川醉步遺作俳句集》，但那晚久保教授卻建議書名可以用白川過世前在病床上所寫的最後俳句，並問我的意見如何。」

「嗯……辭世時的創作嗎？久保教授居然記得……」

「是的，我先生無法說話，因此我在他枕邊放了紙和筆，讓他隨時記下想到的俳句，這些教授都看在眼裡……」

「不能說話，請問是什麼病呢……」

「咽喉癌，他動過手術後失去了聲帶。進手術房前，我先生還跟我說他會加油的，沒想到竟成了他最後說的話……」

這是白川教授在過世前一個星期寫在備忘錄上的俳句：

夫妻共此生　相依春燈下

這首俳句寫的是臨死前的丈夫和妻子在明和醫大的病房內，於家裡帶來的行燈式檯燈下默默相對的畫面，兩人已不需言語的交流，妻子只要看著丈夫的視線或嘴唇無聲的顫動，便能讀取到千百種意義。

「我先生到最後都在跟癌症對抗，從沒放棄活下去的意願。久保教授不但記得我先生最後的創作，更提議將作品集的名稱訂為《春燈》，教授說他永遠也無法忘記這首充滿白川最後心情的俳句，還連續朗誦了兩次，最後泣不成聲，連聽電話的我也跟著放聲哭泣。」

禮子此時突然流下淚水，她趕緊拿起手帕遮住臉，一直莊重地和野本刑警談話的她第一次無法壓抑情感。她咬著手帕，努力抑制著嗚咽，肩膀不停地顫抖，野本刑警只能黯然地看著她不斷啜泣……

「情形就是如此，我認為白川禮子的證詞十分可信。一個那麼思念去世丈夫的女人，不可能跟先生的朋友有私情，進而答應幫忙偽造不在場證明。她算是難得一見的貞潔婦女！」

野本刑警大口喝下事務官端上來的第二杯「玉露茶」後，繼續說著：「總之她是個很端莊的女性，說話也不囉嗦，她甚至告訴我電話是在九點三十分打的，結束時間是九點四十三分。」

「真的嗎？」檢察官側著頭問。「白川禮子每次掛上電話都會確認時間嗎？」

「不，也不是那樣。她和久保討論書名時哭了出來，之後她向久保道謝為書取了這麼好的名字，相信她先生在天之靈會很高興，春燈這個詞也能令人憶起他過世的季節……話說到一半，久保就打斷說那麼關於這件事我們日後再談，就掛上電話……」

「哦？為什麼？」

「她也不清楚，還以為是自己沒有重點的說話方式讓教授不耐煩，便心想這通電話究竟講了多久，看了一下時鐘是九點四十三分剛過。」

「原來如此。」

「隔天早上久保才來電說明原因，他說昨晚白川太太專程來電，他卻說到一半就掛上電話，真不好意思；因為他那時好像聽見感冒睡著的妻子在叫他，擔心是不是妻子病況變糟了，才匆忙掛上電話。禮子一聽更感到不好意思，她不知道久保夫人生病，還在晚上打電話過去打擾，立刻表示歉意。」

「根據你的說法，」檢察官說，「久保的不在場證明是可以成立的囉？」

「沒錯。剛剛我離開總部時聽到久保是B型，明和醫大有登記所有職員的血型，但強姦被害人的嫌犯是AB型，光就這一點也能證明久保伸也是無辜的，不是嗎？」

「嗯。」檢察官點了點頭。

久保伸也的不在場證明確實很完美，還有血型這個無法動搖的科學鐵証。

但他看到案發現場的那刻，心中浮現的兇手形象不可能是久保伸也嗎？

兇手對性不是很飢渴，對女性肉體也沒有異常興趣，強姦是偽裝的，就連殺人也不是因為憎惡、怨恨等激情所造成。兇手對待屍體十分小心翼翼，那會不會是年長者因為親手結束了年輕人的生命，因而對死者表現的憐憫呢？

久保伸也，五十八歲。

檢察官試著將心中描繪的兇手和久保伸也重疊，感覺並非毫無可能。他穿著兒子的夾克出門，烏托邦的便條紙就塞在夾克口袋裡。他穿著滑雪帽和皮夾克是為了變裝嗎？

重考生木村佳一看見久保站在自己家大門口，時間是十一點左右，久保說是想去大學醫院拿藥。可是不對，他並非要出門，而是剛做完案回來吧？

犯案後，他可能是搭計程車回來的，但不可能是直接從現場搭車回保谷市的家；他可能先搭往反方向，再改搭別的計程車回家，好掩飾逃亡的路線，因此有可能弄到十一點才回到家。

案發當晚大原家裡只有恩田系子一人，大原久美將收到的名產烏龍麵分送給久保家，之後又繞到鶯谷的叔叔家送堂弟生日禮物後才回家，知道這整件事的也只有久保伸也。

他的妻子因為感冒在床上昏睡，他身為醫大教授，平常應該會拿些日常藥品回家，當中就算有安眠藥也很正常。

「來，吃了藥好好休息吧。」

妻子毫不懷疑地吃下醫生丈夫拿出來的「感冒藥」，等她陷入沉睡後，丈夫便穿上兒子的夾克，躲躲閃閃地前往犯案現場，此時已沒有人能阻止他的行動了……

在檢察官所有的想像中都看得到久保伸也的身影，他凝視著眼前某一點，繼續追尋久保的行動。

檢察官完全沒注意到野本刑警何時離開辦公室，也沒發現房間裡的燈是什麼時候開的，山岸事務官已經悄悄做好下班的準備。

窗外已經是夜幕低垂了。

## 14

街道上整排的聖誕樹，叮叮噹的歌曲像是追著人們一樣四處響起，掉在人行道上的年終折扣廣告單被寒風吹得四處飛舞，一年又即將到盡頭。

恩田系子謀殺案之後並沒有新的進展。

一度讓偵查總部興奮不已的嫌犯久保伸也亦洗脫嫌疑，偵辦行動又回到原點。

血型和不在場證明，這兩道屏障圍在久保身上守護著他的安全。

但檢察官對血型這一點另有想法。

就在確定久保伸也不在場證明成立的第二天，山岸事務官拿給他一本書說：「市面上出了這本書，您可以參考看看。」

那本久保伸也的散文集給了檢察官靈感，讓他心中閃過一個念頭。

書名是《醫學家的夢》，集結了久保投稿婦女雜誌、女性週刊中的文章，久保的文筆不錯，一些文章的標題也下得很有意思。

檢察官隨手翻閱之際，一篇名為「如果松尾芭蕉[註4]活到三百歲」的文章吸引了他的目光。

「……換句話說，人工授精的研究之所以能夠發展，是因為冷凍精子的技術。保存精子的研究是一八六六年由曼德嘉開始，他將精子冷卻保存在零下十五度之後，又還原到室溫，結果精液中的精子又開始恢復活動，兩天後因為精液中產生細菌才死亡。

到了一九四九年，英國人巴克斯想到將雞的精子混入甘油，以零下七十九度冷卻保存，為冷凍精子的長期保存開創了新的道路。

目前除了甘油外，更開發出有效的混合液，因此人類的精子幾乎已經可以永久保存了。我現在研究的是「乾燥粉末精液」的開發，有關精子保存的技術日本可說是世界一

註[4]松尾芭蕉：1644-1694，江戶時代的詩人，將俳句提升至藝術境界。著有：《奧之細道》、《更科紀行》等著作。

流。

我常常站在研究室的精子冷凍箱前這麼想，這裡收藏了許多精子，當中如果有松尾芭蕉的精子該有多好！一個醫生在三百年後解凍了芭蕉的冷凍精子，植入申請人工授精的女性體內，女性懷孕後即將生產，她將生下松尾芭蕉的親生孩子，延續他的生命！一個偉大的俳句詩人歷經三百年的歲月，再度於人世間發出初啼。

我沉醉在天馬行空的想像之中。如果這個冷凍箱中再沉睡著莎士比亞的精子、巴赫的精子、康德、梵谷、歌磨[註5]、西行[註6]、鷗外[註7]的精子的話……

這是身為一個醫學家、畢生研究人工授精術的我所無法實現的夢想。」

原來如此。檢察官不禁自言自語了起來，原本準備將書闔起來放回桌上的動作也停住了。

（是嗎？久保伸也的研究室裡有冷凍精液，他是否有權可以任意使用呢？）

這件事又引發檢察官其他的聯想。

（恩田系子的案子是不是就是使用冷凍精液呢？）

檢察官至今仍確信她被「強姦」是一種偽裝，沒被侵犯的女性身上就算驗出任何血型的精液也毫無意義。這件案子沒有性的存在，殘留的精液不是兇手射出的，而是他親手注射進去的。

（對久保伸也來說這再容易不過，說不定他是用別人的精液對勒斃的細子進行「人工授精」以偽裝成強姦。）

太好了！檢察官在心中拍手，如此一個障礙就突破了。但檢察官面前依然樹立著另一道屏障，那就是依據白川禮子的證詞所成立的不在場證明。有沒有什麼方法能夠打破這道堅實的牆壁呢？

山岸事務官走上前，將打火機伸到檢察官面前說：「請用。」

檢察官嘴裡一直叼著菸，卻忘記該點燃了。

## 15

那天晚上。

千草檢察官一用完晚餐，便趕緊拿出「恩田系子案件備忘錄」躲進書房，檢察官太太也早就習慣丈夫一臉嚴肅、吃飯時也不搭理的態度了。

到了十一點，她來到丈夫書房門口小聲說完「晚安」，便悄悄進房睡覺，這也是千草

註［5］喜多川歌磨：1753-1806，江戶後期的浮世繪畫家。代表作品：《寬政三美人》。
註［6］西行：1118-1190，鎌倉初期的詩僧。著有：《山家集》。）
註［7］森鷗外：1862-1922，島根縣人。小說家、戲劇家、評論家、翻譯家。著有：小說《舞姬》、《雁》等作品。）

家長年來的習慣。

應該是他們婚後第十年的事吧，檢察官的妻子有一天宣佈說：「今後我的主婦工作只做到十一點，換句話說，這就是我的營業時間，之後的事請你自理。」

好呀，檢察官回答。從此這個協議就一直嚴格遵守，他們家也沒有再產生任何糾紛。

書房裡充滿了香菸的煙霧，時間已過了十一點。

檢察官起身稍微打開窗戶，暖氣機烘熱的空氣也隨著煙霧逃向戶外。

檢察官再度將視線移回桌上的偵辦備忘錄。

殘存在系子體內的精液，精液的血型會和久保伸也不同的原因已經有了初步解答，剩下的問題就是久保的不在場證明。

久保伸也勒死了系子，並偽裝她遭到強姦，所有行為大概在九點二十二、三分結束，這段時間他一定在現場；但七、八分鐘後的九點三十分，白川禮子打電話到久保家，久保本人也接聽了電話。

考慮到案發現場和保谷市久保家的距離，這根本是不可能的。但檢察官如今正打算挑戰這個不可能！

解開謎題的關鍵在哪裡呢？

檢察官重新閱讀備忘錄中記下的白川禮子證詞，但她說的話卻無任何啟人疑竇的地方。

唯一引起檢察官注意的，是通話中久保突然將電話掛掉一事。

當時久保和禮子正在討論白川教授的作品集，久保哽咽地吟詠好友留下的最後俳句，禮子也隨之思念起亡夫而放聲哭泣。

在這個情況下，久保突然說「這件事我們日後再談」便掛斷電話，從整個對話過程來看，難道不會太突兀了嗎？實在不像是正常的道別。

雖然久保在隔天早上說明是「好像聽見感冒睡著的妻子在呼喚」，但這個理由未免也太奇怪了。

就算是真的，畢竟他的妻子又不是大聲尖叫，他應該可以當場在電話中告訴對方「對不起，我太太好像在叫我，她因為感冒在休息」吧？所以久保的說法缺乏真實性。

那麼久保伸也突然掛斷電話的理由是什麼呢？

是因為聽見有人按門鈴的聲音嗎？這也不可能。久保說過一向拒絕晚間的訪客，所以應該會無視門鈴聲繼續跟禮子通話才對。

是有人突然闖進家裡來嗎？這也是無謂的想像，若是如此，久保應該會喝止對方或大叫出聲吧，禮子一定也會聽到聲音並察覺異狀。

不管怎麼說，久保會突然掛斷電話，肯定是出現了意外的緊急狀況，久保一定是看到什麼危險的東西逼近，讓他突然間陷入恐慌……

他到底看到了什麼……？

白川禮子說電話結束的時間是九點四十三分剛過。

九點四十三分，久保在這個時間看到了什麼？

「九點四十三分……」檢察官一邊喃喃自語，一邊在思緒中回想著相關記憶，那是案發當晚大原久美回答大川警部的話。

她說自己送完烏龍麵到久保家後又繞到鶯谷的叔叔家，因為心裡著急，所以開車速度比平常快很多。

「我家附近租有一個停車位，我將車子停好時，鬆口氣看了一下手錶，那時是九點四十分。」她說。

從離家不遠的停車位走回家裡，大概只需兩、三分鐘吧，大原久美走進家門的時間正好是九點四十三分。

和久保突然掛上電話的時間是一致的。

（久保看見了走進家門的久美！）

想到這裡，檢察官不禁苦笑了一下，因為這想法實在太可笑了。

久保當時是在自己家中和白川禮子通電話，不可能看到久美。他必須在大原家使用他們的電話，才可能因為看到久美走進家門而匆忙掛斷電話。

既然如此……檢察官試著跟自己的想像抗辯。

（白川禮子打電話到久保家的事又該如何解釋呢？）

久保不在自己家中，他的妻子感冒臥病在床，應該睡得不醒人事。禮子聽見電話鈴聲響起，五秒……十秒……最後她放棄了，將聽筒掛回去。但她又說自己在那通電話中跟久保討論了有關俳句集的事，一通掛斷的電話怎麼討論？這到底是怎麼回事……？

絕對不可能的，檢察官如此確定後又有了新的想法。
（那通電話會不會是久保打過去的？）
這個突如其來的想法開始在檢察官的腦海中膨漲。
假設白川禮子掛上電話後，久保來電了，她拿起剛剛才掛上的話筒。
——哎呀，是教授嗎？我剛剛才打過電話……
聽她這麼說，久保立即回答：
——果然是妳嗎？我聽見電話響，但人在洗手間，所以就錯過了。
——我有事要找教授商量……雖然知道時間很晚了，還是想打擾一下……
——哪裡，才九點半而已，其實我也剛好有事想找妳……
於是兩人便就俳句集的話題繼續聊下去。
久保是在哪裡打電話的呢？應該不是大原家附近的公共電話亭，他勒斃系子後走進大原家，故意裝成是在家裡打電話給白川禮子。
久保第一次接受野本刑警問訊時，表示自己只去過大原家一次；當時他大概也和案發當晚的檢察官及大川警部一樣，被帶到那間客廳吧。那個房間裡確實有具電話，久保應該也看到了。
那個讓大川警部驚嘆「哦，簡直就像鹿鳴館」的房間就面對著寬廣的庭院，透過窗玻璃還能看到大門門口。
久保在客廳裡打電話給禮子，眼睛則隨時注意著大門口，因為他不知道轉往鶯谷的久美什麼時候會到家。

他壓抑著心中的不安，訴說對已故好友的思念，吟誦著好友的辭世之作，他引發了禮子的淚水，就在這一刻他看到久美回到家。

如此一來，久保突然掛斷電話的理由似乎就很合理了。

但是……檢察官盤起手臂，白川禮子表示是她打電話到久保教授家的，她並沒有說是久保來電。

在檢察官的想像中，電話必須響過兩次才行；第一次是久保家的電話響起，響了幾聲斷掉後，禮子家的電話才又響起。

但禮子的證詞否定了這個想像，她主張是自己打電話給對方（久保）。

她應該不是做偽證，她認為自己說的是實話。但那會不會是禮子的錯覺？為什麼她的記憶會被這個錯覺混淆了呢？

儘管已重複翻閱過好幾次了，檢察官還是再度閱讀「偵辦備忘錄」中有關白川禮子的證詞。

證詞有沒有什麼奇怪的地方？什麼讓她產生錯覺的原因、理由或線索呢……

檢察官腦海中然浮現一個想法。

（就是這個！）

久保伸也在案發後隔天早上及野本刑警對他進行第二次問訊當天晚上，都打了電話給白川禮子，內容跟兩人討論的俳句集無關。久保的目的該不會是想將案發當晚「他在家中接聽禮子來電」和「時間是九點三十分」這兩件事定著在她的記憶中吧？

久保在案發後隔天一早打電話給禮子，為自己的行為致歉：「昨晚妳專程來電，我卻說到一半就掛上電話，真不好意思」

昨晚妳專程來電——這句話說的很巧妙，也是為了讓禮子產生錯覺佈下的第一個棋子。

禮子的確打過電話到久保家，但久保並沒有接聽，兩人是在之後久保來電才進行通話的。但因為禮子自己也打過電話，所以對久保「昨晚妳專程來電」的說法不覺有異，深深留在她記憶中的是昨晚電話中相對而泣的感動，對於電話是由誰打的她並不在意。

所以當她聽到久保致歉說：「昨晚妳專程來電，我卻說到一半就掛上電話，真不好意思；因為我那時好像聽見感冒睡著的妻子在叫我。」禮子立刻道歉說：「我才不好意思，居然不知道夫人生病，還在晚上打電話過去打擾。」

在她的印象中，久保來電和自己打電話過去的事已經相互對調了。

為了讓這個錯覺更加穩固，久保又打了一次電話給禮子，那是在野本刑警就不在場證明對他進行第二次問訊的當天夜裡。

他告訴禮子大原家發生了殺人案，警方正在調查所有出入過大原家的人的不在場證明，他自己在形式上也需要接受調查。他若無其事的說：「當天晚上九點半我接到妳的電話，我們聊了一下，如果警方問到這一點，妳就照實說吧，沒什麼大不了的。」

當然禮子也認為理所當然，便回答：「好的，我知道了。」

因為她根本不清楚那晚的電話和九點三十分這個時間，究竟具有什麼意義。

因此當野本刑警詢問：「上個星期二晚上，妳有打電話到久保教授家嗎？」

禮子當然會回答：「有。」

她並沒有做偽證，她的確打過電話到久保家，時間也確實是九點三十分，只是她錯以為兩人在那通電話中有過交談，簡短一句「有」中夾雜了真實與錯覺，難以分辨，所以也不能怪野本刑警。

可是……檢察官思考著，久保伸也是什麼時候想到這個不在場證明的呢？他不可能預測到案發當晚九點三十分左右白川禮子會打電話到他家，那完全是巧合，但久保卻善用了這個巧合，他的不在場證明並非事先計畫好的。

當初久保腦中想到的應該只有如何殺害系子、偽裝犯案現場和逃脫的方法吧？從這些部分能看到他精心的計畫。

在系子屍體旁邊發現手提包時，久保心中可能靈機一動。

（如果拿走錢包的話，說不定也會被當成劫財殺人。）

他打開手提包準備拿出錢包，那時他手指碰到了後門鑰匙！

檢察官想起已讀過好幾次的「備忘錄」中也有大原久美的證詞。

——皮包裡應該裝有紅色錢包、學生證、月票、後門鑰匙、粉餅、手帕等東西。

鑰匙上刻有廚房兩個字嗎？還是上面附有一塊名牌呢？既然是幫傭的系子身上帶的鑰匙，自然能聯想到那是後門鑰匙。

久保一拿到鑰匙便立刻想出侵入大原家的計劃，在轉往鶯谷的久美回家之前，應該還有時間，他可以走進客廳打電話給白川禮子，藉此製造不在場證明。

系子的手提包還沒找到，大概是久保擔心偵辦焦點會轉向鑰匙，為了偽裝成強盜案件，所以將它帶走了吧。

久保伸也的「假不在場證明」，其真相總算在檢察官的思考中逐漸明朗。

桌上的時鐘顯示已經是半夜一點鐘，檢察官用力伸展雙手。

這個案子真難辦，現在偵查本部手中只有一張烏托邦便條紙，也還不清楚久保伸也和恩田系子之間的關係；而久保製造不在場證明的計畫，也都只是檢察官的想像而已，沒有方法可以證明。

檢察官再度伸了伸懶腰，一邊按摩著僵硬的脖子一邊走出書房。該上床睡了，不過在那之前得先喝半杯日本酒，這是近來的習慣，算是另一種安眠藥。

「營業時間」已經結束的妻子睡得正甜，接下來都得要自助服務了。

檢察官從冰箱取出酒倒進杯裡，然後坐在餐桌前，此時剛好聽見頭上的時鐘發出清澄的聲響。凌晨一點。

那是結婚當年，在檢察官妻子「廚房也要有時鐘」的要求下，兩人一起去買的，是一個充滿回憶的時鐘。當時還沒有石英鐘，檢察官妻子覺得晃動的小小鐘擺很可愛，便在檢察官的耳邊低語：「好像在為我們的愛情做見證喲。」

不記得當時自己是怎麼回答的。青春已經很遙遠了。

享受著含在口中的酒香，檢察官閉上眼睛，由於周遭太安靜，連平常不太注意的鐘擺聲都在耳邊滴答作響，令檢察官想起在大原家看到的豪華老爺鐘的鐘擺。閃耀金色的大鐘擺，懸吊鐘擺的粗大鍊子，左右兩邊垂掛的金屬墜飾隨著鐘擺晃動散發炫目光芒，感覺十分莊重。

也難怪大川警部會說：「大概是鐘擺動得太慢，連指針都慢吞吞的，時間都慢了十三分鐘。」

對了，那個時鐘的確是慢了。就算鐘擺太長，也不可能一口氣慢了十三分鐘吧……十三分鐘……慢著！檢察官將手上的酒杯放回桌上。

（時鐘為什麼會慢了？不可能是因為鐘擺的關係，而是鐘擺曾經暫停過吧？十三分鐘後它才又開始重新晃動！）

十三分鐘，和白川禮子與久保伸也通電話的時間一致。

案發當晚，久保利用系子手提包裡的鑰匙進入大原家客廳，正準備拿起電話打給白川禮子時，聽見旁邊的老爺鐘發出滴答的鐘擺聲，安靜的豪宅客廳裡，鐘擺聲顯得分外響亮。他慌張了，萬一對方聽到這個聲音，他假裝自己是在家裡打電話的謊言就有可能被拆穿。他趕緊將鐘擺弄停，九點三十分，此時打電話到久保家的禮子因為沒人接聽而放棄，正好將聽筒掛回去。禮子掛回聽筒的時間，也是久保拿起話筒的時間。

根據禮子的證詞，久保突兀地掛上電話是九點四十三分，從九點三十分到四十三分，正好是十三分鐘。

（由此可證明久保是從大原家打電話給禮子的，他完美的不在場證明也因此被拆穿了。）

久保一看到大原久美回到家，便連忙掛上電話，重新調回暫停的鐘擺往廚房走去，那時久美正好發現系子的屍體蹲在地上。久保從廚房走出去時，肯定看到了那個情景，在久美衝往路邊的公共電話亭時，久保的身影也消失在無人的夜路中……

這就是那天晚上的真相吧？自從案發以來，檢察官已在腦海中描繪了許多片段的光景，如今在他推理的點描下，總算呈現了完整的構圖，而那絕對是久保伸也犯案的構圖。

（好了，今晚就到此為止吧。）

檢察官起身將剩下的酒一飲而盡。

## 16

隔天早上。

檢察官一起床便打電話到野本刑警家裡。

「早呀，怎麼了？這麼一大早的……」刑警聲音睏倦地說。

「你那麼累真不好意思，不過我突然有急事想麻煩你。」

「是嫂夫人離家出走了嗎？」

「就算我很期待，她也不肯走吧。」

「現在不是開玩笑的時候！要拜託我做什麼事呢？」
「吃過早飯後，你立刻去白川禮子家一趟。」
「已經沒什麼好問她了呀！」
「我只想確定一件事。恩田系子被殺那天晚上，禮子說有打電話到久保伸也家吧？」
「沒錯，她連時間都還記得，是九點三十分。」
「這一點很重要。禮子確實有打電話到久保家，但電話只有空響，並沒有人接聽。當她掛上聽筒，接著她家的電話就響了，是久保打來的……」
「嗯……你怎麼會知道？」
「詳情以後再說。總之你請她再回想一下我剛剛說的有沒有錯，結束之後再去大原泰久家一趟。」
「案發現場嗎？」
「嗯，他們家客廳有個大時鐘。時鐘在案發當晚慢了十三分鐘，但前一天久美那女孩才剛上過發條、對過時間，你去確認一下時鐘現在是否有正常走動。」
「知道了。只是我完全不懂這些跟案子有什麼關係。」
「馬上就知道了，總之動作快點，我在辦公室等你的消息。」
野本刑警的報告在當天中午前到達，檢察官是在辦公室裡的電話中聽取的。
「真是太驚人了，太準了！檢察官說的一點都沒錯。」

「看來我的推測沒錯囉?」

「是呀。我照檢察官說的問禮子，結果她想了一下表示，那天晚上她打過去的電話確實沒有人接，她想說大概對方已經休息了，只好掛上電話。那天晚上她姪女來訪，兩人一起吃飯，她正起身準備收拾善後時電話又響了，是久保打來的。這些事她居然都沒有告訴我!」

「她並不是有意說謊，而是自己也產生了錯覺。」

「禮子自己也很惶恐地表示，她一心以為是自己打過去找久保教授的，真不好意思。」

「接到久保的來電時，禮子說了些什麼?」

「她一聽到對方是久保時便說，哎呀，教授，我剛剛才打過電話給你呀;然後久保說，果然是白川太太嗎?我剛洗完澡，聽見二樓書房好像有電話聲，才一上去就斷掉了，真是不好意思。不過正好我也有些事要跟妳說。兩人就這樣聊了起來……」

「我知道了，跟我所想的一樣。還有關於大原家的時鐘……」

「嗯，我也去過了。大原太太在家，便帶我去看了那個時鐘，聽說是進口的。她還笑著說，買的是二手貨，價錢卻跟藝術品一樣貴。反正那種東西跟我沒什麼緣份，像我一個一千兩百塊的時鐘就用了十年。」

「野本!」檢察官嚴厲地喝止。他平時並不討厭野本的饒舌，但此時卻讓檢察官煩躁不已。「我想知道的是那個跟你沒緣的時鐘目前是否正常走動?」

「當然，聽說那個時鐘每隔八天就會慢一分鐘，所以到了第八天就必須上發條、對時間，可是案發當天卻慢了十三分鐘，大原家的小姐覺得很奇怪，直說那是時鐘買回來初次發生的事；今天我也和自己的手錶對了一下，完全沒問題。」

「好，那就可以了。我接著要去偵查總部，你跟大川說一聲，要他請明和醫大教授久保伸也以重要關係人的身份前來接受問訊。」

「這不太好吧，那個男人有不在場證明耶，還有人證白川禮子。」

「他的不在場證明被拆穿了。我到總部後再說明！」

「沒問題吧？久保是有名的學者，他在厚生省和文部省都很吃得開呀。」

「我是負責本案的檢察官，所有責任由我承擔。你就放心照我的話去做吧！」

「知道了，我會的。」

刑警突然聲音顫抖起來：「既然檢察官那麼說，就算是水裡來火裡去，我也會與你共患難！說什麼承擔所有責任，太見外了！到時就割下我野本利三郎的頭殼去吧。我當然會去！管他是大學教授還是大學建築，我都要親手將他抓來！」

年輕的血液突然在初老的刑警血管中澎湃激盪著。

但是檢察官將聽筒掛回去後卻顯得表情凝重，因為最重要的問題依然沒有答案。一個知名的大學教授故意偽裝強姦殺人的動機何在呢？而且久保伸也會乖乖地俯首認罪嗎？

「山岸，」檢察官對事務官說，「這種時候比起玉露茶，更應該大口喝日本酒才對呀。」

「要我作陪嗎？」

「可是太陽還高高在上呢。」

檢察官的臉上總算浮現了淡淡的笑容。

# 第四部　未來之章

# 1

檢察官。

聽說你住在世田谷區的代澤，每天從代田車站一路走回自己家裡。案發當晚你之所以遇到從電話亭裡跑出來的大原久美，並率先抵達案發現場，就是因為剛好走在那條路上。一名負責偵訊的刑警笑著對我說，那是檢察官靠雙腳走來的線索，他是個身材肥胖、給人感覺很不錯的刑警。

我想你應該不可能每天都在同一時刻回家吧，那麼案發前兩個禮拜呢？那是個十一月天的夜晚，難得沒有風，感覺很溫暖。

那天晚上十點左右，如果檢察官和平常一樣走那條路回家的話，或許我曾經和檢察官在半路擦身而過。

真是奇妙呀。抱著殺意、決定在兩個禮拜後殺人的我，和處於辦案立場的檢察官居然在夜路上若無其事地擦身而過……

我以前也走過那個幽靜的住宅區，目的是為了了解大原家的周邊狀況，也就是所謂的勘查地形。我必須先確認夜晚路上的行人狀況、走到哪條路上比較容易攔到計程車、並用自己的腳程計算到達那裡所需的時間和路線。

我當初決定犯案的場所並非是大原家的庭院，而是他們在附近租借的停車位。

那是精品店屋簷下的小空地，之前那裡搭有藤架，擺著長板凳，算是來店客人的歇腳處，久美曾經跟我太太提過這些。

這個寬度不到三公尺，長度也頂多只有四公尺的狹小空地上，四個角落各立著一根鐵柱，上面搭著屋頂，是個簡陋的停車位。停車位後面是精品店的庭院，為了禁止旁人出入而架著鐵絲網，前面堆著五六個汽油筒，任憑風吹雨打。

右鄰是有著泥土圍牆的大戶人家，種在庭院裡的老松樹，粗大濃密的枝葉向左右伸展，形成巨大的陰影。一到夜晚整個停車位便陷入黑暗中，也不會有什麼人經過，我認為這是用來做案最好的地點。

我打算躲在汽油筒後面，等待她的歸來。

你一定已經明白了，我原先計畫要殺的是大原久美。除非了結她的性命，否則無法結束她和正志的關係，這是我幾經痛苦之後做出的結論。

大原久美——人工授精兒——我的女兒。

儘管她是害死千姐的男人妻子所生的，畢竟捐精者是我，我們的血脈相連。她是我的後代，是這塊土地上我唯一的親生女兒。

久美應該不知道自己是授精兒吧，更不可能知道我是捐精者。沒錯，檢察官，創造久美生命的人就是我呀。她沒有任何罪過。她只是健康地長大成人，愛上一名男性，努力想要貫徹她的愛而已。只不過是如此，我怎麼能夠責怪久美呢？

我並非一開始就想殺害久美的，問題就出在正志身上，假如他願意放棄跟久美結婚，彼此只維持朋友關係，我也不會多說什麼。

關於正志的個性，之前我已經提過了，無論是升學或就業，他都是按照自己的意思決定，身為父母的我們只能接受結果，他就是這樣的人。

如果我當面反對他和久美結婚，說不定他會立刻帶著久美到區公所登記，再一臉無所謂地帶著久美出現在我面前說：「爸，我帶你的媳婦回家了。」

就算我反對，也必須說得極其迂迴、婉轉——和出身、家庭環境相差太遠的女性結婚，婚姻很容易失敗。你應該慎重考慮才對……

但這種程度的意見，正志只會一笑置之。

「爸就是愛瞎操心，我又不是跟製藥公司結婚，我選擇的是久美，她也不是因為我是大學教授的兒子才看上我的，什麼家世、財產、職業，根本就無所謂。男人和女人因為相愛而結婚，這是再自然不過的事了，沒什麼好操心的。」

「這是你的意見，人家父母是怎麼想的呢？」

「他們也一樣。我曾經對久美的爸爸說，久美只要一個人光著身體來就好，就算帶嫁妝過來，我們家也沒地方放。結果他說，如果新娘光溜溜的，我不就只能穿內褲出席婚禮了嗎？那可不行，至少要讓我穿上西裝吧，結果惹得大家哄堂大笑。他就是那麼開明，不拘小節，這一點跟我算是臭味相投。」

他們居然在我背後說過這種話！我真是又忌妒又生氣。

「那麼你們是真心考慮結婚囉？」

「嗯，現在我們出版社正企劃推出新雜誌，大概明年春天會推出創刊號，等到工作一個段落後，我就會跟久美商量日期。我的心情就像是『櫻花開滿樹，與君成婚四月天，遙遙不可期』。對了，這首和歌好像不是琢木註[1]的吧，也不是白秋註[2]或是赤彥註[3]……爸知道是誰寫的嗎？」

「不知道。」

「是嗎，因為爸喜歡的是俳句嘛。」

我聽了只能嘆氣。正志很認真地考慮跟久美的婚事，對方父母似乎也答應了，我有種被逼到絕境的心情。

明年四月，在這之前我非得阻止他們不可！我該怎麼做呢？有什麼方法？該用什麼手段？

這個問題我只能靠自己想辦法，無法跟其他人商量，也不能說出來。這個痛苦只能層層地在我內心沉澱。

## 2

自從八月上旬初次來我們家拜訪後，我們便開始經常看見久美的身影。

正志回家吃過晚飯後，那輛紅色小車就會停在門口，從車上下來的久美一打開玄關大門，就像為我們家中帶來一股春風。

她客氣地問候我們夫妻，然後就像踏進自己家一樣腳步輕盈地走進正志房間；我太太立刻滿臉笑容地忙著泡茶，至於我則是壓抑著難以喘息的悸動，坐在自己書房的位置上抱頭煩惱。

我的書房和正志房間隔著一道走廊，因此不時會聽見兩人的聲音，有時是明朗的笑聲，有時則是低聲竊笑。我不想聽，於是打開書本將注意力集中在細小的文字上，但我的耳朵卻忍不住注意著正志房間傳來的所有動靜。

（停下來！你們是兄妹呀！）

好幾次我差點克制不住大叫的衝動，只能從椅子上站起來，焦躁地在書房裡走來走去。

儘管如此，檢察官，我還沒有痛苦到想殺了久美。不，雖然偶爾有一瞬間我心中會燃起殺意，但我都趕緊壓抑下去。我怎麼能那麼做呢？到明年四月之前我還有時間，在那之前，我得想讓辦法讓他們兩人分開……

但我根本想不出好辦法，只能讓時間平白流逝，之後就到了十一月的第一個星期天。

註［1］石川琢木：1886-1912，岩手縣人，詩人、小說家。著有：《一握砂》、《悲傷的玩具》等作品。
註［2］北原白秋：1885-1942，福岡縣人。詩人。著有：《回憶》、《桐花》等作品。
註［3］島木赤彥：1867-1926，長野縣人。詩人。著有：《太虛集》、《馬鈴薯之花》等作品。

那天正志一早便窩在自己房間專心寫作，當初出版社讓他進公司的條件是一年寫三部作品讓創風社的雜誌刊載，所以我跟內人便想他應該是在忙那個。

到了中午，出版社的同事來電說正志的上司——小倉總編因為心臟病發，已經從家裡被救護車送到醫院了。

「知道了，我馬上過去。」

正志連忙衝出房間。

一陣驚慌讓我也走出房間觀望，只見正志的房門開著，門口掉落一本小記事簿。真拿他沒辦法，我邊唸邊撿了起來，想幫他放到桌子上。

那本咖啡色外皮的筆記本上印著「編輯手冊」，我打開一看，內頁是日記簿形式的設計，每頁都印有月日和星期的空格，裡面寫滿正志獨特的方形原子筆字體，大部分的內容都是和作家的會談、編輯會議的議題、邀稿的進度、截稿日期的聯絡、出差日期等，是正志工作用的備忘錄。

隨手翻閱之際，我的手突然停住了，因為在黑色原子筆密密麻麻的文字中，我看到唯一一行的紅色文字。

在一堆黑色文字中，那行紅色的文字就像突然飛躍出來似的，我的眼光立刻被它所吸引。

「與K輕井澤行。採訪高原秋色。一夜與K在山莊度過。K躺在我懷裡，說今晚要奉獻給我守護二十一年的寶物，我問後悔不，K只是不斷搖頭。感動至極，無言地完事後，讓純白的床單見證無瑕。K哭了，我們相擁立誓共守未來。OH LOVE FOREVER！」

紅色原子筆寫的就是「讓純白的床單見證無瑕」，這句話吸引了我的視線！

這段文字記在十月份某個沒有寫上日期的星期六，隔天星期天則是簡短寫著「一早開車回家」。

讀完之後，我渾身顫抖，驚愕得整顆心頓時涼掉。檢察官，你應該能夠體會吧？

K很明顯的就是久美（kumi），正志常常出差，有時截稿日也會睡在出版社，所以他外宿我從來不擔心。但久美的父母不可能允許她在大原家的別墅山莊和正志共度一夜，她肯定是找了適當的藉口外宿，並和正志串通好，一起偷偷前往輕井澤。

過去我一直很相信他們，認為他們之間仍是年輕人純潔、清新的柏拉圖式戀愛。我真是愚蠢！他們跟世俗的男女沒什麼兩樣，再純情、再天真浪漫也阻擋不了潛藏的肉體慾望與火熱的情感之焰！

久美主動對正志投懷送抱，將「相守二十一年的寶物」毫不後悔地奉獻給他。正志特別用紅色原子筆寫下「讓純白的床單見證無瑕」，是因為他看到了床單上代表處女的落紅。他用只有自己能懂的方式，以紅色文字寫下內心的感動。

久美，我的女兒。她那純潔年輕的處女肉體竟被自己哥哥的愛液所浸染了！她初次嚐到了禁忌之樹的果實，恐怕以後會更貪婪地追求那種甘美、激烈的滋味！

OH LOVE FOREVER！永遠的愛！兩人記載在此處的愛情，未來將更愉悅更深厚吧。但他們兄妹走上的荊棘之路，卻將把他們打入地獄深淵！我不能在旁拱手看著他們步上危險之道！

我該如何是好？我能做些什麼呢？如果我說出真相，等於是讓他們活在人間煉獄中。

我苦惱極了。真的，檢察官，直到最後我都痛苦萬分。但痛苦之後得到的結論，就是殺死久美。

醫生為了維持人類性命、讓生命得以存續，不惜付出所有努力，這是醫學的本質；但我卻決定親手埋葬自己創造出來的生命，隱藏在心中的殺意，從凝視著遠方的眼中化成淚水滴落。

3

檢察官，從我開始寫這封長信給你，已經過了三天。

我以答應寫給檢察官不同於警方筆錄的案情真相為由，取得了使用筆和紙的許可。除了一天三十分鐘的運動時間和五天一次的沐浴時間外，我都在寫這封信。不知道是檢察官的特別指示，還是拘留所主管念在我過去曾擔任過政府委員的份上讓我能獲得這種自由，總之我由衷感謝。

但我手邊的紙張越來越少了，因此我決定先就案發當晚的狀況進行說明。當中所有相關人士的行動，相信警方已經做過調查，在此我沒有重覆的必要。

大原久美帶著讚岐烏龍麵來到我家，是在當天傍晚六點左右，她早就知道正志前一天就到沖繩出差的事。

「我爸媽今天也去了福岡，因為那邊開了分公司，要舉辦紀念晚會……所以家裡只有我和幫佣的系子，今晚我們得看家。」她笑著說。

不久之後，久美接到家裡的系子來電，她表示自己忘了送生日禮物給住在鶯谷的堂弟，於是連忙離開我家，時間是六點半左右。

對於決定殺死久美卻遲遲沒有動手的我來說，這實在是千載難逢的好機會。

她用可愛的笑容向我們夫妻道別，並從車窗探出身體對送行至大門口的我揮手說：

「伯父，再見！」

她再度告別後駕車離去。伯父，再見！我再也沒機會聽見這句話了，幾個小時後，我將親手勒住那孩子的脖子。我目送著漸行漸遠的紅色汽車，也在心中吶喊著：久美，再見了。

我將自己經常使用的安眠藥摻進感冒藥裡，讓兩、三天前就已經開始有點感冒的妻子服用，看到她熟睡了之後，我才出門。我穿上簡單的厚毛衣和咖啡色外套，手裡的大紙袋裝著正志的夾克和妻子打的禦寒用毛線帽，我打算往返要多轉乘幾次計程車，每次轉乘都要做些改變。就連現在所戴的玳瑁粗框我都怕太顯眼，而改成之前使用的銀邊細框。

犯案地點選在久美的停車位，這是之前就策劃好的。

在我的想像中，已不知描繪過多少次那樣的場面！

放在停車位旁的汽油筒，我躲在暗處等待著久美。

久美終於回來了，她將車子開進狹小的停車位裡，我上前叫住打開車門走出來的她。

——哎呀，伯父，您怎麼會在這裡？

——今晚我有些事要跟妳談，但這些事不能讓我太太聽到，當然也不能讓妳父母和佣人知道，所以我才會在這裡等妳。

——有什麼事呢？真叫人擔心。

——不是需要擔心的事啦，其實是有關正志……對了，站在這裡說不好，我們到車裡說好嗎？

她神情不安地將已經上鎖的車子打開。

——好的，請進。

我坐進車裡，口袋裡有吸入式的麻醉藥，我打開瓶蓋，將藥水倒在手帕上。

——您要跟我說什麼呢，伯父？

久美關上車門坐在我旁邊。

——其實，這一直是個祕密……

我靠在久美肩上，將嘴巴貼近她耳畔，同時用右手的手帕摀住久美的鼻子和嘴巴，她企圖甩開我的手，但我的力氣比較大，幾度呼吸後久美失去知覺，我閉上眼睛，勒住她纖細的脖子。

我從斷氣的久美身上剝下內褲，取出人工授精用的針筒，當中裝有三C.C.已經解凍的冷凍精液，我將精液注入久美體內，還滴了幾滴在她的腹部上塗抹。

我打開車門，將她身上脫下的衣物棄置在車子後面，讓久美的屍體平躺其上。我從久美的手提包中抽出錢包，用隨身攜帶的小型手電筒檢查整個車廂，確定沒有留下任何東西，整個殺人計畫便到此結束。

大原久美一下車便遭到歹徒性侵，警察肯定會如此判斷。這個女孩不幸慘死的案件，幾天後就會被人們淡忘吧……

檢察官，這就是我的犯罪計畫。我利用了身為醫生的優勢，其一就是使用冷凍精液。由於冷凍技術的進步及開發了甘油之外的保存添加物，人類的精液現在已可以做到半永久性保存。如此冷凍下的精液，解凍後十天裡仍能進行授精活動。

我研究室裡的冷凍精液，其保管和使用完全由我作主，我一決定殺死久美，便將裝有冷凍精液的容器帶回家，連同紙袋放進冰箱的冷凍庫。家用冰箱冷凍庫的溫度通常是零下十八度，但我完全不在意那會對精蟲造成什麼影響，因為我不是要用來授精，只要它是精液就行了。

棄置在現場的菸蒂，是我從助教的煙灰缸裡挑出來的，他的血型是AB型，所以我也選擇了AB型的精液，這是為了避免正志遭到懷疑，他和我一樣是B型。不過因為正志當天出差，我的顧慮是多餘的，早知道當初選擇B型，就可以讓我的「強姦」更具真實性了……

## 4

距大原家約兩百公尺處，有條和大馬路交差、左右延伸的小路，我在那個路口走下計程車，時間是八點四十五分，我心想自己來得太早了。

我想起剛剛在家裡對著趕往鶯谷的久美說：「接著要去鶯谷，應該很辛苦吧。」她回答說：「如果沒有塞車的話，應該一個小時能到，從那裡到我家通常需要一小時又十五分鐘，所以最晚會在十點前到家吧。」

「佣人一個人會怕吧？」

「她的個性很樂觀，搞不好現在正將錄音機調到最大聲，一個人聽著搖滾樂及流行樂跳舞呢。」她笑著說。

久美開車往返共需兩小時二十到三十分鐘，幫對方買生日禮物的兒童腳踏車需要二十分鐘，既然是慶祝生日，應該會一起吃蛋糕，再加上十到二十分鐘。就算久美動作再迅速，回到家應該也是九點半過後，這是我的計算。

時間十分充裕。我提著大紙袋，假裝是購物回家的人，踩著悠閒的步伐來到久美家門口。

就在這時，檢察官，我突然決定將犯案現場改在這裡。

久美的停車位面對馬路，還是容易吸引路人的目光，但沒有人會走進這個寬廣的庭院，庭院中的樹木枝繁葉茂，陰影濃密深沉，屋子裡只有一個幫傭的女孩，那女孩似乎很熱衷搖滾樂，就算久美大聲喊叫她也聽不到。

雖是靈機一動的念頭，但我確認過前後都沒有人影後，就像被大門吸引一般走了進去。在二、三十公尺前方有顆庭院造景石，旁邊是修剪過的吊鐘花樹叢。我蹲在那裡，毛衣上搭著正志的夾克，我怕久美掙扎時毛衣的線頭會殘留在手指或指甲裡。

我將帶來的手帕放進口袋，並打開麻醉藥瓶，戴上手術用的手套，用手電筒確認針筒裡的白濁液體。一切準備妥當，剩下就是等待久美回家。

檢察官，那是個寒冷的夜晚，寒風在毫無行人的住宅區呼嘯而過，樹木的枝葉像是發抖般地在我頭上沙沙作響。

我看了一下手錶，九點剛過五分，久美不久就會回來了。我靠在門口的石柱想張望一下路上的情況，就在我看向久美的停車位時，不禁驚叫一聲。

久美回來了！她一隻手插進剛剛看到紅色大衣口袋裡，不知是由於急促的腳步或風吹的關係，及肩的長髮不斷纏繞她的臉頰，

她的歸來比我預測的要早，讓我心緒有些動搖。我躲進吊鐘花樹叢裡，將手帕沾上麻藥，我的手指顫動著。

腳步聲走進門裡，踩著碎石子路過來。我從吊鐘花樹叢的縫隙裡，看見紅色大衣經過我面前，我立刻出聲喊道：「久美！」

她嚇得停住腳步，為了尋找聲音的方向而左右張望，我猛然從背後衝上去，左手勒住她的脖子，右手的手帕則用力壓在她臉上。

「哇啊……」她口中發出尖銳的叫聲，並扭動身軀、左右晃動頭部，拼命掙扎想擺脫我的手。就在那時，很短的一瞬間，我的眼睛和她對上了！她看到了我的臉，我也是。

（糟了！她不是久美！）

這時在手帕下面，我好像聽見她含糊地大喊：「醫生！」

我抓著手帕的手反射性地更加用力，同時轉頭避開她的視線，更拚命地按住她的嘴巴，十幾秒之後，女孩渾身發軟地從我手臂滑落地面。

我大聲喘息，目光呆滯地俯看倒在腳邊的女孩。她是幫傭的系子，那個八月我來大原家拜訪時帶我到容易攔計程車的地方的女孩，那個一心期待穿上鄉下姊姊的和服出席正志和久美婚禮的女孩……

那個夏天傍晚，她邊走邊說的雀躍聲似乎又在耳邊響起。對大原家和久美的讚美、身為幫傭的自己過得多麼快樂……漫無邊際的閒聊……

「我很尊敬小姐，所以常常模仿她的髮型、穿她給我的衣服、偷偷地在鏡子前面學小姐走路。就跟漫畫故事一樣吧？」

傍晚時分，我在分手時看見久美身上穿的紅色大衣，系子大概也買了相同的衣服，她一頭及肩的長法也跟久美很像，說不定她連走路的方式都在無意識中模仿了久美。換句話說，她是久美的分身。年紀相當的年輕女孩，穿著紅色大衣，昏暗的街燈……讓人誤認的條件都齊全了，但這不是理由！眼前系子已經失去意識地倒在我腳邊。

（我該逃走嗎？）

一時之間，我有逃跑的念頭；但我立刻就發覺那是不行的。系子看到我的臉了，而且我確實聽見她嘴裡喊出：「醫生！」

我抱起系子的身體，輕輕地放在吊鐘花樹叢後，將她雙腳整齊放在乾枯的草地上，手指掐住她細小的脖子……我真不願意回想起這光景。檢察官，我用全身的力量跨坐在她身上，一股作氣地勒死了她。

離開系子的身體時，我的腦中一片空白，但我的手卻像是不同生物般繼續動著。我幾乎是在無意識的狀態下對系子進行久美的殺害計畫與偽裝強姦的工作。

在褪去她身上的牛仔褲、內褲時，最令我心痛，為了不損傷她的身體，我小心翼翼地動著，嘴裡像安撫孩童般輕聲地說，對不起……對不起……

我謹慎地將脫下的衣物疊好放在屍體旁，但因為實在不像是「強姦現場」，所以又重新弄亂，我將帶來的菸蒂適當灑在周圍，並用手電筒檢查了一下四周，就在這時我看到了系子的手提包。

（對了，應該有錢包才對。）

我打開手提包取出其中的皮夾時，有東西跟著掉了出來，我用手電筒一照，是後門的鑰匙，一看到刻在鑰匙上面廚房字樣的英文時，我便決定用鑰匙走進屋裡。

這裡躺著系子的屍體，我實在沒自信在同一個地方再殺死久美；我還能依當初的計畫開口叫住久美，用平靜的語氣說出「我有些關於正志的事想跟妳說，所以在這裡等妳回家」嗎？萬一她起了疑心——萬一她看到散置一地的衣物和屍體，我實在沒自信自己能追上逃走的年輕女性，再在這裡殺人太冒險了。

這是我瞬間的判斷，我將系子的鑰匙和手提包塞進紙袋，往後門走去。在事前觀察地形時，我就已經知道大原家後門位在左邊。我利用手電筒的光線插入鑰匙打開門時，一股廚房特有的味道撲鼻而來，我趕緊走了進去。正面的玻璃拉門沒關上，因此我可以看見前面鋪著地板的大廳。我在八月來他們家拜訪時，是從玄關經由這個大廳被帶到右邊的客廳，我根據自己的印象，穿越大廳推開了客廳的門。

我知道從這個面對庭院的房間能直接看到大門口，房間裡十分陰暗，因為窗戶的厚窗簾全部垂著，外面的光線進不來。我關掉手電筒拉開窗簾，玻璃窗外還裝著一道古老民宅常見的堅固木格門，就是因為有這道木格門，才能一眼從縫隙中看到大門口的石柱。

久美什麼時候回來呢？她應該會從正門的玄關進來才對，一看到她的身影，我就得迅速站在玄關的拉門後面，趁著她進門那刻立刻撲上去，麻醉藥還有剩。

久美的屍體就丟在系子的屍體附近吧，強暴系子的兇手正準備逃走時，被剛回家的久美發現，因此當場將她殺死——警方應該會如此判斷才對。

我坐在窗邊，為了壓抑劇烈的心跳不斷深呼吸，此時我才發覺耳邊傳來滴答滴答的聲音。我打開手電筒找尋聲音的來源，原來是那個老爺鐘，鐘面上的指針顯示九點二十七分，我重新看著自己的手錶心想，原來殺死系子後才過了二十分鐘呀。

靜謐的房間裡只有鐘擺聲規律地傳進耳朵，我的心臟配合著鐘擺也發出激烈的跳動。

我感到焦躁不安，躲在黑暗裡，包圍在令人不安的靜謐中，感覺有股奇怪的力量壓住我全身，我開始害怕起來。庭院裡的系子屍體彷彿飄來妖氣，我很想大叫，很想放聲大叫，我不斷揮舞著手電筒企圖推開身上的壓力。就在此時，檢察官，我看到了放在老爺鐘旁的電話。

之後的行動一如檢察官的推理，我沒有什麼好補充的。

但我會打電話給白川禮子，並不是為了製造不在場證明，我只是想跟別人說說話，只是想聽聽別人的聲音；我只希望她溫柔的話語和聲音能撫慰我。

著手出版亡友白川教授的俳句集時，我心中經常掛念著該取什麼書名。我從教授在病床上所做的辭世之作中想到「春燈」這個書名，我想先跟禮子商量後再決定，便在電話中和她談論這個話題。聊著聊著，對亡友的思念突然湧上心頭，我不禁哽咽吟詠他的俳句，也引發對方的悲傷，聽筒中傳來禮子的嗚咽。

就在這時，檢察官，從稍微拉開的窗簾縫隙中，我看到了久美，她的紅色大衣正好走進大門。

我趕緊掛上電話，讓暫停的鐘擺重新運作，然後走出玄關大廳，但久美的腳步聲卻沒有走近。

（怎麼回事？）

我豎起耳朵，同時聽見久美尖叫著：「系子！系子！」

（糟了！久美發現系子的屍體了！）

久美近乎哀嚎的叫聲繼續大喊著。完了，我心想。她的叫聲肯會引來其他人！

（快逃吧！）

我從廚房走到外面，當後門傳出自動上鎖的聲音，我同時也聽到久美衝到馬路上的腳步聲。

在觀察地形時，我知道後門一帶有個樹籬乾枯後形成的缺口，我鑽過樹籬，來到跟隔壁為界的小巷道，告訴自己鎮定、不要著急，然後穿過黑暗的小巷走向明亮的馬路。

當時的記憶我已有些模糊，因此無法完全正確地寫出自己在哪裡轉過幾次車，我在陌生街頭四處走著，不斷轉乘計程車，就像是無家可歸的流浪漢一樣徘徊在明亮的馬路和陰暗的小巷裡。我還記得當時突然想起村上鬼城的詩句，於是不斷在嘴中喃喃自語。

冬蜂瀕死步蹣跚

秋深冬初的時節，在鄉下經常可看到蜜蜂在陽光下費力地爬行在庭院濕潤的土壤上。牠拖著僅剩的生命，失去了飛翔和走動的氣力，鼓動著瘦弱的腳在地上爬著，可憐的冬蜂。檢察官，那天晚上的我就跟冬蜂一樣，步履蹣跚地走在都市的柏油路上。

儘管作案前不斷告誡自己要謹慎行動，我仍沒注意到創風社的便條紙從夾克口袋中掉了出來。只因為擔心回家時被附近的高中生看見背影，便故意跟刑警提及此事。所謂的計畫性犯罪、完全犯罪什麼的，其實不過是紙上談兵而已吧？

檢察官。

我已將自己殺害恩田系子的一切真相都寫在信上了。

我是在那晚回家上床後，才想到打給白川禮子的電話能幫我製造不在場證明。

但我對那個依靠禮子錯覺的簡陋不在場證明，並不抱任何期待，我早已決定有一天我必須親手了斷殺害無辜女子的自己。只是在那天之前，我必須阻止正志和久美結婚。只有這個念頭揮之不去！

## 5

所以，當刑警前來要求我以重要關係人的身份到偵查總部接受偵訊時……

「你承認案發當晚穿著兒子的夾克去大原家吧？這是從夾克口袋中掉出來的便條紙。」

他拿出一張紙片說。「你說自己當晚整夜都沒有離開過家門，而且在接近案發時間的九點半左右，在家中接到白川禮子女士的來電。換句話說，這是你的不在場證明。她的丈夫白川教授是你的好友，你居然以好友的俳句集為藉口，欺騙了好友的太太，製造出這種騙小孩的不在場證明！你不覺得丟臉、不覺得對不起好友嗎？」

我無言以對，沒想到警方已經拆穿這一點。

「白川太太打電話過來時，你並不在家，那通電話是你從大原家打的。你暫停了時鐘的鐘擺，講了十三分鐘的電話，時鐘不會騙人，它整整停了十三分鐘。白川太太傷心地哭著說，沒想到久保教授會做那種事。如何，你願意說實話了嗎？是你殺了恩田系子嗎？」

刑警的這番話讓我老實地點頭承認；奇妙的是，我的心情立刻輕鬆許多。

「是的，是我做的，我做了不應該的事。」

我的話卻嚇到了刑警，大概他壓根也沒想到我會這麼乾脆地俯首認罪吧。

「你剛剛說什麼？是你做的？你所謂的做，是指殺了人嗎？」

「是的。」

「你沒開玩笑吧？這可是殺人呀，你身為大學教授……我再問一次，你真的殺了大原家的幫佣恩田系子嗎？」

「是的，是我勒死了那個女孩。」

「嗯，是嗎……」

檢察官，如果當時有鏡子的話，相信鏡中的我一定露出了和其他犯罪者不同的安詳表情。因為我終於可以彌補對恩田系子的罪過，正志和久美的婚事也將告吹了。

或許你會覺得我在胡說八道，但是求求你，檢察官，請務必要讀完這封信。我想你一定能理解我在說些什麼……

我承認了自己的罪行，但是對於動機則是頑固地三緘其口。只要我能守住久美是授精兒，我是捐精者的秘密，系子被殺的真相就不會有人知道，這是我的想法。尤其是久美和正志之間發生了肉體關係，在我有生之年更是不能洩漏這個秘密。

可是檢察官，你卻很快地看穿了我的謊言。連警方都接受的「強姦」，你卻不屑一顧，敏銳地追查真正的動機。每次接受你的偵訊，我都擔心自己不知還能和你的推理力及洞察力對抗多久？

於是我決定在這封長信中說出一切真相，這當然有我的理由。我的心境之所以會有如此大的轉變，是因為荒木田克次的前妻，如今是久美母親的大原由美子來拘留所要求跟我會面。

## 6

大原由美子打扮得很美，已經五十歲的她，還是有種讓人看不出年齡的年輕亮麗。在拘留所狹長的會客室裡，她就像朵盛開的鮮花。

我隔著壓克力板坐在由美子對面，聞到一股淡淡的香水味。那是困著我的高大圍牆外，自由和平的世界所飄送過來的生活氣息。

「醫生，您還好嗎？」

「嗯，我還好……」

「我們和久保夫人、正志商量過，打算幫你請個厲害的律師，我先生也說醫生說不定是被系子誘惑的，才會遭遇這種事……」

「慢著，大原太太，我不需要律師，這一點前幾天我太太來時我也說過了。我承認自己犯下的卑劣罪行，毫無辯解的余地，我從來沒想過要在法庭上為自己的行為辯護。」

「可是一旦上了法庭……」

「到時只要有官派的律師就行了。」

「這一點再說吧……事實上，我今天是要來拜託醫生的。」

前來會客時，必須在櫃檯填妥姓名住址、與被收押者關係、見面目的等申請書取得許可。當我聽見看守人員打開個人牢房的門喊「會客」時，便問他是誰。

「大原久美子，好像是要來商量她女兒跟你兒子的婚事。」

我內心大喜，她來找我肯定是要解除正志和久美的婚事。太好了，這樣我就安心了，我高興地走進會客室。

「大原太太，我能理解。」我微笑看著由美子的眼睛說。「妳放心好了，正志那邊我會好好跟他說的。」

「嗯？您在說什麼呢？」

「妳希望兩人的婚事就當作沒發生過吧？沒問題，我也覺得這是應該的，只是很對不起久美……」

「醫生。」由美子打斷了我的話。「我今天來是要請你答應他們兩人的婚事……」

「什麼?!妳在說什麼？我可是因為殺人被拘提在這裡，你們如果將寶貝女兒嫁到這種人家裡，是會被社會大眾笑話的！像大原先生這種有身份有地位的人，不可能會答應這樣的婚事……總之我不答應！」

「醫生，我先生很贊成這件婚事。他說相愛的兩人能結婚是最幸福的，他根本不在乎世人的眼光……」

「那種事只會出現在電影或小說，現實人生是既嚴厲又殘酷的！這樁婚姻，他們兩個人是不可能幸福的……」

「但我們都會祝福他們的愛情，我和現在的丈夫也是戀愛結婚的。不，對我而言，他才是我的初戀，而我先生也……換句話說，我們彼此都是初戀。我希望久美和正志也能像我們一樣有情人終成眷屬，這是我的心願。」

「可是妳不是曾經嫁給荒木田克次嗎？」

「是的，我和現在的丈夫大原在跟荒木田結婚前就認識，當時我是高中生，大原是大學生。我父母很早就過世，我寄居在伯父家，伯父在荒川區開了一家小餐館，我先生家就是隔壁的藥店。說是藥店，其實不過是街上專賣中藥的小店……」

因為會客時間有限制，看守人員又站在我的背後，因此由美子無法說得太具體，但她還是很快地繼續說明。

由美子開餐館的伯父打算等她高中一畢業，就要她到店裡幫忙招待特定客戶；換句話說，就是要強迫她賣春。由美子不願意便離家出走，她在報上的徵人啟事中看到荒木田克次的不動產公司要找職員便去應徵，然後順利就職。

「我和現在的丈夫是在荒木田過世前半年重逢，當時大原已將荒川的店讓給別人，自己在中野一家製藥廠上班。我們在路上偶然相逢，卻奠下彼此結合的命運。我們的初戀在長久之後終於再次發芽、開出美麗花朵，跟荒木田毫無愛情的婚姻是多麼無趣、悲慘和痛苦啊……醫生，求求您，請讓他們兩人在一起吧！」

「不行，請死心吧。久美應該還會遇到更好的對象的……」

「醫生根本不懂女人的心！如果現在將久美和正志拆散，久美會死的！」

「怎……怎麼會……」

「醫生，久美懷孕了，對方是正志。」

我頓時眼前一暗，我最害怕的惡夢成真了！由美子應該不會說謊，那孩子，我的女兒居然懷了她哥哥的孩子？

「大原太太，絕對不可以！我為正志的荒唐跟妳道歉，可是還來得及，請立刻拿掉孩子！」

「啊，醫生您果然……」

由美子咬著嘴唇直瞪著我的臉。

「這全是為了久美！還沒結婚就懷孕，她還是學生，怎麼能生孩子呢？久美會受到傷害的，現在還來得及拿掉小孩，不會對母體有影響……」

「果然……看到醫生剛剛恐慌的樣子，我就明白了。你不答應久美和正志結婚，是因為那孩子是ＡＩ吧？我從之前就有這種感覺了……」

所謂的ＡＩ是Artificial Insemination（人工授精）的縮寫，為了怕看守人員聽見，她故意用這種稱呼。

「不是的，大原太太！我專門研究ＡＩ，怎麼可能會嫌棄他們呢？」

「那麼果真是當時的Ｄ有問題囉？」

所謂的D當然就是指捐精者（donor）。

「問題？」

「就是D有惡性遺傳的基因，而醫生事後才發覺……換句話說，久美體內流著不健康的血液……」

「胡說，D是我挑選的！是優秀又健康的D……」

「是嗎？不過那都無所謂了，我今天就說出實話吧。醫生，久美不是AI生出來的孩子，她的父親是我現在的丈夫。久美是我和大原泰久的親生女兒！」

「妳說什麼？」

一時之間，頭暈目眩的我好像跌入了漩渦之中，只覺得周遭景物不斷傾斜。

「所以，我當年做的AI是失敗的嗎？」

「不是失敗，而是根本就不可能成功。我拿給醫生看的月經週期一覽表、基礎體溫曲線圖全是假的，我真正的排卵日是在AI實施後的下一周。」

「妳為什麼要那麼做……？」

「我和荒木田結婚後就一直想要孩子，但當我知道荒木田是無精蟲症時，就想即便是AI也好，只要能享受生兒育女的樂趣，我就能忍受這枯燥乏味的結婚生活。就在那時，我遇到了初戀情人，我直接地告訴大原我想生他的孩子。他當時已經跟妻子離婚，恢復單身身分。」

「嗯……」

「大原剛開始並不願意，但我很堅持，反正只要將你的孩子當成ＡＩ，荒木田便能接受。如果生下來男孩，就用彼此名字的一個字取名為美久；生下女孩就叫做久美。孩子將成為我的寶貝，我活下去的心靈支柱……我不斷說服裹足不前的大原，當他好不容易答應，我便聽到了醫生的廣播。」

「於是妳就叫荒木田來我家嗎？」

「是的。荒木田看到報紙便驕傲地吹噓說，醫生您就像他的小弟一樣……」

「哼！那傢伙居然說了那種話……」

「他從醫生家回來後便趾高氣昂地表示，那傢伙答應了，妳明天可以去明和醫大了。聽到他這麼說，我立刻跟大原聯絡，要給醫生看的資料我之前早就做了好幾種。為了能立刻做ＡＩ，大原綿密地計算了安全期，做出那張一覽表，藥學院出身的他自然有那方面的知識。」

我是在作夢嗎？還是幻想？如果是夢，只能說是個惡夢。當時我連生氣、悲傷與驚訝的力氣都沒有了，只能虛脫地看著由美子的臉發呆。

「我欺騙了醫生，但我是不得已的。做完ＡＩ之後，我連續好幾天都跟大原見面，尤其是能夠受孕的日子，我們白天晚上都在一起。荒木田十分熱中工作，經常不在家，所以我很自由。為了生小孩，我緊纏著大原，貪戀著他的愛，兩人的肉體火熱燃燒、融化成一體……從第二月起我便感覺自己身體有了變化，我的月經停了，我懷了大原的孩子……」

由美子說到這裡，看守人員大聲宣佈：「時間到了，可以了吧？會客結束！」

三十分鐘的會客時間到了。

由美子對著看守人員低頭致謝：「謝謝你。」

並對著起身的我說：「醫生，請您答應吧。結婚典禮預定在明年一月下旬舉辦，那時久美的肚子應該還不太明顯……」

我一邊聽著由美子背後傳來的聲音，一邊在看守人員的帶領下走出會客室，再度回到個人牢房。

## 7

大原久美不是我的女兒！

由美子的告白深深地擊垮了我，我抱著頭蹲坐在牢房裡一動也不動。

久美是我和大原泰久的親生女兒——這句話將我之前的痛苦、煩惱和悲嘆瞬間吹散得一乾二淨。然而就算煩惱消失、痛苦結束，那裡還是橫躺著恩田系子的屍體，殺死她的我依然跟行屍走肉一樣蹲坐在牢房之中。

我是個被由美子玩弄在股掌間的可悲男人！不，可悲的男人還有一個，就是由美子的前夫荒木田克次，他也是被她操縱的愚蠢男人。

檢察官，你是否看了有關荒木田自殺的剪報呢？

上面寫說他的自殺是被自稱「熱海老大」的流氓所威脅，進而精神衰弱。但那是由美子單方面的證詞，並沒有證據證明真的有這個「熱海老大」。

荒木田將房屋設計圖交給由美子，要她送到位於東中野的明音堂鐘錶店。看到她出門後，荒木田才上吊自殺。

這也是由美子單方面的證詞，並沒有人聽見他們夫妻間的對話。

由美子和昔日的情人大原泰久重逢，並懷了他的孩子。荒木田自殺時，她已經懷孕三個月，在這三個月的期間，大原和由美子之間是否曾經商談過或計畫過某件事呢？

這時我想起由美子說過的話：當時大原泰久在中野一間製藥廠上班。既然他是製藥廠的員工，應該可以拿到安眠藥吧。荒木田自殺那天晚上，如果他喝的酒中有發現安眠藥的話……

還有，如果大原泰久出現在昏睡的荒木田身邊的話……

只要兩個人合作，應該很容易將一個熟睡的男人偽裝成上吊自殺吧。

在荒木田「自殺」當時，他們兩人分別前往中野，由美子找著根本就不存在的明音堂，一遇到人便問：「請問有沒有人知道明音堂在哪裡？我已經找了兩個小時了……」

路過的親切行人幫她向認識的店員詢問：「這附近有叫做明音堂的鐘錶店嗎？這個女人兩個小時前就在找了……」

那個親切的路人就是大原泰久，他也是幫由美子製造不在場證明的善意第三者。因為他的證詞，荒木田克次自殺案就此閉幕……

這是我的推測，檢察官，但我的推測是不可能的嗎？荒木田克次絕不是那種會自殺的男人，由美子想生大原的孩子，該不會是在跟荒木結婚前就計畫好的吧？荒木田應該有很多財產，也應該有投保，而且還有一棟作為辦公室的大樓。由美子帶著這一切嫁給大原，她帶來的荒木田遺產，是否就是建立今天大原健康製藥的資本呢？

我心中不斷浮現這些無謂的空想，只覺得潛藏在女人內心的魔性實在令人恐懼，我的身體也不禁感受到個人牢房裡逼人的寒意。

真是不好意思，檢察官，我想暫時停筆了。因為我有件事必須解決……

終於好了。其實也沒什麼，如檢察官所知，我戴的玳瑁眼鏡鏡架很粗，鏡架越粗，對耳朵的負擔越輕，剛剛我將左右兩邊的鏡架都折成了兩段。

其實，在刑警做完第二次問訊當天晚上，我就用外科手術刀將兩根鏡架切成兩段，然後帶著裁斷的鏡架到附近的牙科，那裡的牙醫是我打麻將的牌友。

「我想做個實驗，電鑽機借我一下。」

電鑽機是牙醫用來磨牙的電動引擎，以每分鐘七千次的速度轉動。我將鑽頭套在前端，在我帶去的鏡架切口上鑽洞，兩邊的切面共鑽了四個洞。我拿回家後，在洞裡填滿從醫院拿到的氫酸鉀粉末，再用黏著劑接好，用塑膠吸盤吸淨表面，整副眼鏡看起來又完好如初。

我剛剛則是將切口再次折開，在紙上倒出裡面的白色粉末。

氫酸鉀的致命量是零點一五公克到零點三公克，我手邊有兩倍的份量。

檢察官，面對著這些白色粉末，我就再繼續多寫一點吧。

我畢生致力於人工授精的研究，簡單來說，人工授精是創造人類生命的技術。這個醫學技術每年都在進步，就像「試管嬰兒」便是取代子宮，讓精子和卵子在試管中授精，然後將體外受精的胚胎重新植入女性的子宮，試管其實就像是人工子宮。

這項研究如果繼續下去的話，相信在不遠的將來，受精卵將可以試管中培養，並直接培育出嬰兒吧。

檢察官，請你想像一下那個情景：當一個人或一條生命可以在人體外的機械或其他裝置中製造出來，想要小孩的家庭，只要一通電話，就能取得○○醫院製造的嬰兒或是××工廠培育出來的各類嬰兒。那不是夢想，也不是笑話，因為有位醫生甚至揚言可以做出人類和猩猩的受精卵了……

有人說人工授精的研究比氫彈還要可怕，我們曾經嘲笑過那個人的愚蠢，但現在我認同他的意見。一如原子物理學的研究製造出引領人類走向滅亡的核彈；人工授精的研究也隱藏著孕育出異樣生物的危險。當瘋狂的當權者取得這項技術時，世界會變成什麼樣子呢？檢察官，難道你不覺得所有的科學正一步步帶領我們走向毀滅嗎？文明進步的速度，其實就等於毀滅的速度……

我自稱是在研究，實際上卻是拿人命在兒戲，不是嗎？二十幾年前，那個叫假醫生阿健的騙子被殺時，報紙的讀者投書欄有人說人工授精是惡魔的醫學。

是惡魔的醫學呢？還是上帝的福音？現在我已沒有評論的資格了。

檢察官，我手邊的信紙只剩下幾行空白了，你將寫出什麼樣的起訴書呢？
我已將一切都告訴你了，也終於到了我可以為自己執行死刑的時候。
現在白色粉末就放在我的手中。
再見了，千草先生。
永別了，檢察官。

# 附記

執筆寫作本作品時，曾參考各報紙、雜誌、週刊等刊載之人工授精相關報導，並受教於下列其他書籍獲得諸多啟發。謹於書後表達最深的謝意。

厚生省醫務局編輯《生命與倫理相關之座談》（藥事日報社）
大田靜雄《試管中的孩子們》（三一書房）
田中克己、金泉洋子《日本人的遺傳》（培風館）
增淵利行《東京拘留所》（日本評論社）
野村二郎《日本的檢察制度》（日本評論社）
S・福特／C・巴克 佐藤亮一譯《近親相姦》（河出書房新社）
現代思想臨時增刊《特集・近親相姦》（青土社）

# 解說

山前讓

土屋隆夫的第九部長篇著作《不安的初啼》，是一九八九年十月應光文社之邀所撰寫發行的，書後有佐野洋先生的「解說」。本書則是一九九四年十月光文社文庫的重新改版，並收錄了《花心夫妻殉情記》的短篇。（編按：《花心夫妻殉情記》為原書收錄的短篇，但本書只收錄長篇）

由於前作《盲目的烏鴉》是在一九八〇年出版的，《不安的初啼》可說是睽違九年的新作。這中間時代已經由昭和改為平成，日本的推理小說界也起了很大的變化。昭和結束時，興起了一股所謂的「新本格」運動。以昭和六十二（1987）年出版的綾辻行人所寫的《十角館殺人事件》為始，二、三十歲的年輕作家相繼登場，使得本格推理再次受到大眾的矚目。在這樣的時代裡，一向將綿密的解謎設計與豐富的文學性融合在一起、持續創作四十年的土屋隆夫發表了新的長篇創作。

如今回想這九年的沉默，感覺竟是一種重新出發所需的準備時間。這之間土屋隆夫的舊作陸續改為文庫版，唯一發表的短篇也只有一篇《變成一半的男人》而已，而且還是在《盲目的烏鴉》出版隔年的一九八一年所發表，創作活動將近有七年的空白。固然他以寡作而聞名，但從一九四九年以《『罪孽深重的死』之構圖》榮獲「寶石」小說徵文比賽第一名，正式以推理小說作家踏入文壇以來，從沒有如此長的空白期。然而空白並非毫無意義。自《不安的初啼》之後，從他平成時期的創作活動，便不難窺見土屋正積極挑戰各種風格的長篇創作。

《不安的初啼》屬於千草檢察官系列，但故事開頭的嶄新寫法和該系列的過去大異其趣。故事從一封兇手寫給檢察官訴說真相的信開始，擁有地位、聲譽的醫大教授久保伸也強姦一名年輕女性並勒死了對方而遭警方逮捕。久保教授在拘留所等待審判的期間，決定對負責審問的千草檢察官說出隱瞞已久的真正動機。他並沒有整個推翻犯案，也沒有爭論犯案的事實，而是決定毫不作假地說明因為某個事件導致他犯罪的心路歷程與內心糾葛。

自白的信回溯到過往。那是發生在二十幾年前一名家庭主婦殺死人的案件，他詳細說明案發經過，原來是一件和人工授精有關的悲劇，在當年「人工授精」這個名詞還不是那麼耳熟能詳，媒體對該技術的報導採取懷疑態度。畢生貢獻於人工授精研究的久保憤然執筆投書給報社，卻因此獲得了上廣播節目的機會。廣播獲得了因丈夫失去授精功能而無法生育的妻子們強烈的迴響，其中包含了他過去在故鄉有過恩怨的仇人……

以人工授精為題材的醫學推理小說《不安的初啼》，在土屋的長篇著作中大放異彩。久保教授在他寫給千草檢察官的信中提到：「人工授精是為了治療那些無法正常受孕的夫妻而開發出來的醫學技術，換句話說那是一種治療。身為醫生不就應該配合患者的症狀，找出醫學上最有效的方法嗎？」久保在這種醫療行為裡放進了醫生不應該有的惡意，結果為他招致了嚴重的結果。暫且不論推理小說中的情節設計，一心指望生小孩卻苦於不孕的夫妻們，肯定會覺得人工授精為他們帶來了夢想與希望；但問題在於捐精者是丈夫以外的人的情形，因為這和人類歷史所累積下來的許多禁忌有所牴觸。

土屋似乎很久就開始關心人工授精的問題。算是《不安的初啼》前身的短篇小說《黑色彩虹》發表於一九六九（昭和四十四）年，出場人物也是積極研究人工授精的醫大助教，但他最後卻成了被害人。和久保做出同樣行為的醫生，故事結尾則是大相逕庭，土屋在《黑色彩虹》所表現對人工授精的關心，經過二十幾年的歲月，其熟成結果就是這本《不安的初啼》。

二十一世紀的今天，問題似乎要比不孕治療還要更加複雜，尤其是透過第三者代為生產的代理孕母問題正引起諸多爭議。和本書的情況相反，「代理孕母」是將丈夫的精子以人工授精方式注入妻子以外的女性。在體外授精的試管嬰兒技術確立之際，以「借腹」方式將受精卵移植到妻子以外的女性子宮內，無疑將造成親子關係的錯亂。生育子女對於夫妻關係絕對具有重要的意義，尤其在少子化問題嚴重的日本，對生產和養育的話題更加關心。然而對於人類的誕生，醫療技術究竟應該介入多少？包含複製人等問題，相關的爭論仍方興未艾吧。

《不安的初啼》此一標題正象徵著本書關心人類誕生的重大課題，另一方面則是將人的死亡謎題當作推理的問題。久保教授的信從過去寫到現在。一個有地位、有聲譽的人為什麼會做出強姦殺人的殘酷犯罪呢？為什麼照顧人性命的醫生反而要奪取別人的性命呢？久保教授詳實地說明犯案經過。

以兇手角度描述事件的形式稱之為倒敘推理，因為它和案發之後推理原因的一般寫法完全相反。但如果仔細區分的話，它又有兩種類型。一種是推理企圖完全犯罪的兇手在哪裡出錯的本格推理；另一種則是著重在描寫計畫與執行犯罪的人其心理層面的糾葛。訴說兇手燃起殺意過程的《不安的初啼》，乍看之下屬於後者，久保教授面對著自己過去行為所帶來的後果，不禁感嘆命運的作弄。但作者在他的自白中留下伏筆，並準備了一個跟事件構圖完全翻轉的意外結局，就算架構跟過去的千草檢察官系列不同，卻仍不失本格推理小說的趣味。

千草檢察官終於在第三部出場了，事實上案發現場就在他家附近。案件發生在他前往車站的通勤路上，一個某家公司的社長府上，被害人是那戶人家的二十歲女佣。一開始便參與辦案的檢察官立刻對合作已久的野本刑警做出正確指示，刑警們都認為這是單純的強姦殺人案，但是千草檢察官根據現場狀況對偵辦方針提出了質疑。唯一能支持他理論性推理的就是久保教授的存在，但是他有不在場證明。由於對方是知名學者，搜查行動必須十分慎重。但在千草監察官的慧眼之下，對方的不在場證明被拆穿了，只是他的動機卻令人無法接受……

從一九六三年榮獲日本推理作家協會獎的《影子的告發》以來，千草泰輔檢察官陸續在《紅的組曲》、《針的誘惑》、《盲目的烏鴉》擔任偵探的角色。以倒敘方式展開的本書，從嫌犯的觀點描寫審問情況，讓讀者得以不同的角度來觀察千草檢察官。就是因為他給人的印象「和我們一般所認定的檢察官不同，是個誠懇實在的人」，所以用兇手來信的寫作方式讀起來也很自然，推理方式也很實在。千草按照道理一一解開疑點、追究真相的辦案態度，總是那麼地尖銳犀利。可是就連這樣的千草檢察官也無法完全查出犯案的動機。如果久保教授全盤否認的話，說不定連逮捕他都不可能。因為從動機面來看，久保教授的計畫可說是完全犯罪。就算被逮捕了，他的秘密也不會被人知道。可是……

《不安的初啼》於一九九一年十月由光文社出版的。當時土屋在「作者的話」中表明千草檢察官將引退了。本書是他最後偵辦的事件，書中充滿了邏輯推理樂趣，並詳實地描寫了兇手心中外人無法窺見的糾葛，而此一糾葛也是對現代社會擊出的巨大警鐘。由錯綜複雜的人類心理所產生的意外結局，非常適合作為千草檢察官的引退之作。

同時收錄在本書的《花心夫妻殉情記》（「ＥＱ」一九九七年五月）是篇戲劇作品。在土屋的創作活動中，戲劇算是比較早的。戰前，他從任職於化妝品公司的宣傳部起便開始寫作。一開始是參加歌舞伎劇本的徵文比賽，獲得第二名。因為獲獎，他曾經決定當個劇作家。昭和二十二年成為國中老師後，他還在「青年演劇」雜誌上發表了《狐狸也有洞穴》、《生命有限》等作品，並參加了信濃每日新聞社的劇本徵文比賽。

似乎從寫推理小說以來，他就沒有發表過劇本。《花心夫妻殉情記》是他很久沒有創作的戲劇作品，但其實這中間他曾經幫ＮＨＫ的叫座節目「只有我知道」寫過劇本，除了《推理花道》外，也以戲劇為題材寫過幾個短篇。在《不安的初啼》中，兇手寫的信中提到：「對我而言，偵訊室就像是沒有觀眾的舞台，筆錄是我和偵訊者之間的共同創作，也是我表演時的劇本」。包含寫作方式，其實土屋的作品和戲劇關係很深。

很遺憾的是，千草檢察官在《不安的初啼》後便引退了；但不表示土屋隆夫的創作活動就此畫上句點。他在一九九二年出版了充滿作者寫作理念的《推理小說做法》，一九九三年編纂了中篇小說合集《深夜的法庭》，一九九六年推出懸疑小說《華麗的喪服》、一九九九年推出本格推理的《米樂的囚犯》等風格迥異的長篇著作。他長年的創作活動受到讚賞，因而榮獲第五屆日本推理文學大獎是在二〇〇二年，那一年他也出版了《聖惡女》。創元推理文庫為他出版了共八冊《土屋隆夫推理小說集成》；光文社則是將《天狗面具》之後的長篇重新改版發行。聽說二〇〇三年他將有新的長篇出爐，不知道他綿延不斷的創意將寫出什麼作品呢？看來日益多采的日本推理小說界，依然能對土屋作品抱有無盡的期待！

## 本文作者簡介——山前讓

推理小說研究者。一九五六年生，北海道人。北海道大學畢業。曾為許多文庫版撰寫導讀解說，並編纂《女性推理作家傑作選》等選集。曾與新保博久（推理小說評論家）花了十年調查日本推理小說巨匠江戶川亂步府上的倉庫，並將結果寫成《幻影之倉》一書（與新保合著），榮獲第五十六屆日本推理作家協會獎（評論與其他部門類）。著有：《日本推理小說一〇〇年》、《堅守本格六十年　記憶裡的鮎川哲也》等書。

國家圖書館出版品預行編目資料

不安的初啼／土屋隆夫著；張秋明譯. --.初版.- 臺北市；
獨步文化出版：家庭傳媒城邦分公司發行，民94
面；　公分. --（土屋隆夫推理小說作品集；9）
譯自：不安な產声
ISBN 978-986-6954-44-3（平裝）
861.57　　95022595

FUAN NA UBUGOE by Takao Tsuchiya



土屋隆夫 TSUCHIYA TAKAO 推理小說作品集 09

# 不安的初啼

原著書名／不安な產声
原出版者／光文社
作者／土屋隆夫
翻譯／張秋明
責任編輯／楊詠婷
發行人／凃玉雲
總經理／陳蕙慧
行銷業務部／尹子麟　林毓瑜
版權部／王淑儀
出版／獨步文化
城邦文化事業股份有限公司
台北市中正區信義路二段213號11樓
電話／(02) 2356-0399　傳真／(02) 2351-9179; 2351-6320
發行／英屬蓋曼群島商家庭傳媒股份有限公司城邦分公司
台北市中山區民生東路二段141號2樓
服務專線／(02)2500-7718; 2500-7719
24小時傳真服務／(02)2500-1990; 2500-1991
劃撥帳號／19863813　戶名／書虫股份有限公司
讀者服務信箱／service@readingclub.com.tw
香港發行所／城邦（香港）出版集團有限公司
香港灣仔軒尼詩道235號3樓
電話／(852) 2508-6231　傳真／(852) 2578-9337
E-mail／hkcite@biznetvigator.com
馬新發行所／城邦（馬新）出版集團
Cite (M) Sdn. Bhd. (458372 U)
11, Jalan 30D/146, Desa Tasik, Sungai Besi,
57000 Kuala Lumpur, Malaysia
電話／(603) 9056-3833　傳真／(603) 9056-2833
封面設計／聶永真
印刷／中原造像股份有限公司
排版／浩瀚電腦排版股份有限公司
總經銷／大和書報圖書股份有限公司
電話／(02) 8990-2588; 8990-2568　傳真／(02) 2290-1658; 2290-1628
□2005年（民94）11月初版
□2007年（民96）8月20日初版6刷
售價／300元　Printed in Taiwan